作家朱晓玲伉俪合影照

长篇小说《麻木部落的女人》的时代背景，是二十世纪末二十一世纪初。朱晓玲以其温婉、悠扬、晓畅、人文的叙事语言风格，回放、解构了笔下人物——下岗女工『可儿』们曾经有过的花样年华；有过的美好人生理想；有过的花前月下般的浪漫爱情；更不乏令人错愕、唏嘘，跌宕起伏的人生经历和努力前行的足迹。而小说末尾，却给了我们一个意味深长的结局……

麻木部落的女人

朱晓玲 ◎ 著

吉林文史出版社

目 录

引　子

　　我在尝试着以完全纪实的手法，写一个纯属虚构的故事。但是，故事中的女主人翁可儿，的确是有生活原型的，而且我曾采访过她好多次。只是令人痛心的是，我的采访还没完全结束，她就离世了。

　　2003年元月28日晚，尽管不是我所要讲的这个故事的缘起之日，可是这一天，我没办法不在我小说的开篇就郑重地提到。因为这一天，是我即将要讲述的故事中女主人翁麻木（一种可载人的简易交通工具——作者注）司机——可儿的遇难之日。

　　这天晚上气温很低，窗外黑咕隆咚、阴云密布，北风一阵紧似一阵地刮得急骤，很有点像是要把入冬以来的第一场雪刮下来的架势。一向怕冷的我，慵懒地蜷在家中的沙发上，看一个叫什么来着的破电视剧。正当我看得无精打采、差点儿就要昏昏欲睡的时候，电视屏幕下面滚动的那行令人触目惊心的小字，一下子将我激灵醒了，睡意全无。那行小字是"认尸启事：在本市城东312国道与和平大道交汇处的一烂尾楼院墙内，发现一具下身裸体的女尸。年龄45岁左右；头发稀疏、微黄；身高1米60左右；上身穿深蓝色旧工作服，内罩一件枣红色脂纶棉袄；离死者大约100米远处的院墙外，有一辆车号为Y02316的"麻木"。有知情者，请速与市交警大队联系。联系电话：2628910。"

　　莫名地，我将这行滚动的文字与我正在采访的、那个叫可儿的女人联系了起来。我的心不由得一阵哆嗦、紧缩、惊悸。

　　但是，我还是不想也不敢相信这是一个事实。心中不断地否定：死者一定不是可儿，一定不是……可是，当我颤抖不止的手，终于将2628910电话拨通后，对方告诉我的是：死者的家属已经来认领了，正在办理相关手续。

　　"家属姓甚名谁？"我问。我能感觉到，我在问这话时，我的声音在微微颤抖。

　　"好像是复姓，姓诸葛吧。"对方说。

　　"哦……哦，谢了。"我木然地挂了电话——可儿遇害无疑了，我一阵惊悸地想。瞬间，可儿的音容笑貌、她对我讲述过的一切，顿时翻江倒海般向我兜头砸来……

1 简单地说一下
里约市的某个"麻木"部落

在里约市长途汽车站的左侧100米远处的人行道上，有一个以开麻木为生计的麻木部落群体。

这个群体的形成，始于20世纪80年代末90年代初。最初的时候，从事这种职业的人，清一色都是40岁左右的男人。而且人数也不是很多，只有十来个人吧。当然，这十来个人，仅指聚集于长途汽车站左侧的麻木部落的人。后来，随着经济走下坡路和破产企业的增多及国企不断深化改革，下岗、失业工人成倍增加。从此，这个曾经被人蔑视、嗤之以鼻的职业，很快便在这座城市成了一块炙手可热的山芋，抢吃的人日渐多了起来。据说，现在里约市，已经有好几千人在从事这种职业了。

实话说，麻木司机们在市民心目中的印象并不好，甚至可以说是到了深恶痛绝、谈麻木色变的地步。里约市的市民们，之所以对麻木司机们持这种抵触情绪和厌恶情绪，大体上来讲，不仅仅是认为他们职业低下，最主要的是，因为麻木司机们开着麻木，在街上常常是如入无人之境，横冲直撞，使得行人总是提心吊胆，唯恐避之不及。再者，他们还经常将麻木横七竖八地停放在并不见宽的人行道上，将原本就很狭窄的人行道堵塞得水泄不通。每每这时，皱着眉头、拉长着脸、咕咕哝哝小声诅咒着什么的、在横七竖八的麻木中艰难穿行的过往行人，便会如同羔羊一样，成为麻木司机们的"抢手货"。不管你想不想或者需不需要坐他们的麻木，只要你走进他们的群落，他们都会蜂拥而上。扯住你的衣服、拽住你的胳膊、拉着你的手、抢你的包，恨不得将过往行人撕成碎片，使得他们每人都分得一杯羹……后来，我同几位开麻木的司机交谈时，他们向我袒露，将麻木横七竖八地停放在人行道上，的确是有意而为之的。

"这是没办法的事情。"他们说，"我们也晓得用这种堵塞交通的办法来招徕顾客的行为很不地道，也会遭千人唾弃万人咒骂。"

"明知会被人唾骂，为何还要这样做呢？"我饱人不知饿人饥地说："我们难道就不能文明一点经营吗？"

"哈哈，文明经营？文明值几个钱啦？"麻木司机冷冷一笑道："有什么比填饱一家人的肚子更重要啊？再说，我们好像已经习惯了被人瞧不起、被人唾弃、被人指责。我们再文明，也是被人瞧不起的……哈哈……"麻木司机的笑，是空洞、沙哑、苦涩，没有丝毫质感的。

当然，也不能说麻木部落总是这么混乱不堪。他们也有一字排开、秩序井然、规规矩矩经营的时候。比如，本市搞创建卫生文明城市的时候；比如，省里有领导来检查工作的时候；再比如，国庆节啊什么节的时候……交警通常会对混乱的麻木部落进行整治、管理一段时间。管理、整治的方法或措施就是：要么让麻木司机们连同他们的麻木，一起在这座城市销声匿迹几天（回家歇息几天的经济损失当然自负罗）；或者用白石灰在某几个地段，画上长方形的警戒线，让司机们在白线圈定的范围内，将麻木一辆挨着一辆地一字排开，不准越雷池一步。与此同时，还会制定出一些诸如"不准占道经营；不准压线经营；不准强行拉过往行人乘坐麻木；

不准哄抢行人坐麻木"等一系列规定。再比如，在比较重大的活动期间，还有交警在麻木部落进行现场管制、监督。每每这时，麻木部落的秩序倒也井然有序。

然而，往往这种时候，是麻木司机们最糟心、最心烦、赚钱最少的日子。

"就像监督犯人一样。"麻木司机们满腹牢骚地说。他们已经散漫惯了，受不了这种纪律约束。他们还说："我们又不是部队，就是挣钱养家糊口的平头百姓，要那么严明的纪律干什么呀？"更重要的是，他们的行为一被约束，经营方式一被规范，每天的经济收入就会锐减。他们家庭的日常生活，就会直接受到严重影响。因此啊，每当"我们眼睁睁地看着行人，从从容容地从自己身边走过时，说句不怕你见笑的话，心痒手也痒。真想一把抓住过往行人就往麻木中塞……"说这话的人，就是马上要出场的本故事的主人翁——可儿。

这样说来，各位亲爱的读者朋友，就一定会认为麻木司机们的生活始终是苦难的；他们的面容总是愁苦、哭丧的；他们的背总是驼的；他们的目光总是呆滞的；他们的举手投足之间总是萎顿、卑微的；他们的心中总是装着满满的酸楚；他们浑身上下总是烙着风霜雪雨吹打过的龌龊、疲倦、苍老、憔悴、怨怼的印痕……不不不！其实，现实不完全是这样。至少没活儿可干的时候，男女司机们相互之间在光天化日之下，无所顾忌地打情骂俏是常有的情景。他们布满皱褶的脸上，虽然是苍老、黝黑、憔悴的，但是，他们笑起来的样子很舒心、很畅快，甚至带有野性的粗犷和豪放。我常常看着脸色黝黑、皮肤粗糙（我这样描写他们，没有一点点贬低的意思），穿着邋遢的男女司机们，相互嬉戏打闹寻乐时，心中不免会生出无端的疑惑：他们的内心世界，果真如他们的笑脸一样灿烂吗？他们真的是以如此从容、乐观的态度，来面对生活的艰辛吗？他们脸上的笑容是真实的，还是"秀"出来给他人看的？他们的打情骂俏，是在没事偷着乐呢，还是有意对现实生活的颠覆、反判？或是以这种极端的方式宣泄心中的苦闷？

显而易见，一种想解读麻木司机们笑脸背后的故事的心情就油然而生……随后，我目的性非常明确地（功利性太强了，是吧）特意去坐了好多次安全系数极低，噪声又大，行驶起来左右摇晃颠簸得非常厉害的麻木。也多次到麻木部落中去，有时身子斜靠在麻木车车篷架子边，有时坐进用五花八门的，如五夹板、铁皮、编织袋，好一点儿的是帆布等材料制作而成的车篷内，同司机们有一搭无一搭地聊天拉家常。

通过多次同麻木司机们攀谈后，我对这个群体似乎有了一些浮光掠影的了解。而我真正了解他们心灵深处的东西，了解麻木司机们生活中的困苦和酸甜苦辣，是在我认识了可儿之后。

2 一场大雨和可儿
及我小说形成的初始

但是，我同可儿接触的初始，她同所有的麻木司机一样，对我抱有极大的戒备心和抵触情绪，甚至是敌对情绪，并不是很坦率地对我讲出她内心深处最真实的东西。

有一天，她甚至是以调侃加讥讽的口吻对我说："我们这些粗人，哪儿有你们这些有文化的人想得多哟。我们的日子是过混的，今天不想明天的事，过一天算两个半天。"

可儿说："我们何必要把'愁苦'二字成天挂在脸上或掖在心里呢？"

可儿说："成天把'愁苦'二字掖在心里对身体不好，说不准还会闹出什么病来。挂在脸上吧，不但解决不了问题，还会被人更瞧不起。你说是啵？"

可儿说："'愁苦'是冲着那些欲望过高的人而去的。我们这些本身就是生活在社会底层的人，对生活没有过高的奢求，更谈不上啥子欲望。欲望少，痛苦自然就少。我们这些人，只希望每天赚的钱够全家人的日常开销，有饱饭吃不饿着，有衣穿不冻着就行。别的啥也不想。"

可儿说："我每天干完活，回到家中，累得恨不能倒头就睡，哪儿还有闲工夫和闲心去'愁'哪门子'苦'哟。"

当然，可儿的这番几乎是敞开心扉的怨气话，并不是我第一次坐她的麻木时，她就对我讲的。

我记得第一次坐她开的麻木的时候，我们总共没有说过三句话。

那是一个多雨的夏季，某天斜阳向晚时分。这天早上上班时，天晴得好好的，到下午下班时（中午我们一般不回家），我骑着自行车行至中途，突然间，瓢泼大雨倾盆而下，没带雨具的我瞬间被淋成了落汤鸡。就在我被瓢泼大雨淋得毛焦火辣的时候，一辆麻木"突突突"地由我身后开了过来，紧贴着我慢慢往前开。被雨淋得焦灼万分的我，正想吼一声"你不要命我还要命嘞，你的麻木干吗老贴着我走"时，但听见一个粗嗓门于我怒吼之前由简陋、破旧的麻木车篷中传出："别为了节省几个臭钱，把人淋病了，不值当的。上我的麻木吧，要不了你的几个臭钱。"活脱脱是个男人的嗓门……

就因为这场大雨，就因为我后来又坐过几次这个粗嗓门的妇人开的麻木，我决意要写这个女人的故事。我知道，这实在是一个平庸得没法再平庸又没有任何嚼头的理由。况且，在我坐可儿的麻木时，并不是我第一次坐麻木。我最早坐麻木的历史，要追溯到1992年秋天。当时我在省城一家媒体做记者。

那一年秋天，我随我们新闻部主任李建纲及另一个叫余波的记者（好像还有谁和谁，我不记得了）等几人就减轻农民负担问题，到鄂西北地区明察暗访。记得那一天，我们完成了在郧县的采访任务后，准备辗转到更远的竹溪去采访时，我们的头儿按惯例（就是由一个地方转到另一个地方时，头儿总会放我们半天假），放了我们半天假。目的是让我们休整一下，好有充沛的精力迎接下一站的采访任务。可是我们这群年轻人，没有一个人愿意待在宾馆休整什么的。大家潦潦草草地将行囊收拾好后，就相约着到县城去闲逛。刚一出宾馆，不知是谁提议坐麻木兜兜风吧，这个提议令大家兴奋

不已（那时麻木好像刚兴起，大家对这种刚兴起的交通工具都怀有新奇感），当然是热烈响应。可能是第一次坐麻木吧，我坐在麻木中的感觉，真如坐在风驰电掣的敞篷轿车中一样爽。那种爽，有很长一段时间，我每每回忆起来时，都有一种记忆犹新的愉悦和新奇感涌上心头。可是天晓得哟，这种记忆犹新的愉悦和新奇感，在 10 年后的 2002 年，当我坐上可儿简陋、破旧、噪声又大的麻木时，被可儿的一句"饱人不知饿人饥哟"的话，给彻底摧毁了。

　　说实话，我刚认识可儿的时候，压根儿就没有将她同青春靓丽或楚楚动人或大家闺秀或仪态万方或小鸟依人或窈窕淑女温柔多情等这些美妙词汇联系在一起过。说到底吧，这时的可儿，不仅长得五大三粗，体态臃肿，穿着邋遢，常常将擤过鼻涕的手，在皱巴巴的衣服上来回一擦，算是洗过了手。而且，对乘客的态度吧，也是粗暴、蛮横得很。在她布满皱纹、黝黑、苍老、憔悴的脸上，看不到一丝笑靥。说话是一副如男人般的粗嗓门。但是，老早就认识她的人们却说，原先的可儿根本就不是这副粗俗模样。妙龄时的可儿长得可水灵、娟秀了，肤如凝脂，清丽脱俗。一头浓密的黑发如瀑布，身材苗条如杨柳。歌声像百灵鸟。是生活的琐碎和物质的贫穷及过度的操劳，使她原先浓黑光亮的头发，变得稀疏枯黄；使她原先娟秀娇媚的脸庞，布满衰老的皱纹。布满皱纹的脸上，长满了赘肉。满脸的赘肉，并没有使她的脸庞显得光滑、滋润、富态、高贵一些，倒增添了不少人老珠黄的暮气；她原先好看的丹凤眼，现如今已是目光呆滞、浑浊、浮肿，没有丝毫往日顾盼生辉的神采；浮肿的眼眶周围，皮肉松垮；眼角边儿，被时光的岁月之刀，雕刻满了粗细不均、深浅不一的鱼尾纹。这张呈衰老相、粗俗相、疲惫相的老脸，与"高贵"与"福相"与"富态"与"美丽"相差十万八千里是肯定了的……尤其是当她干完一天的活儿，深更半夜开着麻木，拖着疲惫不堪、散发着酸臭汗味的身子回到家中后，她那没有"福相"的甚至有些丑陋的脸颊，就会拉得更长更难看了。而且更为奇怪的是，她的那张原先蛮好看的樱桃小嘴，现如今不知因何，变成了多肉的厚嘴唇。这张厚厚的嘴唇，成天气嘟嘟地鼓着，总好像是谁欠了她的多少钱没还似的噘得老高老高。"像个丑八怪的猪嘴。吊一个油瓶在上面，怕也不会掉下来哟"。她的满口牙齿掉了一多半的、瘪嘴的、一辈子也没上过班的婆婆，常常在她的背后，撇着瘪嘴，这样对别人糟鄙她。还有哟，她的一米五九的、曾经苗条窈窕的身段，现如今已然臃肿、肥胖得不成样子。"肥得像个滚坨子猫"。还是她的婆婆，瘪着嘴，这样在别人面前丑化她。也难怪她婆婆丑化她哩，她的体重由原先的 40 公斤不到，增长到现在的近 70 公斤。由于肥胖，如若连续走上 10 分钟的路程，她便会大张着嘴喘粗气；她曾经白嫩、修长、绵软的双手，时下不仅粗糙得像把锉刀，而且长满了厚厚的老茧。这双长满老茧的双手，到了寒冷的冬天，常常被冻得冻疮百结，严重时，溃烂得流脓流血；她的身上，总是穿一套老旧的松垮垮、油腻腻、皱巴巴的毛蓝色工作装。上衣的第一颗扣子和第三颗扣子早就不知掉到哪儿去了。裤子的裤筒，常常一个高一个低地卷着。脚上一年四季穿着的，是一双破旧的、老式得不能再老式的、丢在大街上怕是乞丐也懒得捡的、布满灰尘、完全变了形的棕红色大头翻毛皮鞋（化肥厂发的工作鞋）。总之吧，现在的可儿，是那种集粗鲁、俗气、暴戾、邋遢、穷困、苍老于一身，使人看了一眼就不想再看第二眼的丑陋的女人。谁见了现在的可儿，都会如我一样，不会将她同秀丽、愉悦、幸福、欢乐、富裕等字眼等同起来联想。只觉得她是个同开麻木的身份极其贴切的、生活在贫困线以下的老女人。

贫穷女人——可儿的家，在城东一个早几年前就倒闭或者说早几年前就宣告破产了的化肥厂的家属宿舍区内。家属

宿舍区的 20 多幢房屋，都还是 20 世纪 70 年代初期建筑的没
有厕所、没有厨房、没有客厅、没有明确卧房，一笼统的、
每间房屋都是方方正正的红砖红瓦小门小窗的平房。每间房
屋的主人，为了扩大有限的生存空间，都攀比似的，在各自
的房屋并不宽敞的左侧或右侧、屋前或屋后的空隙，用油毛
毡或石棉瓦、帆布之类的物什，搭建起了形状各异、低矮、
阴暗、潮湿、七倒八歪、空气污浊的"厨房"或"厕所"。
这样的"厨房""厕所"一经出笼，就更加加重了这个生活
区的压抑、逼仄、贫穷、窒息、破败、拥挤的景象。住宅区
的上空，永远如蜘蛛网般地编织着晾晒衣物的各色绳索。好
一点儿的是五颜六色的尼龙绳，再不就是废旧的电线、粗细
不均易生锈的铁丝，还有麻绳、包装绳啊什么的。只要是有
太阳的日子，这些如蜘蛛网般的绳索上面，就会如万国彩旗
般永远高高飘扬着男女老少的各色衣物。如一些坏了边、破
了大窟窿小眼、有尿渍或什么渍的床单，缀着补丁的被套、
枕套，廉价的、看不出原色的女人内裤和乳罩，硬邦邦的又
黑又脏如渔网的破烂垫絮，男人的泛白的旧外套，用旧衣裤
改成的形状各异大小不一的婴儿用的尿布等。没拧干的衣物、
尿布上的水滴落在过往路人头上、身上的事时有发生。因此
而引来一阵的咒骂声是少不了的。房屋的周围，都是丛生的
野草，泛滥横流的污水，有好几处还堆着如小山包一样的垃
圾。在春、夏、秋季节，垃圾堆旁、臭水沟边的苍蝇、蚊子
成群结队嗡嗡地叫着。老鼠大白天在人们的眼皮底下明目张
胆地四处乱窜，更是日常景观。人、鼠、苍蝇、蚊子、蛆虫
共存于一片蓝天下，几乎成为这个贫民窟的一道"经典"风景。
老鼠们有时还肆无忌惮地蹲在浊水四溢、坑坑洼洼的路边，
仰着鼠头，挺着鼠胸，贼亮的鼠眼虎视眈眈地瞪着过往行人，
大有指责人类占领了它们地盘之意哩……

　　总之吧，用贫穷、衰落、破烂不堪、污水横流、泥滑路

烂来形容可儿现在的居住环境，实不为过。这个贫民区中，有相当一部分房屋的墙体，或向外倾斜着或早已有了很长的裂缝、豁口，显露着随时都会倒塌的迹象。更多房屋的墙缝或屋顶上，还长出一<u>丛丛</u>叫不上名的野生植物和大片大片湿漉漉的苔藓。这些阴暗、潮湿、简陋、低矮、破烂不堪的房屋与仅百米之遥的、原先是厂区、现业已被房屋开发商余维汉开发出的"鸿瑞花园"中具有欧式风格的高楼大厦，形成了鲜明的对比。就如同一个华丽的贵夫人身旁，蹲着一个破衣烂衫、蓬头垢面的乞丐，真是大碍观瞻咧。

可是，就是这些大碍观瞻、东倒西歪已成危房的房子，依然被化肥厂500多下岗职工争来抢去地住得满满当当的。不过实事求是地说，对这片如同废墟一样破烂的职工宿舍区，市政府不是没有动过要将其拆迁改造的念头。但是，下岗工人们手中没钱啊。而政府哩，也拿不出更多的钱作为补贴，来改造这批危房。因此，市政府想改造东城区原化肥厂职工宿舍的计划，只能总是停滞在纸上谈兵的基础上，无论如何也进入不了拆迁改造的实质性阶段。

可儿一家五口人，就住在这片贫民窟第15栋的两间总面积不足30平方米的平房内。五口之家，在一个不足30平方米的门洞出进，其拥挤程度可想而知。可儿说，她住在这个拥挤的破屋里，不仅要和人斗——她与婆婆的关系很僵；还要同天斗——每逢下雨天，她家屋顶就到处滴滴答答地漏雨。家中的脚盆脸盆、坛坛罐罐、锅碗瓢盆甚至痰盂都得用来做接雨水的器具；同气味斗——她家门前不远处有一个垃圾堆。垃圾堆里面，成年累月散发出的臭味、酸味、骚味，比过去化肥厂在生产时，散发出来的氨气味还要难闻百倍。尤其是夏天，遇到刮风的日子，奇臭无比的味道，就会被风儿无情地刮进她的家中，弥漫在拥挤、逼仄、脏乱屋子的各个角落。斗得她一脸的沧桑，一身的疲惫；斗得她心灰意冷，万念俱灰，使她似乎要丧失生活的信心。

可儿家门前那个臭烘烘的垃圾堆，原先是一个不很大的池塘。不大的池塘中，在可儿刚嫁到诸葛军男家的那一年夏天，还开过稀稀拉拉的几朵艳艳的野荷花。后来这个开过艳艳野荷花的小池塘，被人们日复一日年复一年倒进的生活垃圾慢慢地蚕食了，改变了，改变成为现在这种臭不可闻的生活垃圾场。

人们日复一日年复一年地用生活垃圾无情地改变曾经开过野荷花的池塘的命运，如同光阴在不经意之间就将清纯美丽的少女——可儿，改变成为现如今这般臃肿、粗俗、脾气乖戾的中年妇人一样轻而易举、易如反掌。

——时间真是生命的杀手。而人自身，是生命杀手的帮凶。

可儿一家三口和公公婆婆挤在小平房里居住，最不顺心的当数可儿了。因为这房子的所有权不是可儿的，也不是她男人诸葛军男的，而是她公公诸葛海俊的。因此，婆婆在可儿的面前，就总是显得尤为张扬和霸道。可儿心里明镜似的知道，婆婆在自己面前总是凶神恶煞的底气，全是仰仗这间破旧的房子所有权是她男人的，还有公公每月拿的比自己和诸葛军男两人领的生活费加起来还要高出不少的退休金。

"唉，真是人在屋檐下，谁个不低头啊？！"这是可儿常常独自一人时的叹息和哀怨。

因为住得拥挤，因为是寄人篱下，加上经济上的拮据，加上可儿和丈夫的失业，本来关系就不是很融洽的婆媳之间，就更是不可避免地常常生出一些磕磕碰碰和龌龊的是是非非来。婆婆动不动就指桑骂槐地说些很难听的话给可儿听。从来没工作过，更无退休金可言的婆婆说难听话时的脸相是阴毒的，语言是尖酸刻薄的，一点儿也不留情面。她常常瘪着嘴乜着眼道:"屁眼大一点儿的屋子,住一百个人(明显地夸张,只住着五个人嘛),挤得人都快要喘不过气来了。"

她还道:"我真是天生的劳碌命,养个儿子没出息。都四十往五十里奔的人了,还像蚂蟥一样贴在老娘老头身上吸血。一个人吸不说,还要拖带几个油瓶一起吸……"说得可儿撞汽车跳长江上吊自缢的心都有了。

可儿的婆婆说这些刻薄话时,当然是不会当着儿子和老头子的面说。她只是有意无意地说给可儿一人听。她是要让可儿一个人感觉到自己是在寄人篱下,她要让可儿在这个家中抬不起头来,她要可儿在自己的面前服服帖帖。"不能犟半句嘴"。她时常这样教训可儿。

"做媳妇嘛,就得像个做媳妇的样子。我家那媳妇,我说的话,她敢不听?"很多时候,可儿的婆婆,在众婆婆的面前如是说。尤其是可儿失业后,原本就刁钻古怪、庸俗世故、心眼儿比针尖儿还小的婆婆那阴不阴阳不阳、咸不咸淡不淡的话就更多啦。她尤其见不得那个"老鬼"对可儿好一点儿。她只要见"老鬼"对可儿好了一点儿,或者同可儿多说了一句话,多看了一眼可儿,这一天,她就肯定是要寻机会羞辱可儿一番的。

对可儿好的"老鬼"是谁呀?"老鬼"当然就是可儿的公爹诸葛海俊呀。

3 诸葛海俊在当省劳模的时候

可儿的公公诸葛海俊在退休前，是化肥厂的锅炉工。锅炉工在化肥厂虽然没什么地位，更不是什么热门工种，甚至是最下等的工种，但是诸葛海俊凭着他的勤劳肯干，敦厚老实，从不惹是生非，年年被评为先进生产者，很得全厂的干部职工敬重。在他快退休的前两年，他还被评为省级劳模。

评上了省级劳模，可就不是一般的荣誉了。在物质待遇和政治待遇上就有了一些讲究和实质性的内容。比如说，他们家现在住着的、虽然很拥挤但比起同等条件下的家庭还是要显得宽敞得多的两间平房其中的一间，就是他当上省级劳模后，厂领导特别奖励给他的。多分配一间住房这种奖励，在住房问题处于白热化的计划经济年代，已经是一件很了不得的事了。敦厚的诸葛海俊当然也很知足。但是，那些对住房现状不满，又不敢与领导面对面地据理力争的人，常常就心怀鬼胎、居心叵测地怂恿诸葛海俊："诸葛师傅，凭着你对厂子的贡献和省级劳模的荣誉，完全是可以向领导再多要一间或两间房子的嘛。你不要太老实了哦。不要太相信当官的那些什么'住房紧张'的狗屁话哟。'住房紧张'只是对咱们平头老百姓而言的。你没瞧见厂长、书记们，他们哪个不是比我们住得宽敞多了……你现在也不是从前的平头百姓了，你是省劳模咧，是全厂的学习榜样。省劳模就要有省劳模的待遇……"乍然听上去，这些话都是在为既是"先进生产者"又是"省劳模"的诸葛海俊打抱不平，而私下里，说这些话的人，个个心怀鬼胎、暗藏玄机。他们在怂恿诸葛海俊的同时，也在私底下盘算，只要诸葛海俊再能要到一间房子，他们就有充足的理由跟随其后——也去向厂领导要房子了。

往往这种时候，表面看上去很憨厚老实又没什么心计的诸葛海俊，对怂恿他的同事们玩的鬼把戏，好像心知肚明得很。而面子上哩，他又从来不戳穿他们。面对同事们的怂恿，他总是持一副不知所以然的痴痴傻傻的憨态相。要不就冲着说者"嘿嘿"地一笑，厚道又识大体地说："比起那些三代人还挤在一间屋子里住的人家，我们家已经住得够宽敞了。我很知足很知足。现在住房这么紧张，我们少要一间房子，领导不就可以多解决一户住房比我们更困难的职工了吗？"诸葛海俊不温不火又识大体顾大局的话，总是将怂恿者的脸面说得红一阵白一阵很有些挂不住。就立马换了口吻，讥讽带挖苦地说："是哟是哟。真不愧是省级劳模哦，政治觉悟就是比我们高。"另一个立马接腔，冷嘲热讽地说："省劳模的思想觉悟就是不一样。哪像我们这些刁民，思想觉悟低，又自私自利，没见识，只顾打自家小算盘。不顾大局……"钳工华洋悻悻地说："真是哟，人家自己满足得很，我们还为别人操哪门子心，抱打哪门子不平哟。自己的屁眼流鲜血还充好汉给别人治痔疮，真是吃饱了撑的，没事找抽……"工人们七言八语的话，有的似乎点到了诸葛海俊的软肋，使他黑黑的脸庞有了发烧的感觉，很不自在。

事实上，诸葛海俊没有趁他当红的时候向领导额外多要房子，除了他在人们面前表现出的高姿态外，私底下，他的心中的确还藏着一个小九九。使他心藏小九九的坚实基础，就是他很看好化肥厂的发展前景。他坚定不移地相信厂领导在大会小会上讲的化肥厂的经济在几年之内要翻几番的奋斗目标一定会在不久的将来实现。化肥厂的领导们常常在大会小会上口若悬河、激情四溢地讲："我们厂的工人，不仅仅是住平房的工人，而且是会在不远的将来搬进高楼大厦去居住的工人。只要大家齐心协力努力工作，我相信，我们离住进宽敞明亮的高楼大厦的日子不会遥远。我们领导班子是有信心、有决心、更有能力带着大家奔向康庄大道的！"总之吧，每当领导在大会小会上讲着这些激动人心的前景时，貌似憨厚稳沉的诸葛海俊的内心，总会同全厂工人一样，被说得肝胆俱暖、热血沸腾、豪情万丈，甚至快要感动得涕泪交织……恨不得当即就放声高歌一曲"咱们工人有力量，嗨！有力量……"的歌儿，吼一嗓子"工人阶级吼一吼啊，地球也要抖三抖啊"的豪言壮语。然而，稳沉、持重、平静如水地坐在工人群里，听领导作报告的诸葛海俊的脸上，没有流露出丝毫心中的激情。他只让他的激情在心底汹涌澎湃着……

那个年代我们亲爱的、沉默寡言、宠辱不惊的诸葛海俊师傅，每每听着领导慷慨激昂的讲话，感受着群情激奋的氛围，每日看着由高耸的烟囱中冒着的滚滚浓烟，幸福地闻着弥漫在厂区和家属宿舍区上空浓烈的、呛人的氨气味，就会更加坚定地相信，他们离住进高楼大厦的日子一定不会久远……

因此，很早很早的时候，就梦想着住进单元楼房的诸葛海俊，咋会要那么多的平房呢？要多了平房，以后咋好意思要楼房呢——这就是他心中藏着的一个天大的秘密。这个天大的秘密，他是无论如何不会告诉任何人的，包括自己的老伴儿。

可是，他在心里深藏得严丝合缝的秘密，在不久一天的黄昏时分，还是不得不向成天唠叨他"是个老实砣子、苕货"的老伴儿透露了。因为老伴儿的唠叨，快使他原本就又厚又肥的两只大招风耳长出厚厚的茧子；因为他还知道，若是不将心中的想法透露一点儿给老婆子，他将永无安宁之日。

当然啰，他心里藏着的那个秘密，对老婆子说得也不是很爽透。他只是蜻蜓点水般地对老是叨咕他"是个苕货，是个猪脑壳，是个送到嘴边的鱼也不晓得吃的傻猫笨猫痴猫蠢猫，是个讨人嫌令人厌的老实砣子"的老婆子说："你成天嚼嚼个鬼哟。我们要那么多平房干吗呢？等过几年厂子发达了，建了新楼房，你住得宽宽绰绰的，咋好意思开口向领导再要新房子噻？"诸葛海俊一语道破天机的话，是在20多年前，一个没有晚霞的傍晚时分说的。当时的情景是，50多岁的诸葛海俊斜倚在自家不是很高的门框边沿，右手的食指和中指之间夹着一支廉价的"大公鸡"牌香烟。他深吸了一口廉价的"大公鸡"牌香烟后，眯缝着本不是很大的、右眼角还有一小坨眼屎粘着的双眼，很自豪，也很惬意地望着厂区那边几个耸入云端（其实没有那么高，但诸葛海俊认为有那么高）的烟囱和由烟囱中冒着的滚滚浓烟，陶醉地嗅着弥漫于整个家属宿舍区上空的氨气味，胸有成竹地憧憬着住进高楼大厦的那一天的到来。他是那么那么喜欢闻终年萦绕在家属宿舍区上空的、绝对有损身体健康的氨气味。而且他希望这种难闻的气味，更浓烈一些，更呛人一些。朴素又老实巴交的诸葛海俊坚定地认为，空气中的氨气味越浓，就证明他们厂子越是兴旺发达，他们的单元楼房才会更快更有希望拔地而起……处在美妙遐想中的诸葛海俊，就这样，情不自禁地将心中隐藏已久的秘密溜出了嘴。"你以为我真是那么傻呀"。末了，他还对在低矮的厨房里做晚饭的老婆子这样强调了一句。

听了老头子的这番话，一向爱唠叨又世故的老婆子，放下正在炒菜的锅铲，拍着巴掌说："你这个老不死的哟，咋不早点说呢？害得我瞎怄了这么多时的气。"自此以后，就再也不唠叨房子住得宽不宽窄不窄的事儿了。塌下心来，同老头子一起，为能有那么一天住进宽敞明亮的楼房而眼巴巴地盼着、望着、掐指算着……时常还夫唱妇随地同诸葛海俊唱着一样的腔调，诸如"我们住挤点别人就能住宽些呀""我们少要一间，住房困难户就可多要一间呀""谁让我家老头子是省劳模哩。省劳模就是要享受在后吃苦在前嘛"等一些冠冕堂皇又掺杂着不少炫耀成分的话。听到她说这些虚头巴脑的话，一些息事宁人的婆婆妈妈都只好一个劲儿地唏唏嘘嘘、咦咦呀呀地恭维不已。

婆婆妈妈们说："嫂子，你也可当省劳模呢！"

"哟哟，嫂子的觉悟好高啊！到底是和省劳模睡一个被窝的女人，就是和我们不一样咧。"

"哟哟，大妹子，我们大家都得向你学习咧。"

"弟媳妇，你真不愧是省劳模的老婆哩，思想境界好高啊。真是我们学习的榜样哟。"

"啧啧，来年要评'光荣家属'啊，我一定选你，不选别人。"

"就是就是，来年我也投老嫂子一票。老嫂子当不了'光荣家属'，谁也没资格当！"

往往听到这些话时，诸葛海俊的老婆当然晓得，这是别人在有意说风凉话给自己听，在讥笑自己哩。很想尖牙利齿地回敬几句，嘴也嚅了嚅，可是没等话说出口，脑子里冒出了新的想法："大人不计小人过，宰相肚里能撑船。跟这些婆婆妈妈怄气、较劲，不值当。"这个新的想法一诞生，她的姿态一下子高了许多。绽开一张笑眯眯的缀满皱褶的老脸，轻言慢语道："走喽，回家做饭去啰。在这儿扯闲话又扯不饱肚子。"一下子把刚才还说得热热闹闹的话题，拉得离题万里。说完，便独自一人颠颠地离去，使得奚落、讥讽她的一群婆婆妈妈甚是过意不去，她们自嘲地打着哈哈说："啧啧，她咋变得与从前真的不一样了啊，豁达了许多呢。倒是显得我们这些人小肚鸡肠似的总是和人家过不去。"

这些婆婆妈妈说得一点儿也没错，自从有了企盼和向往后，诸葛海俊的老婆变得比从前的确是宽厚了许多，平和了许多。她和她的老伴儿只是眼巴巴地盼着在他们有生之年，能住进高楼大厦，用上电灯（住平房的时候就已经用上了电灯。为了语句的连贯性，就将"电灯"一词也捎带上了）电话。

诸葛海俊满以为自己的私心、自己的小算盘蛮老谋深算，不动声色就可以实现的。他们是多么想在有生之年能住进宽敞明亮的单元楼房，过几天舒心快乐的日子啊！可是，可是生活的残酷就在于，直到 21 世纪，诸葛海俊的全家及至化肥厂的 500 多号家庭，依然坚如磐石地住在那种破落老旧得已成危房的平房中，似乎再也看不到能搬进高楼大厦的丝毫希望。

然而，在 20 世纪 70 年代末 80 年代初，包括诸葛海俊在内化肥厂的所有干部职工，是看到过生活希望的啊！他们还深切地感觉到了希望之手，抚摸过他们的头，抚摸过他们穿着一色蓝工装的肩膀，抚摸过他们的生活，抚摸过他们的心灵。那时谁会预料到，那么红红火火的一个工厂，几年之内，说垮就稀里哗啦地垮了哩。

厂子垮了，诸葛海俊想住进高楼大厦的梦想，不仅如被阳光照耀得五颜六色的肥皂泡沫一样，瞬间消失得无影无踪，而且再想多要一间平房也比登天还难了……

诸葛海俊现在每每回忆起一些往事时，就觉得早些年间的自己，是钻进了一个自己为自己设计的美丽的圈套之中。这个圈套中，有无数道美丽的光环和繁花似锦的景致迷惑住了自己的双眼。被美丽的光环罩得严严实实的双眼，无法看到生活实质的险恶和阴谋，无法看到生活的变幻莫测、瞬息万变的真实面孔……只落得想住进高楼大厦的梦想，如同海市蜃楼一样瞬间化为乌有；只落得全家人无可奈何地依旧蜗居在往日还算宽敞，现如今破败、拥挤得不成体统且早已成为危房的贫民窟中的下场。他觉得自己的这一辈子啊，过得真是有点儿……有点儿，打个不恰当的比喻，堪称"偷鸡不成，反蚀一把米""赔了夫人又折兵"啊！为了自己自以为是的失算，他没少挨本是世故得不成人样的老婆子的埋汰和责骂。每每遭老婆子埋汰或责骂时，本来笨嘴拙舌的诸葛海俊，就只是唯唯诺诺一个劲儿地说："哪个晓得呢？！哪个晓得哩？！""哪个晓得哩？！"的后面，他还要说什么，他想说什么，天晓得。再后来，对老婆子罗里吧嗦的埋怨，他索性就装聋作哑地做出一副痴痴呆呆相，蒙混过关。要么就在老婆子的唠叨声中，趁她不备之时，偷偷溜出家门……随便找几个老哥们儿，一聊就是大半天，也不想回家。

"唉，那么红红火火的工厂，说垮就垮了。"

"说实在的，我倒是觉得我们厂就是应该被淘汰掉，设备老化陈旧又污染环境。这是一个优胜劣汰的时代，有破才有立嘛……"

"哟哟哟，到底是技术员哦，觉悟就是不一般。"

"别人的工作早就找到了，当然站着说话不腰疼呀。"

"哎，孟春技术员，你可不可以帮我也找一份工作啊？干什么都行。"

"别人是技术员，你是什么？"

"我又没找你帮忙，你急什么急啊？"

现在开着麻木、摆着地摊、卖着早点、做着清洁工、钟点工、修鞋匠的原化肥厂的工人们，只要有了闲暇时间，还是会如往常一样，聚集在铁皮屋商店门前，或互通情报，谁谁最近找到了什么什么样的工作，或会为一些无关紧要的话题争得脸红脖子粗。

往往这个时候，在老婆子的唠叨声中偷偷溜出家门的诸葛海俊，是一定会混迹其中的。混迹在牢骚满腹人群中的诸葛海俊，时常也会声音不高地附和着人们说一些怨天尤人的话，以解心中的郁闷和怨气。但是，混迹在议论纷纷工友们中的诸葛海俊，最多的时候，还是沉默寡言地沉醉在对往昔的追忆之中……

4　可儿和她的父亲

　　1999 年宣告破产的里约市红星化肥厂，在 20 世纪 70 年代末 80 年代初，的确是很辉煌耀人、欣欣向荣、蒸蒸日上过的。

　　应该说，1979 年秋天，是可儿人生之路雏形开始的年份，同时也是我所要讲的故事的雏形。可儿人生之路雏形的开始，无论如何应该算是比较美好明媚的。那时，三年的学徒期还没满的可儿，虽然嫁给了一个不被父母认可接纳甚至使他们痛恨的男人，但她的物质生活和精神生活一点也没受其影响。婚后的可儿，如同那个时代所有的人一样，拿着不高的工资（三四十元钱），过着不很富裕但很安康稳定、没有任何后顾之忧的日子。她觉得每天的阳光总是那么明媚灿烂，温暖人心。正如一首老歌里面唱的"太阳出来照四方 / 毛主席的思想闪金光 / 太阳照得人身暖哎 / 毛主席思想的光辉照得咱心里亮 / 照得咱心里亮……"即便是梅雨季节，人们觉得天也是蓝蓝的，太阳也是红红的，心中始终是亮堂堂、暖融融的。

　　那个时候的人们，觉得艳阳高照着每一天的日子。尽管也常有一些不尽如人意的事儿发生。比如，这运动来那运动去的；比如，加工资时总是加不到自己的头上；比如，一家几代人挤在十几平方米的房子内居住，而每次分房时总是难以分到自己的头上；再比如，考勤员将自己的出勤率总是记少了或记错了。这个时候虽然不时兴扣工资，更无奖金扣可言。可是每到月底的时候，考勤员会将迟到、早退、旷工人员的名单张贴在阅报栏一角。往往上了迟到早退名单的人，觉得这样很丢脸面；再再比如，自己在工作中很努力勤奋，业绩也有一些，人缘也不错，可是到年底评比的时候，"先进生产者""先进工作者"或"劳动模范"等之类的荣誉，总是与自己无缘；再再再比如，谁家的丈夫被哪个风骚娘们儿缠上了，闹出一些沸沸扬扬的绯闻后，被织组严肃处理。是党员的开除党籍留党察看一年，是工人的开除厂籍留用一年以观后效等诸如此类烦人、恼人、丢人、气人的事儿时有发生。但是这一切，在那个年代，似乎丝毫不影响人们对生活的热爱及对幸福生活的憧憬向往。人们照样地"鼓足干劲力争上游"，照样热火朝天地"抓革命促生产"，照样自觉自愿地"提高警惕、保卫祖国"，照样地遵循毛主席他老人家的教导："闲时吃稀，忙时吃干""深挖洞，广积粮"。这个时候，更没有任何迹象表明，国有企业会有走向衰落、走向资不抵债、走向破产的边缘！更没有谁想到过下岗或失业的事儿有一天会降落到自己的头上，会降落到工人阶级的头上。这个时候的可儿及红星化肥厂的工人们，真是趾高气扬、扬眉吐气，骄傲自豪地做着企业的主人，做着国家的主人。

在红星化肥厂非常红火的年代，也正是工人阶级最吃香的年代。在工人阶级最吃香的年代，不少领导干部都削尖了脑袋将自己的子女或亲戚往各种不同的厂矿企业安置。可儿之所以没等高中毕业就进了化肥厂，就是得益于她的父亲当时是地区劳动局人事科科长。

可儿被招进化肥厂的那一年，化肥厂招进的20多名新工人中，就有16人是地委、县委及在其他各要害部门任着要职的干部的子弟或亲戚。极少数的几个名额，才如残羹剩饭一样作为内部招工指标留给了本厂。由此可见，权力，历来就有着至高无上的地位和无孔不入的市场。权力在任何时候既可以使人上天堂，也可以使人入地狱。

可儿被招进化肥厂的这一年，芳龄 17——一个如花样绚丽多姿，充满梦幻的年龄。这个时候可儿的生活轨迹，如她的芳龄，如她的容貌一样朝气蓬勃、明媚鲜亮，一路撒满鲜花和灿烂阳光。这个时间段，也可能就是可儿，作为一个女人一生当中最辉煌、最精彩耀人、最冰肌玉骨、最值得回味的时间段。可惜可叹的是，这种一路撒满鲜花、阳光，充满呵护、爱意、温馨的岁月，在可儿的生命历程中，并没有维持多长时间，就烟消云散得了无痕迹。

可儿在若干年后的某一天，同我交谈时，表情极其复杂、留恋地说："那真是一段叫'流金年华'的岁月，短暂而辉煌得令人炫目。"可儿说，似乎是眨眼之间的工夫，她就由当初衣食无忧的千金小姐，沦落为现如今成天为柴米油盐犯愁、对任何事情都要斤斤计较的平庸女人。按可儿的逻辑说，造成她命运多舛的一个最重要的因素，就是她父亲权力的丧失。她说，如果她父亲的权力不丧失，她想调换一个单位是太轻而易举的事情了。她怎么会沦落到开麻木的悲惨境地呢？可是，人们背地里却说，可儿父亲的权力，并不是像可儿所说的那么显赫得不费吹灰之力就可以改写可儿的命运。当然了，这是后话哟，在此我们暂且不表。我们还是接着 17 岁的可儿进工厂的故事讲吧。

5 可儿和她的母亲

17岁的可儿被招进化肥厂后没过多久，就被化肥厂选派到上海利华化工厂去学习了一段时间。

到上海去学习，这是多少青工心向往之的美差呀。而这种美差在这种时候，落在有父亲权力的光环罩着的可儿的头上，好像是一种无可厚非的必然和自然。

到上海去学习，这是可儿长这么大第一次离开父母亲出远门。尽管心中多少有些惶惑和忐忑，但是另外哩，还有一种终于摆脱羁绊，要远走高飞了的感觉在心中荡漾——这种感觉真是无比地美妙。她老早就想远离父母亲，去过一种她向往的生活。然而，自己到底向往一种什么样的生活呢？她自己也说不大清楚。

可是，十分令可儿沮丧的是，她的"终于摆脱羁绊，要远走高飞了"的好心情和美妙感觉，被母亲那一天的送站，弄得有些似是而非、戚戚哀哀、悲悲切切起来。

可儿是决意不要母亲送站的。因此，她根本就没将他们什么时候走的具体时间告诉母亲。

临行的头一天晚上，她压住心中的高兴和快乐，边将出差要穿的用的内衣内裤外套等衣物、牙膏、牙刷、茶杯、洗脸盆等日常用品什么的往一个线网兜里面胡乱地塞，边轻描淡写地对正匍匐在三屉桌上批改学生作业的母亲说："妈，我要到上海去学习半年哩。"

在县实验小学当教师的母亲，听女儿说她要到上海去学习，其高兴劲并不亚于可儿本人。她侧偏着头，慈祥、喜悦、笑盈盈地望着女儿，轻言细语地说："那好啊那好啊。什么时候走啊？"

"明天。"

"明天？你明天就走啊？你咋到现在才告诉我啊？"

"我这不是想给您一个惊喜吗？"

"你这孩子真不懂事，我现在怎么来得及为你准备呢？"

"妈，我现在都参加工作了，是大人了。我出差，要您准备什么呢？我自己准备就行了呀。"可儿不耐烦地说。

"好好好，妈不管你妈不管你。我的女儿长大了，不要妈妈管喽。"母亲有些落寞地说。顿了一会儿，刚低下头准备批改作业的母亲似是又想起了什么，放下手中的笔，转过身，拉住女儿的手，另一只手拍拍身旁的方木凳子，道："你等会儿清等会儿清，来，挨着妈妈坐会儿。"

放下手中活儿的可儿，刚挨着母亲坐下，母亲就语重心长地唠叨开了："你刚上班，就有到外地去学习的机会，而且是到大上海，这可真是难得的好机会呀。你可一定要好好珍惜这来之不易的学习机会呵！你在上海，一定要脚踏实地勤奋学习。要谦虚好学，不耻下问。要实干，不要油嘴滑舌。要团结同志，不要要骄娇二气。不要以为自己是干部子女，就有比别人高一等的思……"

"妈、妈，您有完没完啦。我可是您的女儿，不是您的学生。您不要动不动就给我上政治道德教育课好不好。"可儿噘起小嘴，显得很不高兴的样儿，将被母亲拉着的手抽了出来，打断母亲的话说。

"好好好（'好好好'，几乎是母亲的口头禅），我不说了，我不说了。你也是老大不小的人了，在外面你就好自为之吧。"说完，母亲便车转身，埋下头，又批改起了学生的作业。稍刻，母亲又抬起头，望着勾着头又在收拾出差用品的可儿，关切地问："告诉我，你们明天具体什么时候走？我好请假送送你。"

可儿实在不想母亲为她送行，又不好意思直接说，便对母亲的探问支支吾吾、答非所问："嗯……妈，我的那件浅蓝色毛衣您放哪儿了？"母亲见女儿顾左右而言他，知道她是有意不想告诉他们走的时间。气也不顺起来，道："你不要用耍小聪明来搪塞我嘛，啊。你以为我不晓得你耍的鬼把戏哟。我晓得你是在厌烦我婆婆妈妈的，嫌我话多。好好好，我就不管你了，我真的不管你了。你爱什么时候走就什么时候走吧。"说完，赌气地起了身，悻悻走出了房间。可儿冲着看上去有几分落寞、怅然的母亲的背影，又是挤眉弄眼又是伸舌噘嘴地做了个怪相，满以为自己的"阴谋"得逞了哩。

可是，隔日，到可儿走的时候，母亲还是匆匆赶到火车站来为她送行了。

身个儿又瘦又矮的母亲，一直踮着脚尖，急促、慌张地在人头攒动的站台上东张西望地寻找她的女儿。当她在熙熙攘攘的人群中好不容易找到可儿时，可儿正要上车。

"可儿！"母亲喊。

正待抬脚往车厢里走的可儿，回头一望，见是母亲，愣怔了片刻，接着边继续往车厢里面走，边任性地埋怨："您来干吗呀？您来干吗？谁让您来的呀？"

此时的母亲，一点也不计较可儿的任性和埋怨，依旧恋恋不舍地望着女儿往车厢里面走。可儿在车厢里面往前走，踮着脚尖的母亲在站台上，高高举着一个纸包，侧着身子望着可儿随她往前走……

可儿的座位正好临窗。她找到座位后，踮起脚尖，将网兜儿和黄帆布手提包放到行李架上后，就打开车窗，将半个身子伸出了车窗，喊："妈妈，我在这儿。"

一直踮着脚尖站在车外的母亲，听见可儿喊她，便将手

中的纸包高高举起递给可儿，说："这是你最爱吃的桃酥和芝麻糕。你爸还让我给你带来了大白兔奶糖。"

"妈，我都参加工作了，你们还把我当幼儿园的小孩子，烦不烦啦。"

"你长再大，在爸妈的面前，永远是小孩子……"母亲的声音由窗外弱弱地飘了进来。

"大白兔奶糖本来就是上海生产的，您又要我把它带到上海去，这不是冤枉增加我的负担吗？"可儿不解母亲的苦心，没心没肺地说。

可是，可儿刚说完这番没心没肺的话，心中莫名地一下子涌起难舍之情。鼻子有点儿发酸，感觉眼泪快要流出来了。为了掩饰伤感，她缩回身子，佯装将母亲递给她的纸包放在茶几上，稳了稳情绪。之后，再次将头伸出窗外。母亲将可儿伸出窗外的手紧紧揽着，嘱咐她要如何如何照顾好自己，不要同陌生人讲话；不要单独行动；不要一人去逛商场、逛公园，一定要和同事们一起外出；不要随意接受别人送的礼物；尤其是男人送的东西，一定不要接受；不要同不了解的男人接触，即便是很熟悉的男人，也不要同他们交往过深，以免别人起歪心。母亲还说："你长这么大，这还是第一次离开家到那么远的地方去，妈真是放心不下你呀。儿行千里母担忧啊……"母亲说到这儿，声音有点哽咽，眼中有了泪水。

可儿本已平静了的心，被母亲眼中的泪水也感染得酸不溜秋起来。但是，表面上，她还是装出一副不解母亲愁滋味的样儿，没轻没重地说："妈，我这是去学习，又不是去受苦受难。离家也就只半年的时间，您何必搞得像是生死别离的样子，惨兮兮的。让人看见了会笑话我的。我最烦您这个样子……"

"唉……"母亲叹息了一声，像是还要说什么，但没来得及说出口，车子就缓缓地开动了……

"在外面一定要小心啊！要注意安全啊……"母亲喊着叮嘱。

当可儿看着母亲向她挥手的身影，渐渐地由一个人变成一个小黑点而后完全由视野中消失时，她才将头由车窗外缩了回来，感觉脸上有两条冰凉的虫子在爬，一摸，原来是一把泪……坐她对面的小伙子，怯怯地递给她一块手绢，说："擦擦。"

"谢谢！"可儿羞涩地低下头，抿嘴一笑，道了声"谢谢"，但是没接小伙子递给她的毛巾。她不好意思地揉了揉还在发酸的鼻子，又揉了揉噙着泪水的双眼，起身将行李架上的网兜拿了下来，由里面拿出一条雪白的毛巾，擦了一把脸。

6　红星化肥厂到
　　上海去学习的青年们

　　在可儿踮着脚尖重新将网兜往行李架上放的时候，对面坐着的小伙子忙起身将网兜接过去，帮她递到了行李架上。

　　这小伙子可儿认识。他同可儿一样，也是化肥厂新招的工人，也是被化肥厂选送到上海利华化工厂去学习的。可儿还知道他叫诸葛军男，是化肥厂的内部子弟。

　　当然了，这次被选派到上海利华化工厂去学习的人远不止可儿和诸葛军男两人。其中还有地区行署（那时还没改市）计委主任的女儿芪燕；外贸局局长的公子绍道斯和地区行署副秘书长的外甥朱桦及行署政府办公室主任的千金罗素玉等四男四女，共八人。

　　四男四女，这是一个很暧昧的数字；四男四女被送到千里之外的地方去学习，这更是一种很暧昧的现象。这种暧昧现象的发生，真是巧合，还是厂领导的良苦用心？对此问题，这些刚参加工作的、对前途充满理想的热血青年，好像谁也没去细想过。这群对生活、对未来充满憧憬的少男少女当然有所不知，这样的安排，其实是厂领导们的良苦用心。因为这个时代的领导，关心未婚男女青年的婚姻问题，也是他们的重要工作之一。领导们为未婚男女青年们牵线搭桥的惯用"伎俩"，就是经常有意无意地给他们制造一些单独接触的机会。

　　而事实上，这次的学习，最终还真的促成了三对恋人终成了眷属哩。可儿就是在这次学习中，同大她三岁的男青工诸葛军男恋爱上的。

　　对自己早早地就同一个锅炉检修工谈恋爱这一事实，可儿后来回忆说，这真是一个连她自己都始料未及的结果。凭她当初对诸葛军男的印象及他们两家社会地位的悬殊，还有后来伊候健的介入，她和诸葛军男是断断不可能终成眷属的。可是，可儿当初就硬像是偏偏自己同自己过不去似的、鬼迷心窍地嫁给了那个其貌不扬，父母及亲朋好友完全不能接受的锅炉检修工——诸葛军男。

　　由于父母的阻挠，也由于有第三者插足，可儿同诸葛军男当初的恋爱之路，的确走得不是一帆风顺，甚至是一波三折、跌宕起伏，可儿差点就做了别人的新娘。那个和诸葛军男争夺可儿的强劲对手，就是红星化肥厂宣传科的宣传干事伊候健。要不是诸葛军男情急之中对可儿采取非常手段（伊候健说他是采取的卑劣下流的手段）"捷足先登"，他和可儿的恋爱关系，是很难出现"柳暗花明又一村"的局面的。

　　就在诸葛军男为自己力挽狂澜挽救了他同可儿的爱情而暗暗欣喜若狂的时候，来自可儿父母的巨大阻力，犹如十二级台风，照样刮得他晕头转向、惶惶不可终日。

7 学习归来，诸葛军男感觉到
自己同可儿的恋爱关系一下子飘了起来

　　话说那一年，可儿、诸葛军男等八人在上海的学习结束，回到红星化肥厂后，很快就被分配到了不同的岗位。可儿和诸葛军男被分配到了不同的车间。可儿被安排到化验室当上了一名化验员，诸葛军男被安排到锅炉车间，算是子承父业。不过诸葛军男的工作性质有些微的变动。父亲干的是锅炉车间的炉前工，而诸葛军男现在干的则是带有技术性质的活儿：锅炉检修工。由于不在一个车间，可儿和诸葛军男相见的机会就比在上海学习时少了许多。

　　已经处在热恋中的他们，虽然早已料到回厂后会是这样的结果，但一旦真的面对这种现实时，他们各自的心中多多少少还是生出了些许的失落和惆怅。尤其是诸葛军男，自从由上海学习归来后，他觉得自己同可儿的关系好像一下子飘了起来，心中总有一种说不出的虚晃晃、飘忽忽的不踏实感。这种不踏实感使他终日处在惶惶不安之中。期间，唯一使他感到有些许欣慰的是，他同可儿倒班的时间倒是相当一致。也就是说，可儿上夜班，诸葛军男也上夜班，可儿倒白班，诸葛军男也倒白班。

　　这个时候的诸葛军男虽然还是一个很腼腆、很羞怯、很讷于言表的小伙子，在可儿面前也很自卑、很规矩，对爱恋的可儿不敢有丝毫的非分之想。但是，他对可儿的百般殷勤万般呵护，却是表现得淋漓尽致。打个不恰当的比方，如同太监伺候皇上——小心翼翼、百依百顺、贴心贴意、唯命是从、如履薄冰地伺候着。只要可儿上夜班或下夜班，无论刮风下雨、严寒酷暑，他总会雷打不动地接送可儿。厂区门口不远处的一棵梧桐树下，是他等可儿的老地方。一下了夜班，诸葛军男就会急匆匆赶到梧桐树下，眼巴巴地等着可儿。每当下了夜班的可儿边打着哈欠边款款来到他身边时，内心热血澎湃、骚动不安，而表面上却循规蹈矩得很的他，就会很谦卑地、怯怯地、温存地握着可儿绵软的小手，一路上嘘寒问暖地喊喊喝喝地讲着贴心暖心的话儿，一直将她送到女职工宿舍区，望着可儿进了寝室的门，才依依不舍、一步三回头地回自己的家……

这种握着可儿的手时也不敢有非分之想的日子，维持了五到六个月的时间吧，诸葛军男就不再想只当一个本分的护花使者了。

他想做摘花人！

有了想做摘花人想法的诸葛军男，等到再一次接下了夜班的可儿时，他先是用胳膊肘儿有意无意地在可儿胸前的敏感处试探性地撞了一下，见可儿没有避让，也没有指责他的意思，他就知道可儿对他的这种行为并不反感，胆子就渐渐地大了起来。他的胆子在一天天大起来的时候，握着可儿的手时，行为就不再像先前那样安分守己，那样唯唯诺诺，那样腼腆、怯懦。

眼下，诸葛军男想得最多的是如何突破自己和可儿仅限于牵手的这种现状，将自己的手伸进可儿鼓鼓的、富有弹性的酥胸……伸进她身体的任何地方……不安分的想法，如恶魔般怂恿着诸葛军男欲望的滋生和无拘制地膨胀……很多鬼主意和乱七八糟的想法，常常把他弄得神魂颠倒、躁动不安、饥渴难忍——有好多个晚上，他总是梦见可儿赤身裸体地躺在自己的身边，而后他将自己也是赤身裸体的身子急不可待地压上去。

而事实上，诸葛军男压根儿就鼓不起勇气将自己牵着可儿手的手滑进她的肤如凝脂的酥胸，去寻找欢乐的福祉，去感受泉水之润泽……就在诸葛军男的胆子要大还没大起来的时候，就在他暗暗计划着只要逮住机会，就一定要将可儿拥进怀中啃（诸葛军男想"啃"可儿想得快要发疯了）她几口，然后就将那只握了千百次可儿手的手，滑进她白嫩如凝脂的酥胸的时候，他和可儿的中间，令他猝不及防地横插了一个人进来。

这个横插进他们中间的人您道是谁呀，他就是红星化肥厂厂部宣传干事伊候健。

8　曲高和寡的伊候健
在新华书店碰到了可儿

伊候健比可儿他们早两年进的化肥厂。因为他写得一手漂亮的美术字，文章也写得小有文采，当然也有人谣传他的后台很硬，加上说一口标准的普通话，被招进化肥厂后，根本就没在车间待过一天，连新工人进厂后，按惯例要下到车间去劳动锻炼一段时期的过场都没走一下，直接就被分配到了厂部宣传科。厂领导以如此不同一般的态度，对待这个来路不明，有着一副纨绔子弟油腔滑调相的伊候健，职工们很是不满，微词颇多。比较统一的说法就是："这个来路不明的伊候健，一定是个高官家的子弟。瞧他那副眼睛长在额头上，不把谁放在眼中的傲慢相，背后肯定是有大后台撑着哩。"甚至有些历来喜欢打探小道消息的人士，还千方百计地四处搜寻过关于伊候健的背景资料。结果一无所获。这种一无所获的结果，更增加了伊候健来历的神秘色彩。

伊候健如同一个天外来客，他的背景和来历，高高地悬在上帝那儿，谁也触摸不到。这实在使那些对伊候健的来历充满好奇心的人大失所望，难以释怀。

不过，这个被众人议论着、猜测着、排斥着，且显得很有神秘色彩的伊候健，倒也真是没辜负厂领导对他的厚望和期待。到宣传科后，没要多长时间，就将厂里面的宣传工作干得有声有色、有模有样起来。墙报啊、宣传橱窗啊、生产简报啊、报栏啊、工作总结啊等，经他手编排出来，设计出来，撰写出来，全都花样翻新，给人耳目一新的感觉。地区周报、地区广播电台，也常有经伊候健之手撰写的关于红星化肥厂超额完成季度任务或全年生产任务等新闻稿件刊登和播出。由于他工作上的出色表现，厂领导对他更是器重赏识有加。伊候健进厂一年后，在一次厂委扩大会议上，大家一致表决通过，将伊候健纳入重点培养对象之列。伊候健也不失时机地写了入党申请书。不久，厂党委就批准他为预备党员。

工作上的顺心顺意加上领导的赏识和器重，使伊候健无形中滋生了不少连他自己也无所察觉的少年得志的傲气和骄气。和人说话时，尤其是同普通职工说话时，总是一副高高在上，瞧不起人的样子。生产第一线的工人们，几乎没有一个人对他有好印象，都说他恃才傲物又轻狂自大得很。

"还油头滑脑的，对人一点也不踏实。完全像是资本家的纨绔子弟，和我们工人阶级格格不入。"工人们说。

工人们还说："瞧他那副德性，成天把架子端得比天还高。有什么了不得的，不就是当了个小小的宣传员吗，不就是会拍马屁得领导的宠吗？要真是有本事，还会像我们一样，到这个连每一寸土和墙缝缝里面都渗着氨臭味儿的厂子里来。"等等，闲言碎语满天飞。总之，工人们对伊候健的印象和评价，简直是糟糕透顶。没有人说他半个字的好话。工人们都说他是孤芳自赏，自视清高。

而伊候健却说自己是"曲高和寡""高山流水，知音难觅"。他说他交朋友的原则是宁缺毋滥。

如此一来，伊候健在红星化肥厂的人际关系，并非如他的事业、如他的仕途那样一帆风顺，如日中天，令人仰慕，倒真是很有点曲高和寡高处不胜寒的意味。由此，他与工人之间的关系十分生疏、隔膜是显而易见的，甚至可以说是剑拔弩张。比如说，几个工人正在一起有说有笑地谈天说地，只要见到伊候健来了，人们就马上默不作声或是散去。有时，他主动与谁讲话，别人便佯装没看见没听见似的对他视若无睹。每每碰到这样的情况，看似洒脱不羁的伊候健的心中，总会涌起一丝淡淡的隐痛和伤愁。然而，他怎奈何得了工人们对他的偏见。

被工人们认为傲气十足、孤芳自赏的伊候健，有个非常好的习惯（这种习惯，也许是造成他与其他职工格格不入的最根本的原因），爱读书。只要有时间，他就会往新华书店跑。不是到新华书店去买新书就是去新华书店蹭新书看。在新华书店一待就是一整天对他而言是常有的事。

伊候健23岁生日的这一天，恰逢又是个艳阳高照的休息日。他决定这个生日就在新华书店度过。

这日清晨，他如往常每个休息日一样，早早起来，麻利地盥漱完毕，就到厂部食堂买了一份咸菜、一碗稀饭、两个馒头，这就是他的早餐了。他在食堂吃完早餐后，又到食堂窗口买了两个馒头、一小碟榨菜丝。他将榨菜丝夹进掰成两半儿的馒头里面，然后把夹了咸菜的两个馒头，放进带来的铝制饭盒中，盖好盖子，放进洗得泛白的黄军包中，以备中午饭所用。之后，就骑着刚买不久的永久牌载重自行车，向城区唯一的一家新华书店踩去。

他踩着脚踏车来到新华书店（在伊候健爱读书的年代，他工作生活的这座城市同全国所有其他城市一样，新华书店，是读书人唯一的去处）门口时，新华书店的员工们刚懒洋洋地将书店的门打开。站在柜台里面的几个店员，有的还仰着头在打哈欠揉眼睛哩，好像瞌睡还没睡醒似的。

伊候健走进书店，先在文学类专柜前浏览了一会儿，没发现有新书上架，便转到文史、政治、哲学类专柜。他在码有哲学类书籍的书架前泛泛地浏览一番后，便伸手去拿一本新上书架（上个星期天他来时，没见到这本书）的《看哪，这人》一书。几乎是在他伸手拿书的同一时间，另一只手由别处也伸了过来。两人又几乎是同一时间抬头缩手。

"啊，是你呀！"这是可儿的声音。

"噫，是你呀！"这是伊候健讶异的声音。这两种声音，几乎也是同一时间由不同的两个人的口腔内发出的。

伊候健没办法不惊讶。这是自他进化肥厂三年以来，第一次在新华书店碰上化肥厂的工人，而且还是个天生丽质的女孩子。

两个虽说是在一个单位上班，但平日没有什么来往的年轻人邂逅于书店，虽然没有发出电光石火般的碰撞，更没有一见钟情、相见恨晚的激动，但各自的心中，多多少少还是荡起了一股很暧昧的涟漪。尤其是伊候健，他感觉可儿简直就是上帝派送给他的生日尤物！

他一改平日的傲慢，很友好、温和，甚至有些暧昧地冲可儿微微一笑，道："哟，真看不出啊，我们厂的女工也喜欢尼采的书。"

可儿低垂眼帘，谦卑地说："不是不是不是。我可不晓得尼采是谁（可儿的确不知道尼采是何许人），更谈不上喜欢他的书。我只是随便转转，觉得这本书名怪怪的，就想拿出来随便翻翻。"可儿说这话时，白皙的脸上涌起了潮红，既娇媚又动人。

"噢！不过我以为，喜欢翻翻尼采书的女孩，也是很不简单的女孩呀！"伊候健望着脸颊嫣红又娇羞的可儿，满口文艺腔地说。他觉得自己在瞬间简直有点喜欢上了眼前的这位女同事了。他甚至发现眼前的这个女孩子，原来是这样地美丽可人。

"真是个尤物。以前怎么没有发现呢？"他在心中暗暗地想。

可儿浅浅一笑，道："你高看我了。我其实是一个很简单的人，也不爱读书。"

"你太自谦了吧。"伊候健说。顿了会儿，他又补充说：

"往往说自己简单的女孩子，其实是最不简单的。"

"你这是在夸我呢，还是在挖苦我呢？"可儿抬起头，满眼迷惑地望着伊候健问。

"你常来吗？"伊候健没有正面回答可儿的疑问，将话锋一转，顾左右而言他地问道。可是，话一出口，他便有些失悔。他觉得自己有些虚伪，不厚道。明明知道别人不常来，还要这样问。"这不是明显地给人家难堪吗？捅别人的痛处。"伊候健暗自自责的时候，低头也了一眼可儿，见可儿对他说的话没有什么反应，心中稍稍地平静了些。

"不，我不常来，这是第一次。"果真，可儿老实地说。

"我是在这儿等一个人，等得心烦了才进来的。"可儿似乎是要强化什么似的接着又道。可儿在说这话时，有一种莫名其妙的感觉使她将伊候健同诸葛军男比较了一下。她觉得近在咫尺的伊候健，并非人们所说的那么坏，那么高不可攀，那么瞧不起人，那么高傲自大。"其实是蛮好接触、蛮和善、蛮有人情味的嘛。"她暗自想。她甚至还觉得自己同伊候健在一起时，比同诸葛军男在一起时的心情要愉悦一些、敞亮一些、温暖一些、美妙一些，心情特别好，还有一种倾诉的欲望。

只是这种美好的感觉稍纵即逝。

并且，她很快就为自己这些美好的感觉感到脸红、羞愧。"自己已经是有男朋友的人了，怎好拿自己的男朋友去同别的男孩相比较呢？是什么意思嘛？真是羞死人羞死人哟……"可儿在心中，狠狠地谴责自己不是一个正经的女孩子，不是好女孩规矩女孩。

这个时候的可儿，同她所在的那个时代的大多数女孩一样，认为一个正经女孩子的感情中，是不能同时拥有两个男人的（这几乎是这个时代，衡量一个女性品质优劣的约定俗成的标准）。那怕是谈恋爱时期，也是不允许的。她还认为，一个心中同时装着两个男人的女孩子，是一定会被人唾弃被社会谴责，更是不道德的。

　　而我们亲爱的少年郎伊候健同志，自从那天早上在那个小门小窗、生意萧条、书籍也少得可怜、一点儿也不气派的新华书店邂逅了可儿后，就如同着了魔般地对可儿产生了好感，产生了爱恋之情。尽管他早有所闻可儿已同本厂的男青工诸葛军男确立了恋爱关系，尽管他也知道当第三者是可耻的，是会遭人唾弃、指责甚至谩骂的，但他还是不管不顾三天两头地找一些理由接近可儿、亲近可儿。要么约可儿逛街，要么约可儿上书店，要么每到休息日时，约可儿骑上自行车去郊游、垂钓、踏青。他的这些雅兴，他的这种与可儿交流的浪漫方式，在以艰苦朴素、保持革命本色为美德的红色年代，被人们鄙视地称之为不被工人阶级待见的资产阶级生活方式。温和一点的说法是：小资情调。

　　当然哦，觉得感情中不能同时拥有两个男孩子的可儿，并不是一开始的时候就接受伊候健的每次约请的。她回绝过几次伊候健的约会。可是最终还是经不起他的软磨硬缠，背着诸葛军男，偷偷摸摸地同他交往起来。再后来就几乎是半公开化地同他出双入对地逛街、上书店、郊游、垂钓……有一次他们钓了一条五斤多重的大鲤鱼，拿到伊候健的宿舍用煤油炉煮着吃了好几餐哩。

　　……

　　有了爱情的滋润，就觉得时间过得似流水一样快。不知不觉之间，伊候健同可儿亲密接触有小半年的时间了。通过小半年时间的接触，伊候健觉得自己越来越离不开可儿了。他决定要和诸葛军男好好谈一次。

　　有一天晚上，他根本没有征得可儿的同意，或者说他同可儿之间到底是一种什么样的关系都不是很明朗的情况下，就直接去找诸葛军男谈了一次话，而且是以可儿男朋友的身份去找诸葛军男谈的话。

9　两个男孩一次不
　　对等的谈话发生在某个晚上

　　伊候健是趁诸葛军男上夜班时，找到锅炉车间同他谈的话。他将同诸葛军男谈话的地点选在锅炉车间而不是在别处，完全是他的别有用心。他就是要以此提醒诸葛军男，他们俩人之间地位的悬殊和差距。另一层意思嘛，他还要让诸葛军男知道，一个锅炉检修工是不配、也没资格爱像可儿这样如花似玉的女孩子的。

　　一向穿得清爽、挺括、得体，人也长得很帅气，气度不凡，思维也很敏捷，口才也极好的厂部宣传员伊候健，是蛮有把握不费吹灰之力，就能将上班下班总是穿着邋里邋遢的工作服，行为举止拖沓疲软，精神萎靡，没有多少文化修养，家庭条件极差的锅炉检修工诸葛军男击败的。

　　那天夜晚9点多钟快到10点钟的样子，穿得挺括、清爽的伊候健，目空一切地站在四壁都像是被煤炭涂抹过的、黑乎乎、脏分分的锅炉车间的门口，既傲慢又颐指气使地对穿着皱巴巴脏分分的工作服的诸葛军男，将他所要讲的话简明扼要地讲了。其大致意思就是要诸葛军男自知之明一点，不要做癞蛤蟆想吃天鹅肉的黄粱美梦。他的双手插在米黄色西裤口袋中，一只脚有节奏地打着拍子，目光炯炯神采奕奕地望着诸葛军男，说："我劝你呀，还是实际一点儿好。不要

做不切实际的美梦。你和可儿是不会有结果的。你能给她花前月下的浪漫吗？你能给她阳春白雪、罗曼蒂克的温情吗？你能为她写一首、那怕就只两三行的爱情诗吗？你有陪她逛书店并舍得为她购买曹雪芹的《红楼梦》，但丁的《神曲》，托尔斯泰的《安娜·卡列妮娜》《复活》《战争与和平》或马格丽特·米切尔的《飘》、雨果的《悲惨世界》、司汤达的《红与黑》（伊候健故意不仅将书名说出来，而且还将著作者的名字也说出来。其目的是以此显示自己读书的精到。而事实上，他的确读了不少的书，做了很多读书笔记。这一时期文化知识的积累，为他日后的发迹打下了坚实的基础。如果时间宽裕，我会写到发迹后的伊候健的。当然，我说的是"如果"）的雅致和经济实力吗？你不用回答我，我知道，你没有。那么可儿若是嫁给了你，你拿什么去爱她去抚慰她滋养她呢？"末了，他干脆直截了当地说："难道你就不觉得你同可儿之间的悬殊太大、太不合适吗？况且，你和你的家庭是没有能力让可儿幸福的。作为一个男人，活得不要太自私了。你要是真心爱一个女人，就要让她过上幸福生活。如果没能力使她幸福，就趁早离她远点。这才是一个男人应有的胸襟和气概！"他继续尖刻地说："说句不好听的话，可儿要是真嫁给了你，那就如同一朵鲜花插在了牛屎堆上。到头来你们两人谁也不会幸福。这是肯定的哟！我要是你这种鬼样子，我早就离开了她。远远地、默默地祝福她能过上真正的幸福生活。"将话说完，双手潇洒地插在米黄色毛料西裤口袋中的伊候健，并没等诸葛军男有任何反应，就吹着口哨，丢下气愤得将拳头捏得嘎巴嘎巴响的诸葛军男扬长而去。

这是一个暮秋初冬没有月亮的夜晚。北风飕飕地吹着，天也阴沉沉的，像是要下雨的样子。伊候健的一番话，如同窗外正在飕飕吹着的北风，将诸葛军男的全身和心给吹得透凉。使在可儿面前原本就很自卑的他，更是自惭形秽得找不到再去同可儿见面的勇气。望着穿戴得一尘不染，又傲气十足帅气十足的伊候健，洋洋得意走出锅炉车间的背影，再看看自己一身脏得同黑炭没有多少区别，右肘处还补了个补丁的工作服，又气又恨又羞地呆立在寒风中的诸葛军男，情不自禁地一阵哆嗦，打了个寒噤。

这天下夜班后，自卑、沮丧、痛苦得无以复加的诸葛军男，没去梧桐树下等可儿。

但是，这天晚上，还是有人去接了可儿。亲爱的读者朋友，您猜对了，当然是伊候健哟。

伊候健去接可儿的时候，看上去似乎比诸葛军男自信得多，自然得多。他的自信首先表现在，他在等候可儿的时候，一点也不像诸葛军男那样躲躲闪闪地避着人，只敢在老远的梧桐树下的阴暗处候着她。而伊候健却是一路吹着口哨，直接到化验室的窗外等候着可儿的。可是，当他看见来接夜班的江梅一行人由远及近地向化验室走来的时候，不知何故，他还是下意识地闪了一下身子，躲到了暗处……

10 脚踏两只船地
周旋于两个男孩之间的可儿

下了夜班的可儿，到更衣间换下肥大且长的白色工作服后，穿上她最喜欢穿的有腰带的中长大翻领深棕色灯芯绒外套。穿好外套后，走到挂在墙壁上的一面小圆镜前，将刚由工作帽中解放出来、显得有些凌乱的长发用双手往脑后拢了拢，很随意地用两根橡皮筋缠成马尾状。一切整理完毕，她到门后取下挂在门后钉子上的草绿色军挂包（这种军用包，是这个时代的时尚物品，少男少女们都喜欢背这种军用包）往肩上放时，对其他还在换衣、梳头的几个姐妹说："哎哟，你们动作真慢，还没收拾完啊？我可先走了啊。"说完，就哼起"北京的金山上光芒照四方／毛主席就是那金色的太阳／多么温暖多么慈祥……"的歌儿往外走。

还在更衣、梳头的几个小姐妹，望着愉快地哼着歌儿往外走的可儿的背影，几个头很快就凑到了一起，你一言我一语地低声嘟嘟哝哝地议论起来："瞧可儿高兴的样儿……就像是掉进了蜜罐。"

另一个道："别人每天同心上人在老地方见嘛，当然高兴啰。"

再一个说："我看那个诸葛军男不见得就是她的心上人嘞。"

还一个说："我也有这种感觉哩。我发现宣传科的小伊对她可黏糊哩，很有点那个意思……"

"真是哟，现在的女孩真是开放，脚踏两只船，也不怕人道品。"

"你们是不是在吃可儿的醋哟？吃不到葡萄就说葡萄酸……"

"去去去，鬼才吃她的醋哩。长得一副勾引男人的狐狸精相。"

……

小姐妹们的喁喁絮语，还没走出门的可儿，似是隐隐地听到了一些，但不甚清楚。她索性装作没听见似的，继续哼着歌儿，走出了化验室。

哼着歌儿的可儿，刚走出化验室，但见黑暗处有个人影一晃，吓得她大声尖叫："啊啊啊，谁……谁……呀……"声音都变了调儿。人也歪歪斜斜地退回了化验室内。暗处的人影声音很小地喊："可儿可儿，别怕，别怕，是我。"

"你、你、你是谁呀？你干吗深更半夜地出来做鬼骇人啦？"不知出于什么原因，脸吓得发了白的可儿，也随之压低了嗓门儿，愠怒地问。这时，化验室其他的人，都已闻声拥到了可儿的身边，七嘴八舌地问："可儿，可儿，咋啦？咋啦？"

"是谁呀是谁呀？胆子忒大了点儿吧。敢在化验室门口做鬼骇人。有胆量你就出来！"胆大的江梅还打着手电筒，跑到化验室门外，边乱晃着手中的手电筒四处寻找目标，边往黑暗处走，嘴里一个劲儿地嚷嚷："谁呀谁呀？是人是鬼你出来，别做鬼骇人好不好？"当手电筒的光亮照到由小巷缓缓走出来的伊候健的身上时，用手掌挡住照在脸颊上的手电筒光亮的伊候健小声说："江梅江梅，是我。你别照了别照了。"

江梅见到由暗处走来的伊候健，"扑哧"一声笑了，道：

"啊，是你呀。那么潇洒的伊候健，何时变得这样鬼鬼祟祟的？你到我们这儿来是？"

"我、我是来……我是来接可、可儿的。"

"哦，"江梅"哦"了一声，任啥没说，就返身往化验室走。走到化验室门口，她对还拥在门口伸头探脑的大伙儿挥挥手，说："没事没事，各人干活去吧。这个地方啊，地气就是太薄，说曹操曹操就到啦。"临了，还将惊魂未定的可儿向外轻轻推了一把，故意把声音提得高高地说："不用怕不用怕，反正是人不是鬼。"随后又低头将嘴附在可儿的耳边，小声说"是我们厂里的秀才伊候健来接你。又一个来向你献殷勤的。你可要小心点哟，别让两个男同胞为你拼杀起来呦。"

听了江梅的话，可儿的脸腾地一下红了，道："你咋晓得他要等的人是我呢？"

江梅见可儿嘴硬，也不饶人地说："你说伊候健不是等你？那好啊，我去问问大伙儿，问问大家，晓不晓得伊候健到我们化验室门口到底是为了等谁？"

"你问好了，我才不怕哩。"可儿心虚嘴硬地说。

江梅见可儿还在外强中干地说一些赌气的话，就有心想恶作剧一下她。她扭头冲着大家问："哎哎，你们说说，伊候健到底是来接……"江梅的话还没说完，可儿用手将她的嘴捂住，小声道："别闹了别闹了好不好？江梅姐，我求你了。"

"哈哈，这样说还差不多，我就放你一马吧。"江梅哈哈一乐，转身冲着大家说："各人该干吗干吗去啊。"之后，又冲着像是还没醒过神来的可儿说："去啊，还愣在这儿干什么呢？！"

"真是讨厌。"可儿忸怩又羞涩地小声嘀咕了句谁也没听清的话，就再次走出了化验室。

可儿走进暗处，借着由窗内射出的亮光，依稀看见站在半明半暗处的人果真是伊候健，先是诧异后又释然，便佯装不知他为谁而来地边往前走边问："咦，真的是你呀。这么晚了，在这儿等谁呀？"

"除了等你我还会等谁呀！"伊候健说。

"等我，你开玩笑吧。"

"我一个大活人，站在这儿等你这么长时间，怎么会是开玩笑呢。"伊候健说。说完，略微地沉默了一会儿，又道："其实，我……我老早就想承担起接送你的责任的……我想你……你应该早有感觉的吧？"平日说话口齿伶俐洒脱的伊候健，此时说话却结结巴巴、吞吞吐吐起来。他在结结巴巴地说这些话的同时，心中有一种无可名状的欲望在蠢蠢而动。他自己也不知道这个叫"欲望"的家伙，要他在可爱的姑娘面前做些什么，他只是感到"欲望"在强烈地刺激着他鞭挞着他。鞭挞得他浑身如筛糠一样瑟瑟发抖，难以自持。好在是在暗处，他浑身的颤抖没有被可儿发现。在黑暗中浑身如筛糠般颤抖着的伊候健，感觉到自己第一次在女孩子面前乱了方寸，不知所措。思绪也像一团乱麻，乱糟糟的，怎么也理不出个头绪来。就在他心乱如麻、情绪躁动不安的时候，另一个声音在他耳旁响起："你要冷静冷静再冷静！"那个声音说："欲速则不达。""心急难吃热豆腐。"那个声音还说："要博取女孩子的芳心，在心仪的女孩面前，要温文尔雅，要有绅士风度。要懂得尊重她和爱护她，不要太莽撞。不要因了自己一时的情绪冲动而伤害了她。"

总之，伊候健心中的另一个自己，对他悄悄地说了很多很多告诫他、压制他欲望的箴言。很快，那种令他既紧张又战栗的欲望，被这些箴言强硬地扼制住了，扼制在了心的深处，没让其露出一点点蛛丝马迹。自此，每当他同可儿单独在一起时，一方面，他的潜意识中，如同所有处在青春懵懂期的男孩一样，对女性世界充满窥探、占有的欲望；而另一方面，他的理智又在对这种欲望和激情不断地实行严厉，甚至是残酷的监禁、压制、扼杀。这样一来，伊候健自己把自己弄得十分痛苦、窒闷、懊恼不堪。本来，自此在每次接送可儿上下夜班的途中，他是有很多机会可以将可儿搂进怀中缱绻缠绵一番的。可是，这些机会都被他自虐般的自控，一次次地扼杀了、阉割了……一向洒脱不羁的他，不自觉地在可儿面前就变得也有些畏畏缩缩、谨小慎微起来。由于他的自禁和自我压抑的成功，导致他在同可儿长达半年时间的交往中，始终表现得非常绅士、非常循规蹈矩，没碰过可儿一个手指头。很多时候，他为自己对自己这种清规戒律般的监禁感到痛苦不堪，但另一方面，他又很得意于自己在可儿面前表现出的文质彬彬的儒雅风度。

不知是哪儿来的依据，他总是顽固地认为，可儿是一定会很喜欢像他这种有学识有修养又文质彬彬的男孩子的，可儿是一定希望将男欢女爱的性事放在新婚的第一夜的。

可是他错了，大错特错。正是他的这种错误，铸就了他同可儿之间的悲剧结果。

事实上，可儿果真如伊候健所想象的那样，喜欢他的温文尔雅，喜欢他的绅士风度吗？对此，可儿自己也似乎说不大清楚。但是，她又觉得自己的骨子里，好像不太喜欢这样没有激情、只有理智的男孩子。她感觉到自己的骨子里，是在渴望着男孩的粗野、男孩的放肆、男孩的缠绵、男孩的霸道、男孩的激情。甚至，她渴望能与爱她的男孩发生一些耳鬓厮磨、卿卿我我、男欢女爱的情事……然而，伊候健和诸葛军男这两个都说爱她的男孩儿，在她面前都表现得那么有礼有节，正人君子得像个坐怀不乱的柳下惠。因此，长得乖巧可人，看上去也本分、淑女的可儿，在两个男孩中间周旋的时候，总有一种不满足，总有一种落寞，总有一种渴望，总有一种莫名的惆怅和郁悒。她有时甚至胡思乱想：是不是自己长得不够漂亮？是不是自己长得不够媚人、撩人？是不是自己长得没有女性的魅力？不然，两个都说爱自己的男孩子，为何都在自己面前表现得那么理智，那么文雅？那么循规蹈矩？

可儿在对自己的长相产生怀疑的时候，她依然没有放弃继续同两个男孩子保持着的暧昧关系。她觉得在都说喜欢她，都对她恭恭敬敬的两个文质彬彬的男孩子中间周旋，是一件挺好玩也挺刺激的事情哩。"气死那些嚼舌头的家伙们。"可儿时常这样叛逆地想。

因此，可儿在同伊候健交往的同时，并没有减少到诸葛军男家的频率。虽然现在上下夜班时，是伊候健在接送，可是白天休息的时候，她的大部分时间却是在诸葛军男的家中度过的。

对可儿这种脚踏两只船的行为，伊候健一开始并不知道。他满以为，凭他的才华、凭他的风度、凭他的儒雅、凭他的温情浪漫是完全可以打垮那个成天穿着脏兮兮工作服的锅炉检修工诸葛军男，赢得可儿芳心的。

可是有一天，在他主持召开的有各股室、车间宣传员近20人参加的全厂宣传工作会议上，机修车间的宣传员谌涛，趁会休时，亮着嗓门，冒冒失失地（其实是有意让伊候健难堪。他早就看不惯伊候健的那股子目空一切的傲慢劲儿。一直在寻找机会出一下他的洋相。今天机会终于来了）当着大家的面，喊着伊候健的名字说："哎，伊候健大科长，我对你讲一件事哟，你可别往心里去哦。"

"嗯，没问题，你讲呗。"没有一点防范之心的伊候健，坦然地说。

"那我讲了啊。"

"讲吧，怎么这么婆婆妈妈的。"

"我真讲了啊。"谌涛乜斜了一眼伊候健道："昨天我去商店买宣纸的时候，看见可儿和那个锅炉修理工蛮亲热地在一起逛街哩。手还牵着手哩。"谌涛在大庭广众之下讲出可儿还在同前男友逛街的事，对一向爱面子、一向刚愎自用的伊候健，不可谓不是一枚重磅炸弹。炸得他猝不及防。顿时将他炸得晕头转向、心烦意乱。使得正在为自己刚才在会上出口成章的成功演讲而洋洋得意的伊候健的脑子，"嗡"的一下，顿时懵了、晕了。随之大脑出现了瞬间的空白，白皙俊朗的脸颊也像泼了血一样地红了，一直红到了耳根边。而后又是一阵的惨白。不过，这一切的变化，都是在十几秒钟或几秒钟之内就结束了。机智、聪明、应变能力过人的伊候健，很快就使自己镇定了下来，恢复了常态。恢复了常态的伊候健冷冷地回应道："这不是今天会议所要讨论的议题吧。再说，一个女孩子同谁在一起逛街也值得大惊小怪，值得议论吗？"心中却在暗骂："真是卑鄙、无耻！"

不等谌涛有何反应，伊候健抬起右手腕，看了看时间，很得体、很有风度地击着双掌，道："同志们同志们，请安静请安静。在外面的同志们请赶快进来，我们的会议继续进行……下面我们将分组讨论。讨论的议题是：面对即将到来的'大会战月'，作为战斗在生产第一线的、既是战斗员又是宣传员的我们，应该以怎样的姿态参加这场战役？请同志们围绕这个主题各抒己见……"

其实按会议计划，下面的时间不应该是分组讨论的。伊候健还拟有一篇《如何发现新闻和表现新闻》的讲话提纲，准备在会休后继续宣讲。可是刚才谌涛说的那件事，的确严重地影响了他的情绪和心情，将他的思维彻底打乱了。表面看上去，他似若无其事，很是镇定。而内心，却乱糟糟的，混乱得像一团乱麻，无论如何也理不出头绪。索性就让大家分组讨论完事。

全厂宣传工作会议，在乱哄哄的所谓分组讨论中潦草地结束了。

到了晚上，心乱如麻、胡思乱想了一下午的伊候健，依然如往常一样，还是到化验室的门口接了下夜班的可儿。

这是一个乌云密布，没有星光也没有月光的漆黑之夜。伊候健此时的心境，如阴霾的天空一样，沉甸甸的。在去接可儿的路上，伊候健自己和自己打起了架。一个说："你必须想办法阻止可儿同诸葛军男继续交往的行为。"

另一个说："你是可儿什么人，你有何权力干涉别人的自由？"

那个说："我当然有权力，因为我爱她。我就要对她的幸福负责！"

另一个毫不留情地问："她爱你吗？"

那一个："当然爱。"

另一个说："我怕你是自作多情哟。她要是爱你，她会同时同两个男孩交往吗？她要是爱你，她会同别的男孩在一起逛街吗？还是跟一个锅炉检修工逛街。"

那一个："我……"无言以对。

一整个下午，隐蔽的伊候健将物质的伊候健抨击得垂头丧气、无精打采……因此，当可儿由化验室走出来的时候，看到的是一个精神萎靡不振、蔫头耷脑、闷闷不乐，与往日谈吐自如、潇洒倜傥完全判若两人的伊候健。甚至可儿走到他的跟前时，他都没有发现似的仍然低着头在想他的心事。

"嗨，在想什么呀？这么投入。"可儿走到他的跟前，将他的衣襟一拉，提高嗓门问。

"哦，你下班了。我们走吧。"伊候健像是如梦初醒似的，答非所问地说。说着就不管不顾地闷头往前走。可儿见平日一见面就滔滔不绝地讲着话的伊候健此时像是心事重重的，甚是纳闷。她望了一眼黑暗中闷着头匆匆往前走的伊候健，关切地问："你不舒服吗？"

"没……没有啊……"黑暗中的伊候健支支吾吾。

可儿的嘴张了张，像是要说什么，又赌气似的欲言又止。心想："谁招你惹你了，凭什么深更半夜地来甩脸子给人看。"

这样一想，也没了说话的心思。就也如伊候健一样，闷着头只顾自个儿往前走。

夜好静谧啊。只有风儿轻轻地吹拂着树叶发出的沙沙声飘荡在万籁俱静的夜空。偶尔由远处传来一声或两声汽车的鸣叫声，很快一切又归于静寂。两个相互爱恋又相互隔阂的年轻人，此时各自想着各自的委屈和心事，默默地走在他们走过无数次的、用黑煤渣铺就的坑坑洼洼通往女工宿舍区狭窄而悠长的路上……走过一排长势甚是繁荣茂盛的梧桐树，女工宿舍就到了。在他们快要走过那排长势茂盛的梧桐树时，伊候健站住了。他怯怯地伸手轻轻拉了一下还在往前走着的可儿的衣襟，拖泥带水地说："可……可儿，我……我们，认……认真地谈一下好吗？"

"现在？"

"嗯。"顿了会儿，伊候健优柔寡断地又说："不过、不过……现在是不是太晚了点儿？要不明天吧。"

"不。就现在谈吧。"可儿说："你说有话要说，又不把话说清楚，这样，即便我回到寝室，也是睡不着的。"

"其实也没……也没有什么大不了的事……"伊候健吞吞吐吐、犹犹豫豫、似说欲止的样子。

"你蛮急人嘞。一天没见你，咋变成这个鬼样子。平日说话那样伶牙俐齿的，今儿个说话咋这样吞吞吐吐、拖泥带水的，像个缩头乌龟。"可儿不耐烦地说。

"就是、就是，今天开会的时候，我听、听别人说你还在同诸葛军男来往，有这回事吗？"

"这……"站在婆娑的树影下的可儿，对伊候健的这种提问，没有一点儿思想准备。她只是"这……"了一声，不知如何作答。

"我不相信有这种事！你说是吧。你肯定不会是那种脚踏两只船的人，是吧？是别人嫉妒你，所以捏造事实来诽谤你，是吧？"伊候健比可儿还急于表白地连连发问。

"有啊。别人说的都是事实啊。我是在同诸葛军男继续交往啊。因为我没有与你们两人中的任何一个人确立恋爱关系啊！因为诸葛军男全家人没有计较我同你的交往，对我还是那样好，那样关心。尤其他的慈爱的妈妈，对我就像对待亲闺女一样关心和爱护。只要我一天不去他们家，他妈妈就会找到宿舍来。你说说，我怎么舍得离开他们？再说了，你从来也没有向我表达过什么呀。我们交往了这么长时间，你也没给过我任何定情物。鬼晓得你的心里画的是么鬼符……你质问我，我还正想问问你哩，你和江梅不是也一起去看过电影吗？在职工食堂吃饭时，你还和华英坐在一条板凳上吃饭哩。你把你碗里的菜夹给她，她把她碗里的菜夹给你，亲热得像一对恋人，那又算是怎么回事呢？"可儿说了这半天的话，伊候健一句也没听见。因为这些雄赳赳、气昂昂的话，都是可儿自个儿对自个儿说的，一个字儿都没有流露出来。可儿让伊候健听得见的话是"你相信我还是相信别人"这样模棱两可很是简单的问话。说完后，她还很是夸张地仰头打了个长长的哈欠，一副疲惫困倦的样儿显露无遗。伊候健隐隐感到可儿对自己的厌烦，原本不悦的心情，更添了几分郁悒。他也怏怏地说："好吧，今天就谈到这儿吧。我看你蛮困倦的，你就早点回去休息吧。"

"也行。我真的是困得不行，我们明天见。"多少有些感到歉疚的可儿，接过伊候健的话茬儿，小声地说。欲走，又站住，很是骄横地说："你这样疑神疑鬼的，我看我们的关系真是难以维持下去。"说完，头也不回地走了。伊候健张嘴正想说什么哩，但见她已走出了老远。

这天凌晨，在那排梧桐树下，伊候健同可儿，就这样，在极不愉快的气氛中分了手……

然而，他们的故事还没完。

11　诸葛军男的母亲

　　说来奇怪得很，既传统又世俗的诸葛军男的全家，正如可儿所说，倒是一点儿也不计较可儿同伊候健的密切交往。对她在伊候健和诸葛军男之间左右摇摆的行为表现出超乎寻常的包容、谅解或者说熟视无睹，视而不见。无论什么时候，只要可儿到他们家来，那怕明明知道她是刚刚同伊候健分的手，全家人对她依然如旧地热情款待、嘘寒问暖。尤其是诸葛军男的母亲，表现得尤其大度。自从听说一个叫伊候健的小伙子也在追可儿后，一方面为儿子能否战胜对手忧心忡忡，另一方面哩，对可儿更是百般地殷勤万般地呵护疼爱有加。只要是可儿下夜班，每天早上，总是翻着花样做好可口的早点后，将漱口（连牙膏都挤在了牙刷上）、洗脸的水打好，然后才颠儿颠儿地前往可儿的宿舍去叫她起床。可儿在惬意地感受着诸葛家对自己的宠爱的时候，就更觉得伊候健是小肚鸡肠之人。可是转眼间，她又觉得伊候健比诸葛军男有情趣多了。

　　通常情况下，诸葛军男的母亲去叫可儿时，可儿还没起床。她便站在门外，气喘吁吁（她有哮喘病）、柔声细气地叫："可儿可儿，起来吧起来吧，回家（她将'回家'二字总会说得比其他的词语更响亮一些、更重一些）过了早再来睡。可不能饿着肚子睡觉呀。那样会睡出毛病，会把胃饿坏的。"诸如此类的话，诸葛军男的母亲在外面往往要一而再，再而三地说上好几遍后，方能听到可儿哼哼唧唧的回应声和窸窸窣窣的穿衣声。等可儿磨磨叽叽、打着连天的哈欠来开门时，诸葛军男的母亲在外已是候了近半个时辰。当一脸倦意，瞌睡好像没睡醒的可儿打开门，看见站在门外还在等着她的诸葛军男的母亲时，心中总会甜滋滋的，非常受用、熨帖，女孩子的虚荣心由此得到了极大的满足。而表面上哩，她总会表现出一副很夸张的惊愕相，道："哦哟嘿，伯母，您怎么还在这儿啊？我以为您早就走了呢。您对我总是这么好，真是折我的寿哟。我说了多少遍了，您不要来叫我嘛。肚子饿了，您还怕我不到你们家去找饭吃啊。"说这些话时，可儿总会十分亲热地挽起诸葛军男母亲的胳膊，头向她的肩头一歪，一副撒娇得不得了的样子，接着又说，"伯母，我们这样走在街上，别人肯定以为我是您的亲闺女哩。您对我真好，比我亲妈对我还好。"往往这时，诸葛军男的母亲会百般慈祥温和地望着在她面前撒娇的可儿，说："这是缘分哩，闺女。打你从去年4月28日那天第一次到我们家时起，我就打心眼里喜欢上你。说句你莫生气的话啊，我比我们家军男还喜欢你些。你不单单人长得跟花儿一样好看，还懂事，知冷知热会体贴人。我家娅妮要像你这么懂事，我就好了哟。"时常说着的时候，还会很爱怜地伸手将可儿头上或衣服上的一粒微乎其微的头皮屑呀什么的轻轻掸去。有时她会很疼爱地用手轻轻拍着可儿瘦削又显苍白的脸颊，心疼地说："看着你这张上夜班上得蜡黄的脸，我的心哟，就像刀割一样疼。"说得可儿心里真是暖洋洋的。

其实，诸葛军男的母亲对可儿说这些甜蜜话儿时，真是言不由衷得很，无非就是为了讨可儿的欢心。而她内心的潜台词是：你以为我愿意这样低三下四地伺候你呀，要不是那个小白脸在你和我那没出息的儿子中间横插一杠子，我才没闲工夫，更没心思如伺候皇后一样伺候你哩。

诸葛军男母亲内心的这些活动，这些不光明的想法，可儿当然是一点儿也不知晓。她在诸葛军男母亲那儿感受到的，是不是亲生母亲胜似亲生母亲的慈母之爱。比如，每天早上刷牙、洗脸的水是诸葛军男的母亲为她准备好的；每天早上吃的花样翻新的早点，是诸葛军男的母亲为她精心烹饪的；就是连换下来的脏衣服，都是诸葛军男的母亲为她洗干净晒干后，叠得整整齐齐送过来的。而自己的亲生母亲，自从她上班后，就从来没到过她宿舍来看过。更别说给她花样翻新地做早点洗衣服了。诸葛军男的母亲对可儿无微不至地关爱和极尽殷勤之能事地伺候着，无疑将可儿的心给娇纵得无以复加地甜蜜。在甜蜜的基础上甚至滋生出了些许的骄横和霸道。由此，她在诸葛军男和伊候健感情的天平上，并没因诸葛军男的母亲对她慈母般的关爱、呵护，而向诸葛军男这边倾斜一丁点儿。她感情的天平总是在伊候健和诸葛军男两人之间游移、飘浮……一会儿倾向于这个，过一会儿又倾向于那个……

可儿感情的游移不定，使两个男孩子备受痛苦和煎熬。

12 锅炉工们的
馊主意成全了一段婚姻

可儿的感情在伊候健和诸葛军男两人之间游移的那段日子，诸葛军男同可儿关系的进展如何，几乎是锅炉工们最关注的话题了。锅炉工们经常不加任何掩饰赤裸裸地问诸葛军男："你把那妞搞到手没有噻？"

有的干脆就直截了当地问："你和她那个了吗？"

"你亲过她的嘴吗？"

"你和她困过觉吗？"

"你要是真想娶她，你就得先把生米煮成熟饭，晓得啵。"

……

面对同事们或是真关心或是猎奇或是逗趣的询问，诸葛军男要么垂头丧气地摇摇头，要么默不作声，要么羞红了脸一副不知所云的样儿。他越是这样，大家的谈兴就越是高涨。接着就兴致勃勃地你一言我一语地为他指点迷津："你到现在还没破她的身呀。你咋这样老实咧。小心姓伊的那小子先和她……到那时就晚了哟。"

"老耶说得对，我也看那个姓伊的小子对可儿可黏糊着呢，比你有手段。你可不能掉以轻心啊。莫到时让煮熟的鸭子给弄飞了……"

"先下手为强噻。你先把她干了再说。你把她办了，她还有什么资本去勾引别的男人啦？"

锅炉工们粗俗又直白的馊主意，常常把讷于言表的诸葛军男说得面红耳赤，无地自容，既羞又愧。往往锅炉工们看到诸葛军男的尴尬窘态时，一点儿也不同情他，更不会安慰他，反而有一种莫名的快感和得意，便不约而同地会以更讳莫如深、更富挑逗性和刺激性的口吻对他讲一些露骨的男欢女爱的性事。当然也有人悉心地教他一些如何讨女人欢心的招数和计谋。

而事实上，锅炉工们教给诸葛军男讨女人欢心的招数，既简单直接，又野蛮粗俗。他们说：其实女人是蛮好哄的哦。女人嘛，都是爱虚荣的。你多在可儿的身上花些钱，她喜欢什么，你就给她买什么。有事无事多往她家跑几次，多给她父母亲进进贡，献献殷勤，嘴放甜些，手放勤快些，见事做事，不愁拿不下她。"不瞒你说，"丁克希说："当初我和我那口子谈恋爱时，就是这样把她追到手的。只要她说喜欢什么，我口袋里就是没钱，也要想办法借钱给她买回来。"

"就是呀，光嘴上说爱呀爱的，是不行的。还得要有实际行动，还要舍得花钞票。"

更有甚者还以身说教，下意识地将男女床帏之事说得入木三分、淋漓尽致。锅炉工炳南说："在女人面前，男人是不能太斯文的。太斯文的男人，女人是不喜欢的。"锅炉工炳南意味深长地说："男人不坏女人不爱嘛。"

"就是就是啊，炳南说得对。"丁克希接过话茬儿说："男人在女人面前坏一些，才更有魅力。"

"坏一些？"诸葛军男一头雾水愣怔地望着丁克希说："我是真心爱可儿的呀，怎么能对她坏呢？我要是对她坏，她不是离我更远了。你这是出的什么鬼主意啊。"

"哈哈哈，这个不开窍的小子。"丁克希仰头哈哈大笑道：

"我让你对可儿坏，不是要你对她不好的那种坏，而是要……要……唉，我也不知如何对你说了。"

"我替丁师傅说吧。丁师傅的意思是说，是说，"炳南说："要你和可儿结婚前把夫妻之间的那点事儿给做了。"

"啊……"诸葛军男意义不明地"啊"了一声，脸羞惭得唰的一下血样地红了。

"啊、啊什么啊呀？男女间不就那么点事儿吗？看你羞答答的样子和女孩子没有两样。别说可儿瞧不上你，我也看不起你。"

"羞答答的玫瑰静悄悄地开/慢慢地绽放她留给我的情怀……"刚刚招进厂的煤球工肖军这样唱了一句后，道："诸葛师傅，我觉得你不应该听他们的歪主意。恋爱是人生最美好的阶段，不要为满足一时情欲的冲动而摧毁了美好的……"

"去、去、去你的。你个愣头青晓得个鬼哟。"丁克希推了肖军一掌说："这儿哪有你说话的份儿……"

"怎么没我说话的份儿？你们教这些馊主意给诸葛师傅，是在害他，是在破坏他们的爱情。我看不惯，就要说。"丁克希的话没说完，肖军盯着丁克希还击。

"哟嗬，你这个嫩秧子伢，人还没长活，口气还不小哩。是哪个给你的狠气啊？"一向爱面子的丁克希，被肖军回击，觉得很丢面子，便狐假虎威地说。还扬起拳头做出一副要打人的样子。

"怎么样，你还想打人啰？"脾气火暴的肖军，一点儿也不示弱地扬起拳头就往丁克希面前冲。

"都少说两句，都少说两句。真是扯淡，本来是说着玩儿的，怎么说着说着就干起仗来了哩？！"诸葛军男和炳南见丁克希他们要干起仗来，连忙扯的扯丁克希，拉的拉肖军，和稀泥地说："不谈这些了，不谈这些了。各人干活去。"

……

天长日久的耳濡目染，使诸葛军男的内心日渐粗野、狂躁起来。在后来他同可儿交往的日子里，他就真的按照师兄们教的招数和计谋抢先伊候健一步，将可儿的身子给占了。他将可儿的身子一占，他和可儿的婚姻，果真如锅炉工们说的那样，一锤定音成了定局。

他第一次大着胆子搂抱可儿并占有可儿，是在一个漆黑的夜晚……这个漆黑的夜晚，太符合诸葛军男诡异阴暗的心理了。

本来，这天的晚上，可儿会如往常一样，是不可能同诸葛军男在一起的。可是在这个夜晚之前的头一天，每天晚上同这个星期正在倒白班的可儿或到电影院看电影，或在花前月下卿卿我我，或陪可儿在自己的单人宿舍，听半导体收音机播放的歌儿、时事、新闻的伊候健到省城学习去了。

临行的头天晚上，伊候健一再叮嘱可儿："我不在你身边的这段日子，你要好好保护好自己。不要单独和男同事外出，尤其是晚上……"

"我晓得我晓得，你走吧你走吧。别再罗里八嗦的了，我不想听。"可儿任性地将两只耳朵捂住，说："我明天要上白班，就不去送你了啊。"

"不用你送，厂里会派车子送我的。"伊候健习惯性地歪了一下头，略有所思地说："我真有点儿担心我不在的时候，诸葛军男又会来缠你。"

"你要是不放心我，就不要去省城学习呗。"

"这次学习机会非常难得。这次我若不去，以后恐怕再难有这样的好机会了。"

"那还有什么好说的呢，事业在你心目中，肯定比我重要。"可儿不悦地低下头说。

"不是你说的这样。我就是为了你……"

"好了好了，不说了。"伊候健正要解释，可儿不耐烦地打断说："我好困啊，我要回宿舍睡觉了。"说着，就起身往外走。

"再坐一会儿嘛。"

"不坐了。时间也不早了，我明天还要上班。"

"那我送送你。"伊候健将门带上，尾随在可儿身后说。

一路上，两人再没说一句话。

翌日，伊候健是忧心忡忡地离开化肥厂的。他隐隐感觉到，他将会失去可儿。

后来现实果真残酷地应验了伊候健的担忧，且将他的担忧，演变成了事实。诸葛军男抓住伊候健外出学习的机会，趁隙而入，对可儿百般体贴殷勤。终于在那个漆黑一团的夜晚，如愿以偿地占有了可儿的身子。

确切地说，是强暴了可儿。

当然，单凭怯懦的诸葛军男之力，是断断强暴不了可儿的。是诸葛军男的母亲用的计谋，让她儿子如愿以偿。

伊候健到省城去学习的第三天下午，也就是这年的7月26日，诸葛军男的母亲，在家精心地准备着晚餐。

"军男军男，起来帮我做点事。"她拿了几个蒜头和几根葱，放在看不见原色、油腻腻的三夹板案板上，走到还在蒙头睡觉的儿子诸葛军男床前，摇晃着他的肩头，说："快到3点钟了还不起来。就知道睡懒觉，又不晓得操点心。"她其实也不是真要诸葛军男起来做事，而是有些话要对儿子讲。

"哎哟，真是，别人休息也不让人睡个安生觉。"诸葛军男眼睛都不睁地嘟嘟哝哝说了一句，翻了个身，面朝里，准备接着又睡。

"你还想睡，你就不担心你的媳妇跟人跑了啊？"母亲恼怒地揪住诸葛军男的耳朵，就往上提。

"哎哟哎哟，痛死我了痛死我了！"诸葛军男捂着被母亲揪痛的耳朵，坐了起来，道："妈，您要我起来干什么呀？"

"起来帮我剥蒜头，择葱。"

"这中不中午不午的，又不做饭，剥蒜头干嘛？"

"儿呀，你真是个不晓得操心的傻儿呀。"母亲白了一眼诸葛军男，转了话题说："你不趁那个小白脸到省里去学习的机会，把可儿弄到手，等那个小白脸回来后，我看你就真是没戏了。你就等着哭吧。"

"我的妈呀，这与我剥蒜头有何关系啊？"

"当然有关系，今天，我要把可儿接来吃晚饭。"

"我去接。"

"不要你去接。我怕你是接她不来。我把菜准备好了，再去接。"母亲武断地说："你在家好好给我收拾收拾自己，把自己弄清爽一点儿。别总是一副邋里邋遢的鬼样子。洗个头洗个澡，换上我放在你床上的白的确良衬衣和府绸裤子，三角裤夹在府绸裤里面。"她今天是立意要将儿子往新郎官里面打扮了。为了达到她的预谋，她早早把老头子诸葛海俊支走了。

"妈，你太有意思了。今天又不是年又不是节的，为何要我穿一套新衣服？"从没被母亲这样郑重其事地打扮过的诸葛军男，看着叠放在自己床上的一套簇新衣服，不解地问。

"今天比过年过节还重要。"说完，心里藏着鬼把戏的母亲，不等儿子有何反应，就颠儿颠儿地又到在门前搭建的狭小厨房里忙活去了。

……

诸葛军男的母亲是在厂门口，将刚下班的可儿截住的："可儿，可儿。"她朝着裹挟在下班人群中的可儿喊。

"哟，伯母，您怎么在这儿？"可儿由下班的人群中走了出来，走到站在厂门左侧那棵槐树下的诸葛军男母亲的身旁，问："您是来接诸葛伯伯的？"

"我才不是来接那个死老头子哟。"诸葛军男母亲慈爱地盈盈笑着说："我是来接你的。"

"接我？"

"是呀，是来接你的。我特地来接你到我家去吃晚饭的。"

"今天怕不行，我已经对我妈说了，今晚要回家的。"

"吃了晚饭回去也不迟噻。我的菜都准备好了。"

"嗯……"可儿稍稍犹豫了一下后，说："好吧，先到你们家去吃了晚饭再回去。"说着，就亲密地挽起诸葛军男母亲的胳膊肘儿，顺着那条夕阳照耀下的小路，往诸葛军男家走去……

"军男军男，你陪可儿到房间里去聊聊天，嗑嗑瓜子，我去做饭。瓜子在饼干盒里。"回到家后，诸葛军男的母亲吩咐到门口来迎接她们的儿子陪着可儿在既是卧房又是客厅的房间里聊天嗑瓜子，自己围了围裙到厨房做饭。

"伯母，我和您一起去做饭吧。"

"不用不用，把你手弄脏了。菜都准备好了，饭一会儿就做好了。"诸葛军男的母亲说着话，顺手在门后摘了围裙围上，往厨房走去。

"你妈真好。"可儿望着往厨房走去的诸葛军男的母亲的背影说。

"嗯，我妈喜欢你呗。"

"咦，你今天怎么穿戴得这么整齐啊？"可儿这才发现穿上一套新衣的诸葛军男，简直与平日判若两人，吃惊不小地问。

"这是……嘿嘿……"诸葛军男差点儿要说"这是我妈要我穿的"时，面朝门外坐着的他，突然发现母亲在门口狠狠地瞪着他。不知不觉间，便改成了不置可否的"嘿嘿"一笑。

在这个黄昏时分，在这个贫穷而不乏温馨的家庭做客的妙龄可儿，一丝一毫也没想到，她人生的第一个灾难，在向她温柔地一步步逼近。

……

诸葛军男的母亲到厨房去没一会儿工夫，就端出了一盘清蒸武昌鱼、一盘梅菜扣肉、一盘西红柿炒鸡蛋、一盘辣椒炒素肉、一海碗莲藕排骨汤，另外还给可儿盛了碗银耳莲子羹。这些菜，将不大的小方桌，摆得满满当当的，且盘盘、碗碗都是可儿喜欢吃的。

"咦，诸葛伯伯呢？"当可儿、诸葛军男和他的母亲围桌而坐要吃饭时，可儿问。

"哦，他到军男姑妈家去了。后天才回。"诸葛军男母亲边往玻璃杯中倒自酿的米酒边答。她给儿子和可儿一人倒了杯米酒，而后给自己也倒了一杯。

"我最喜欢喝伯母做的米酒了。"席间可儿说。

"喜欢喝就多喝几杯，米酒不醉人的。"诸葛军男的母亲慈爱地望着脸已微红的可儿说。

可是酒过三巡后，可儿的眼睛就睁不开了。她觉得头晕晕沉沉的，人也在飘飘地往天上飞，她不知自己要飞到哪儿去……

诸葛军男哩？诸葛军男浑身上下像是着了火一样，焦灼难耐。他感觉自己要爆炸了……他要喷发，喷发积蓄了二十多年的琼浆玉液……他抱起绵软的可儿就往他窄小的床铺走去……

在米酒中做了手脚的诸葛军男的母亲，知道自己该做什么了。她满意地（或者是得意地）看着抱着可儿往床铺走去的儿子的背影，心满意足地笑了，笑得有几分阴毒。而后，起身走到门外，将门反锁，直到第二天才回家。

"儿啊，妈该做不该做的，都做了。能不能成事，就看你造化了。"临出门，诸葛军男的母亲默默嘀咕道。

　　可儿在诸葛军男床上，昏睡到第二天早上才醒。当她醒后，惊讶地发现自己赤身裸体地躺在诸葛军男的床上，她还看到诸葛军男也是赤身裸体地躺在自己的身边。

　　"天哪……"她一阵战栗，发出了野兽般的嚎叫。

　　"可儿，对不起对不起。"她的嚎叫声，将还在沉睡中的诸葛军男吵醒。他一个翻身，滚到了地上，双膝跪地，直向可儿赔罪："怪我昨天喝多了酒，一时糊涂……"

　　"啪啪啪"几声，可儿狠狠地扇了诸葛军男几个耳光。

　　"你打吧，你打吧，你要是打我能解气，你就狠狠地打吧！"诸葛军男将头伸到可儿的面前说。

　　"你滚你滚！我再也不要见到你这个臭流氓！我要到派出所去告你强奸罪。"伤心欲绝的可儿泪流满面，她迅速地穿上衣服说。

　　诸葛军男的母亲就是这个时候打开门锁走进来的。她站在床前，看着衣衫不整的可儿，冷冷地说："傻姑娘啊，你去告我家军男，是丑你呢，还是丑了军男？你好好想想。厂里人，哪个不知、谁个不晓，你和我家军男是男女朋友关系。好，就是你把我家军男告到去坐牢了，还有哪个男人敢要你这个没结婚就和男人睡觉的女人呢？啊！你要是不情愿，我家军男还能拢你身啦，啊！"

　　诸葛军男母亲一席不温不火的话，对正值妙龄、涉世不深的可儿有着巨大的威慑作用。她迅速穿衣服的手，无力地奢拉了下来……

13 婚姻使可儿从此
结束了所有的浪漫和幻想

可儿和诸葛军男的婚礼，是在这一年的元旦举行的。在可儿和诸葛军男举行婚礼的这一天，刚由省城学习回来不到三天（又是三天）的伊候健，愤然而忧伤地由化肥厂消失了，消失得无影无踪。

可儿从此也就结束了一个女孩子的所有浪漫和幻想，安心安意地做起了锅炉检修工诸葛军男的妻子。

可儿现在正在读高三的儿子诸葛桥雄，就是那个漆黑、悲哀的夜晚，可儿在诸葛军男一动就吱吱呀呀直叫唤的单人床上，被他强暴的结果。这个结果，迫使她的三年学徒期还没满，就顶着来自父母"如果你同诸葛家的儿子结了婚，我们就同你断绝一切关系"的压力，同诸葛军男提前进入了洞房花烛夜。

父母亲对可儿嫁给一个没有任何社会地位的锅炉检修工做妻子这一事实，无论如何也接受不了，痛恨到了极点。尤其是父亲，一直到可儿死，似乎都没有原谅可儿。

可儿直至沦落到以开麻木为生的时候，似乎才理解了父亲无论如何也不原谅她嫁给一个普通工人的苦心。可是，她的苦衷、无奈，又能对谁诉说呢？

不过，客观地说，可儿同诸葛军男刚结婚的那几年，生活过得还算幸福安康。尤其是公爹诸葛海俊，对她真是疼爱有加、关怀备至。

14 公爹对可儿的关心，
引起了家庭的小小地震

可儿刚嫁到诸葛家时，罗圈儿腿公爹对可儿的关爱一点儿也不加掩饰，一点也不藏着掖着地表现在日常生活的方方面面，使得老婆子有很长一段时间都起了疑心或是嫉妒之心。有好长一段时间，老婆子避着可儿和儿子，私下里，经常找碴儿跟老头子吵架。说他是老不正经的；说他连自己儿子媳妇的灰也想爬；说他看上去像个老实砣子，其实心里腌臢得很……总之，什么样的话难听，老婆子就说什么。每每这种时候，诸葛海俊总是表现出超乎寻常的冷静。

面对老婆子的无理取闹，他总是晓之以理、动之以情地劝说。他心平气和地说："人家是干部家的千金小姐，下嫁到我们这种下层人家，咋就不能对别人好一点儿咧？我对自己的儿媳妇好一点儿，你也如外人一样瞎嚼舌头。说我是老不正经，是爬灰（与儿媳偷情之意——作者注）的。我是这样的人吗？几十年的夫妻，你还不了解我呀？退一万步讲，就算我是那种人，想人家可儿，可人家可儿，瞧得起我这个糟老头子吗？"

"你这个老不正经的，吃着碗里想着锅里的邪货，真是丧尽人伦天理啊。照你说的意思，要是那个小骚婆娘看得起你，那你真还早就跟她睡到一起去了啊……"

"我真拿你没办法，你总是歪着听我的话。我哪是那个意思哩。我是打个比方……"

"你打比方？你要是没有偷腥的想法，这种比方打得出来？"老婆子不依不饶地说。

"哎哟，你这样扯瞎皮，我就真是跟你说不清了……"

"哎哎，你把话说清楚啊，是我扯瞎皮，还是你做事伤人，现在倒成了我的不是了，好像我是在冤屈你。你没见你在那个小骚婆娘面前低三下四百般殷勤的贱样，让人看着就恶心，就恨不得上去扇你几巴掌。我跟你结婚几十年了，你几时对我那样好过？你几时关心过我？你几时问过我累不累、冷不冷、热不热？我一直以为你就是这么个不会关心人的粗人哩。现在看来，你的心细得很，你会关心人得很。你以前从不洗衣服，现在恨不得每天把那个小骚婆娘的半头裤子（方言：内裤——作者注）都洗了。每天那个小骚婆娘一回家，你就眉开眼笑，一走，你就愁眉苦脸。你以为我是傻子啊？你以为我是苕啊？看不出你心里在画什么鬼符……""越说越远越说越不像话。"诸葛海俊终是忍无可忍地打断老婆子的话说：

"我就对你明说吧，我对可儿是比较关心，因为我总觉得我们诸葛家有愧于这孩子。你想想看，她要是不嫁给我们家军男，她爹妈能不管她吗？她会到现在还在化验室里成天同有毒的化学物品打交道吗？她这是嫁给了我们诸葛家，才落得如此下场啊。我们为什么就不能对别人好一点呢？啊？"

"行了行了，你就不要拿这些歪道理来搪塞我了，啊。有什么愧疚不愧疚的，她嫁给我们诸葛家，是她自愿的，又不是我们强迫她的。"

诸葛军男父母亲这样的争吵，自从可儿同诸葛军男结婚以后，就从来没有间断过。但是这种争吵，一点儿也不影响公爹对可儿发自内心的关爱。只是在形式上策略了一些，隐蔽了一些。比如说，他再也不给可儿他们洗衣服了；比如说，他再也不对每天下班回来的可儿嘘寒问暖；比如说，吃饭的时候，他再也不往可儿的碗中夹好菜等，这些老婆子看着不高兴的言谈举止，他极力避免。

可是，他的心中，一刻也没有放弃过想为可儿弥补一些什么的想法。自打将可儿接进了家门后，从没有跨进过厂党委办公室，见了领导就发怵不知如何言语的诸葛海俊，暗自盘算着如何去找一下厂领导求求情，将可儿的工作动一动，调到一个比较好的部门，算是诸葛家对她进行的一点儿小小的补偿。可是他总是瞻前顾后、难以鼓起勇气将自己的想法付诸实践。因此，他想为可儿调动一下工作的算盘，在心中暗暗地一打就打了十多年，也没鼓起勇气去找哪个厂领导说一下。直到他的徒弟洪学南，在化肥厂宣告破产的前一年出任厂党委书记，他才下了个很大的决心去找他。

15 公爹为可儿的事找到洪学南 时，遇上了令他进退亦难的尴尬场面

　　这一年秋季的某天早晨，已经退休多时的诸葛海俊早早起床，匆匆盥洗完后，就对着挂在墙壁上的一只小破方镜，用一片锈迹斑斑的剃须刀片将胡子拉碴的脸刮了又刮，还让老婆子将他平日不舍得穿的一套崭新工作服找出来，煞有介事地穿上。穿戴整齐后的诸葛海俊，坐到小方桌前，就着咸萝卜丝，咝咝溜溜地喝了碗老婆子一大早起来煮好的绿豆稀饭后，郑重其事地出了门。

　　"哎，你这是要去哪儿？穿戴得整整齐齐的，是不是要去跟哪个老相好的约会呀？"没等穿戴一新的诸葛海俊走出门，正在收拾碗筷的老婆子一脸不高兴地喊着问。

　　"你算是说对了，我是要去见老相好的哩。"

　　"你个老不正经的，给了你一根杆儿，你就往上直爬。你心里巴不得再养一个小哟，可是人家哪个瞧得起你这个穷光蛋喽。你死在外头最好，永远不要回来。"老婆子冲着他的背影咒骂。

　　……

　　已有好几年没有到厂部来过的诸葛海俊，找到党委办公室之前，问了好几个人，都说不知道。

　　"请问一下，洪学南在哪里办公呀？"诸葛海俊问到的最后一个人，认识他，同时还知道他与洪学南是师徒关系，他说："咦，这不是诸葛师傅吗？您找您的徒弟有事啊？"

"嗯，是有点事找他。"

"您和我一块儿走吧。我们办公室在洪书记的隔壁。"

"好好，那就谢谢您啊。请问您贵姓？"

"我免贵姓方。"

"哦，那我就叫您方同志。方同志一直在我们厂里吗？"

"不是，我是由外地调回来的。"

"哦，难怪哩。我说怎么不认得您哩。您是哪个部门的？"

"我是人事科的。您退休的手续，还是我给您办的哩。那时我刚调来。"

"哦，我的退休手续是你帮我办的啊，那我还真是不晓得。谢谢你啊……"

"咦，您咋晓得洪书记是我的徒弟啊？"

"哦，是洪书记对我讲的。他说，当年要不是您救了他，他可能早就不在人世了。"

"哎哟，洪书记还记得这些事呀。"

"记得记得，记得可清楚哩。"走在前面的方科长说："您退休后，还习惯吧？"

"习惯习惯。呵呵，不习惯又能咋办呢？"

"……"

说话间，方同志就将诸葛海俊带到了党委办公室门口，说："您请进。这就是洪书记的办公室。"说完，方同志就走了。

诸葛海俊怯怯地推门走进办公室的时候，洪学南背对着门，正搂着一个年轻女子在摸摸捏捏地调情。见到此情此景，一辈子除了搂抱过自己的老婆一两回之外，再没有碰过第二个女人身子的诸葛海俊的情绪，在瞬间发生了一系列的变化。他先是愣怔，继而是骇然、恐慌（他万万没想到，在办公室里也能干这种偷鸡摸狗、男欢女爱的事情）、痛心，再而就是尴尬、羞愧（他不知为谁羞愧），再后来，才想到了"赶快逃"。他一想到"赶快逃"时，就将刚踏进门的那只脚，快速地缩回到了门外。在他慌张地将脚退回门外时，不小心脚把门撞了一下，弄出了响动。

这厢背对着门调情正上劲的洪学南，听到门响，感觉到有人不敲门就推门而入，很是恼火（不是羞耻），他恼羞成怒地说："是哪一个？这样不懂规矩。门也不敲一下，就随便闯进来。"说着的时候，右手很不情愿地由女人的酥胸处抽出，左手也很不情愿地由女人的细腰间滑下，嘴也只好由女人细细长长白白嫩嫩的脖颈离开，右腿只好由女人的胯裆间退出。这一切完成后，梳得油光水滑的头，才慢慢往后扭过来，但见呆呆愣愣往门外退、刚才被自己猛吼了一顿的人，竟然是自己的师傅诸葛海俊，顿时大惊失色："啊……啊不晓得……不晓……得是您啊……"

"洪学南，洪……书记……"本已退出门外，正欲离开的诸葛海俊，见洪学南说话了，就硬着头皮僵硬地站住了，进退不是。站在门口的他，结结巴巴地说："我……是我……我是不懂规矩，没敲门就……就进来了。好长时间没见到你，怪……怪想的，今天就抽空来瞧瞧，没想到……呵……呵……"他本来是想以师傅的身份，好好教训教训洪学南的，继而一想，人家早已不是你的徒弟，况且别人现在已是大权在握的党委书记，而自己只是一个退休多年的锅炉工，你有何资格教训别人。更何况你今天是有事来求别人的。"唉，那么好的一个后生，竟然也变得如同畜生一样没了廉耻。在办公室就干起这种男盗女娼的事。真是世风日下世风日下，人心不古人心不古啊。罢罢罢。这哪是我们这些黎民百姓操心得了的哟……"诸葛海俊在瞬间，这么左一想右一想，就把一腔的愤怒和铮铮硬气，给想没了。连连叹了几声后，剩下的就是对洪学南唯唯诺诺，小心翼翼地奉承着、敬畏着、巴结着。

话也不知如何说，手脚也不知如何放了。

诸葛海俊见了昔日的徒弟洪学南后是如何发窘，如何怯懦，如何敢怒不敢言，我们暂且不表。现在重要的是让我们回过头来再说说洪学南。

为别人搅了他的好事而恼怒万分的洪学南扭过身子，当看到站在门口的人竟然是自己的师傅诸葛海俊时，惊愕、尴尬的表情一下子僵在了脸上。他愕然地望着站在门口的诸葛海俊，极其难为情地来回搓着双手，边向还在不知趣地向他搔首弄姿抛媚眼的年轻女子使眼色，示意她走人，边连跨几步将进退维谷的诸葛海俊迎了进来。他双手谦卑热诚地扶着诸葛海俊的肩膀，连连说："师傅师傅，真对不起真对不起，刚才我不知是您大驾光临。要不，我咋会……呵呵呵呵……"

各位看官一定感到很是诧异，堂堂一个厂党委书记何以对一个退了休的老头子这般惧怕、尊重、殷勤？要想说清这个问题，在这儿，还得要费些笔墨插进一个小小的故事。

16　23 年前的 1976 年

让时间老人回溯到 23 年前的 1976 年吧。

这年夏末初秋的一天，已是下午下班的时候，下午被通知到人事科去开会的锅炉车间主任邱纪，带着一个学生模样、一脸病态的陌生小伙子回到锅炉车间。

"山子，诸葛师傅呢？"一进车间，邱纪就喊着正躬着身子，挥汗如雨地一锹一锹往熊熊燃烧着的炉膛内甩煤的山子问。

"下班了。"躬着身子往炉膛里甩煤的山子答。

"走了没？"

"不晓得。"山子将一铁锹煤甩进炉膛后，将铁锹往被一缕夕阳斜照着的煤堆中一戳，右手撑着斜插在煤堆中的锹把，站直了身子，用搭在肩头的黢黑毛巾擦了把汗，又说："你到更衣间去看看吧。"

"好嘞，你忙啊。"邱纪说过后，就带着小伙子离开，绕过如小山包似的煤堆，往锅炉车间最顶端的一间写有"更衣室"字样的简陋房间走去。离更衣室还有点距离的时候，邱纪像是突然想起了什么似的，一下子站住了。他缓缓地侧过身子，乜斜了一眼一直闷闷地跟在他后面的小伙子，态度不是很友好地对他说："嗯，你、你就在这儿等着吧。不要跟着我了，也不要离开这儿。我去去……马上就回来。"说完独自一人径直向更衣间走去。

到了更衣间门口，邱纪推开裂缝很大的门，将头伸进去，见光线暗淡的更衣间里有好几个人或坐着或站着正在换衣服。他瞅了半天也没瞅见诸葛海俊，就敞开喉咙喊："诸葛师傅在里面吗？"

"在。谁呀？"被一扇柜门挡住上半身，正在金鸡独立地脱脏兮兮的工作裤的诸葛海俊答。

"你出来一下。我有点儿事找你。"

"哎，等我把……"刚把工作服脱了，还没来得及穿上干净衣服的诸葛海俊在答话的同时，将头侧伸过柜门向门口望。见站在门口找他的人是车间主任邱纪，以为是又要他加班，下半截子话还没说完，就光着膀子穿着补了几块补丁的内裤走到更衣室门口，问："咋啦，邱主任。是不是又要我加班？"

一脸严肃的邱纪摇了摇头，说："不是不是。你快去把衣服穿好了再出来，我在门口等你。有一个比加班还重要的政治任务交给你。"

听罢此言，诸葛海俊有了片刻的怔忡，而后道："你莫骇我哟，我一个大老粗能担当得起多重的政治任务。"边说边疑疑惑惑地转身走到衣柜前，将干净衣服穿好后，走了出来。

邱纪的右手搭在由更衣室走出来的诸葛海俊宽厚的肩头，说："这个政治任务保证你担当得起。"说着的时候，他将嘴朝不远处站着的学生模样的小伙子努了努，又道："喏，你看见站在那儿的小子没有？他就是你要接受的政治任务。"

"哦哟，你搞得神秘兮兮的，把我骇了一大跳。我以为是什么了不得的重要政治任务哟，不就是又要我带一个徒弟嘛，没问题。"诸葛海俊哈哈一笑，爽快地说："这也算是政治任务啊，你主任真是会拿我们这些大老粗寻开心哟。"顿了会儿，他如释重负地又说。

邱纪望了一眼一脸轻松的老锅炉工诸葛海俊，表情很是凝重地说："你别看这小子病恹恹的不起眼，他可不是一般

的人物哟。我说出来要吓死你。"接下来下面的话，邱纪是将嘴附在诸葛海俊的耳边说的。他将嘴附在诸葛海俊的耳旁，右手侧遮着半边脸，小声道："你对这小子，可不能掉以轻心啊。听说他是犯了大事，是保外就医被遣送到我们厂来的。"邱纪的声音越说越小，"好像，好像……有关系。人事科长一再嘱咐我，一定要把他交给政治思想觉悟高又可靠的同志带。科长还说，带这个家伙的人不光是要监督他干活，还要监督他的一言一行、一举一动及思想动态，不准他乱说乱动。"

"哎哟哟，这样的徒弟我可不敢带。你呀，还是另请高明吧。"诸葛海俊听了邱纪说的这番话，心里打起了鼓，很是后怕。怕什么，他自己也说不清楚。他在心中暗自嘀咕，这哪儿是要我带徒弟哩，分明是给我上紧箍咒嘛。如此这般一想，他就铁了心地想推托掉这个徒弟。可是邱纪却以没有半点商量余地的口气说："哎哎哎，老同志，刚才我不是已经对你说得很清楚了吗，这是政治任务。政治任务你知道吗？什么叫政治任务？政治任务就是你愿带也得带，不愿带也得带。没有任何商量的余地。你可不能辜负组织对你的信任哟。"

"这……"诸葛海俊张嘴欲说什么，邱纪果断地打着手势说："我知道你想说什么。但是你现在什么也不用说，事情就这么定了。那小子由明天开始，你就开始对他实行24小时的管制。"邱纪边说边向站在不远处的小伙子招手，"哎，你过来过来，你们师徒俩认识认识。"

……

简单说吧，这一年9月10日或是10月10日的这一天（因为没有文字记载，这件事情发生的具体日期也就变得有些模糊不清），邱纪带到锅炉车间交给诸葛海俊带的那个学生模样的小伙子，就是现在任里约市红星化肥厂党委书记的洪学南。可是，那个时候的洪学南，远没有现在这样有权有势、威风八面。那一年，他是因罪被遣送回老家保外就医的学生。

对于他是因犯什么错误而被遣送回老家的种种疑问，红星化肥厂那些历来喜欢打探别人隐私的人，有很长一段时间对此保持着浓厚的兴趣。他们捕风捉影、津津乐道地说着他们各自道听途说得来的信息。人们道听途说得到的信息很不一致。有的人有鼻子有眼地说：别看他病病恹恹的，他可有劲儿把同班的一个叫吉粉花的女生的肚子搞大哟，他是因为作风问题受的处分；有的说，他是参加了一件重大事件，散布反动言论，煽动不明真相的群众闹事，被判的刑，属政治问题；又有人说，他是在考试的时候作弊，被发现受的处分；还有人说：他之所以犯事后，能免去牢狱之灾，是因为他病痛缠身。总之，人们对新来的洪学南，不仅在背地里对他说三道四，当着他的面，也敢对他嗤之以鼻，表现出一种鄙视的态度。有的还做出一副很革命很崇高的样子，见到他时，还要恶狠狠地啐他一口唾沫，有意无意地说上一两句"流氓""反革命"之类的刻薄话侮辱他、谩骂他。

在这样一种环境下工作、生活，洪学南感到孤独是绝对的。因此，他很消沉、孤寂，成天沉默寡言、郁悒伤愁，一脸暮气，活脱脱一副人未老心先衰的小老头相，浑身上下看不出年轻人应有的那种虎虎生威、朝气蓬勃的模样。在那段日子里，里约市化肥厂，唯一跟他说说话的、不嫌弃他、不欺侮他的人，就是在得知他的真实身份后，在很不情愿的情况下收他为徒的师傅诸葛海俊。敦厚善良的诸葛海俊，还常常将瘦弱的、经常犯胃痛的洪学南带回自己的家中，要老婆子为他做些可口的饭菜，让他打打牙祭补补身子。对于诸葛海俊这种同情坏分子，甚至同坏分子划不清界限的行为，车间主任邱纪几次三番地提醒他。但是，一点儿也不起作用。

又过了一些时候，车间主任见诸葛海俊还是我行我素地同洪学南打得火热，还时常把洪学南带回家吃饭，便郑重其事地将诸葛海俊叫到车间办公室同他促膝长谈了一次。车间主任语重心长地说："你已经是老同志了，怎么一些事情像是拎不清呢？让你带的那个徒弟，你又不是不晓得他的身份，你咋就一点也不注意影响，同他打得火热呢？厂里面已经有很多同志在反映，说你立场不坚定、爱憎不分明。"说到此，车间主任停了下来，由中山装的口袋里掏出一包烟，抽出一支丢给一直局促地站在办公桌旁的诸葛海俊，自己也点上了一支，猛吸了一口，接着又说："本来你是一个政治觉悟很高、组织纪律性很强、党组织非常信得过的人，咋就在洪学南的问题上你就犯糊涂了哩？我说句你不爱听的话啊，你这样不分是非地对待一个有着严重政治问题的人，是要犯严重错误的，其结果对你和你的家庭都是很不利的，也会连累我们车间年底在厂部的评比。不过你现在改正还来得及。我再次提醒你，你同洪学南一定要保持一定的距离，不要同他走得太近。听说你还经常把他带到你们家里去，这怎么行哩？啊！你可不要被他的假象和甜言蜜语蒙蔽住了双眼嘞，到头来被他所利用了，还不晓得自己是在犯错误。你好好想想，为一个有严重政治问题的人，落一个袒护、包庇反革命分子的罪名值不值得？不是我批评你，你什么都好，就是阶级立场有时表现得不是那么坚定，对待坏分子的态度太温和了。毛主席教导我们说：谁是我们的敌人？谁是我们的朋友？这个问题是革命的首要问题。你不能敌我不分噻……"

"哎哎，邱大主任，你可不能扣这么大的帽子在我头上哦。我可受不起呀。"见邱纪说自己敌我不分，诸葛海俊急了，不等邱纪的话讲完，就将其打断，脸红脖子粗地申辩，"这个徒弟又不是我要带的。当初是你们硬塞给我带的噻。现在你们又这样说那样说的。你们要是认为我没带好，完全可以把他重新分给别人去带嘛。干吗给我扣那么大的帽子？我可戴不起啊！"

"你冷静一下冷静一下嘛。我又没说你带徒弟带得不好。

我是提醒你同洪学南要保持一定的距离，免得引起别人对你的误会，给你带来一些不必要的麻烦。"

"我又不是不晓得大家在背地里风言风语议论我对洪学南好，是得了人家几多几多好处，拿了他们家多少多少钱。听到这些无中生有的话，我心里窝火得很。恨不得找到这些成天乱嚼舌头的家伙，扇他几巴掌……你以为我愿意这样贴本对待一个成天病病恹恹的人呀。我是怕出人命嘞。当初，我是不愿意带他的呀，是你们硬塞给我带的呀。我是他师傅，我是看这伢儿遭孽，胃痛起来在地上打滚，他爹妈又不在身边，我能见死不救吗？我若是不管他，他要是有个三长两短的，谁负责？到时，你们还不是要找我。"诸葛海俊一肚子的委屈，像是找到了发泄的出口，一股脑儿地在车间主任邱纪的面前吐了个痛快。

面对诸葛海俊的固执，邱纪无可奈何地摇了摇头，说："在对待洪学南的问题上，我是多次提醒过你了，希望你与他保持一定的距离。你实在要执迷不悟，我也没办法。到时出了什么事情，你别怨我没提醒你就行。"顿了会儿，他搔搔头皮，又说："既然你这么抵触我的提醒，那你就好自为之吧。"

这天之后，诸葛海俊还是我行我素、一如既往地关照着、呵护着洪学南。

由于有诸葛海俊的精心呵护和关照，洪学南在红星化肥厂实行保外就医的那段本会过得很凄凉、很艰涩的日子，过得还算风平浪静。

这样的日子一晃就过了一年。

来年又是 9 月的某一天，在锅炉车间已经工作了一年多的洪学南，这天放单（独自上班——作者注）值小夜班。他接山子的班时，胃就在隐隐作痛。到晚上 10 点多钟的样子，胃就一阵赶一阵地绞痛起来。每一次的绞痛，都使他难以自

持地恨不得栽倒在地，再也不起来，算了……可是，他严厉地告诫自己：不能轻易放弃生命，不能轻易地放弃活下去的勇气。他强撑着，强撑着将煤一锹一锹艰难地往熊熊燃烧着烈焰的炉膛里甩……衣服早已被如雨而下的汗水湿透了一次又一次……再一阵的绞痛来临之时，他感到胸腔内有一股腥咸的痰往上直涌，"噗"的一下，这口痰由他的嘴中喷射而出，人也随之訇然倒在了锅炉前的煤堆边。烧2号锅炉的吉元庆见吐了一大口鲜血的洪学南訇然倒地的惨状，骇得惊慌失措，不知如何是好。他骇然地望着口吐鲜血晕倒在地的洪学南，愣怔了片刻，猛然间丢下铁锹，一下子扑到倒在煤堆边的洪学南身旁，将洪学南的头搂进自己的怀中大叫："洪学南洪学南洪学南，你咋啦你咋啦？"

正在吉元庆焦灼万分地千呼万唤已经处于昏迷状态的洪学南时，晚上无事，总会到锅炉车间来转转的诸葛海俊（他带的徒弟们上夜班时，他必定要来看看），在锅炉车间外就听到吉元庆撕心裂肺的呼叫声，心里"咯噔"一下，一种不祥的预感告诉他，一定出事了。他三步并作两步地跑进车间。但见被吉元庆搂在怀中的洪学南的脸色惨白，气息奄奄，身边还有一摊子血，腿先是一软，差点就要吓晕过去。

"这是咋回事这是咋回事？"他踉跄地跑上前，急煞煞地问。

"我也不晓得是咋回事。刚才还见他甩煤甩得好好的，突然就见他连吐了几口血后就倒下了。"吉元庆说。

"快快，你把他扶到我的背上，赶快送医院。"

"到厂部去要辆车吧，师傅。医院离我们这儿那么远，怕您是……"

"来不及了来不及了。你又不是不晓得，找厂里要车有多难。找这个签字，找那个批条。等这些手续办完了，恐怕这小子的命也没了。来来来，你快把他扶到我背上。"诸葛海俊边说边蹲下身子，要吉元庆将不省人事的洪学南扶到他的背上。

"好吧。"吉元庆只好把不省人事的洪学南，往诸葛海俊的背上扶。

诸葛海俊背起洪学南正准备走时，又车转身对吉元庆交代："这儿的事就全交给你了。你要把两个锅炉的煤都添好。看待会儿有没有人来车间，要是有人来，你让他到邱主任家去一下，把洪学南生病的情况向他反映一下，让他另派人来顶他的班。"说完，背着洪学南就往外跑。

这一年，诸葛海俊还是一个 40 多岁的壮汉子。因此，他并不是很吃力地背着瘦弱的洪学南，很快就跑到了医院。

诊断结果是胃穿孔，导致了吐血、屙血。医嘱是马上手术，马上输血。

医生说，如果再晚来半小时，命就没了。医生还说，现在虽然命能保住，但由于失血过多，必须要马上输血，否则同样随时都会有生命危险。可巧的是，血库里没有与洪学南相匹配的血浆。

洪学南的生命危在旦夕，血库又缺血源，手术无法进行。情急之下，诸葛海俊挽起衣袖，说："医生，不能再耽搁了，就抽我的血吧。"

医生思忖片刻，说："也只好这样了。你是什么血型？"

"不晓得。"

"那你先到化验室去验一下血吧。但愿你的血型同他的血型是一致的。"

验血的结果是诸葛海俊的血型和洪学南的血型真还是一致的 O 型。简单说吧，诸葛海俊 500cc 的血，在这天晚上流进了危在旦夕的、急需新鲜血液供养的洪学南的血管之中，保证了三分之二的胃切除手术的顺利进行。

洪学南由昏迷中醒过来，是手术后的第三天早晨。在病

床前守候了三天三晚的诸葛海俊见他醒了，高兴得不得了，嘴张了几张，就是不知道说些啥话好。师徒两人还没来得及说上话，查病房的一群医生就呼啦啦地进来了。305病房的主治医生是个快人快语的中年女医生。她一进病房见洪学南醒了，先是问他感觉怎样，刀口痛不痛，有没有不适的反应等。还侧低着头将听诊器放在他的胸部上来回移动着听了听，说："很好很好，恢复得很好。到底是年轻人，恢复起来就是快。"

再过了几天，洪学南刀口处的线就拆了，他基本上能够下地慢慢走动了。

这天早上，一缕朝阳由窗外射了进来，正好洒在洪学南的床头。又是医生查房的时候。"听说你要求出院。"女医生走到洪学南的病床前问。

"嗯。我觉得已经恢复得很好了。"

"也行。回家调养比在医院要方便多了。等会儿查完房，我就给你写出院小结，另外给你开一些药带回去吃。回家后一定要按时吃药，注意饮食。不要饥一顿饱一顿。要少吃多餐。可不能再把胃给弄坏了。"

"我记住了，谢谢您，医生。谢谢您给了我第二次生命。"

"你不用谢我哟。救死扶伤是我们做医生应尽的职责。不过，你还真得好好感谢你的师傅哩。是他把你的命由阎王爷那里夺回来的。要不是他及时把你背到医院，要不是他给你献的血，你的生命真是危险了哩。他对你可是有救命之恩啊！"女医生还对他讲了诸葛海俊如何如何将他背到医院，又是在怎样的情况下为他献了多少多少cc血等。正在医生说着这些的时候，上街买早点的诸葛海俊，端着一碗热气腾腾的馄饨进来了，说："小洪，快吃快吃，趁热快吃。"

"师傅……"洪学南接过热腾腾的馄饨，声音有些哽咽地只叫了声"师傅"，下面的话无论如何也说不下去了。心中暗暗发誓，今生今世一定要对师傅如同对父亲般敬重孝顺。

　　洪学南出院后，没有回到他在大山里面的那个家，而是被他的师傅诸葛海俊直接接到了他家中。洪学南在师傅家养病的那段日子，断断续续地对师傅讲了他的鲜为人知的经历。

17 洪学南是他们老家方圆几百
里地的，唯一一个走进高等学府的读书人

洪学南的老家在一个偏远、闭塞、落后、依傍在大别山山坳中的村庄。那个村庄叫洪埕村。离洪埕村不远的一个面积不是很大的坪上，有五间下雨漏雨刮风灌风的土坯房子。洪埕大队小学和大队部都设在那儿。洪学南体弱多病又干瘦的父亲在这个没有门窗、没有桌椅板凳，更没有任何教学器材的、总共只有二十来个学生的洪埕大队小学里，既是校长又是语文、数学、音乐、图画、体育老师，还兼着大队的会计。时任洪埕大队小学校长的父亲，虽然出身贫寒，身居深山，但非常开明脱俗。不仅自己从来不放弃对精神生活的追求，而且对聪明好学的儿子洪学南更是寄予了无限的希望。他不希望聪明过人的儿子如他一样蜗居深山一辈子。他做梦都想着如何将儿子送出大山，让他到外面的世界去经风雨见世面，历练成为对社会有大用之人。他相信他聪明过人的儿子有这种能力。令他想不到的是，这样的机会，是那样快地就降临了，降临到自己儿子的头上。

这个给他们家带来福音给儿子带来幸运的年份，是1975年。这一年的夏季，里约地委分配了一个推荐贫下中农子女上大学的指标到洪埕大队。

那天，公社通讯员小炯翻山越岭，将关于"指标"的相关红头文件啊、各种表格啊等送到洪埕大队时，正好是放学的时候。汗流浃背气喘吁吁的公社通讯员小炯刚爬上坪，走近第一个教室，差点儿就同边低着头拍打着身上的粉笔灰边往教室外走的洪学南的父亲碰个满怀。

"哟哟哟，这不是小炯吗？是哪阵风把你给吹来的？真是稀客稀客。是不是又给我们送什么好消息来了？"父亲清瘦的脸上的惊诧、激动的表情，显得有些夸张。他说着话的同时，还伸出粗糙干瘦的双手，热情地将小炯汗漉漉的双手紧紧握着，左右摇晃了几下才松开。

"可不是。这次给你们送来的真是好消息哩。地委给你们大队分了一个保送贫下中农子弟上大学的指标。"小炯说着，就将一份红头文件和一些表格什么的由斜背着的挂包中拿了出来，递给洪学南的父亲。又道："喏，被推荐者的条件和要求都在上面写着。你们要按照文件上的要求严格把关。一定要把政治思想过硬，成分好，又红又专的贫下中农子弟选送到高等学府去深造哟。"洪学南的父亲，由小炯的手中接过文件表格等资料的时候，心中莫名地怦怦直跳。与此同时，有一个胆大包天的念头在他的脑子中一闪而过……他甚至被自己脑中一闪而过的念头骇了一大跳……

手中攥着"指标"好几天没对大队任何一个干部透露半点风声的洪学南的父亲，经过几天几夜的思想斗争，他最终还是胆大妄为地决定，将"指标"一事彻底隐瞒下来，不对大队任何一个干部讲。他要让自己17岁的儿子洪学南填了那份表格。在他做出这个决定的当天晚上，他让儿子趴在自家用土砖垒起的土台子上，在飘飘忽忽的昏暗的豆油灯下工工整整地填好了那份地委第一次也是最后一次分配到他们大队的——推荐工农兵上大学的登记表。儿子将登记表填好后，父亲在"推荐单位意见"一栏中，以洪埕生产大队的名义，工工整整填写上了大队推荐意见，然后，由随时都背在肩头的已然洗得泛白的军黄挂包中拿出大队公章（因他是大队会计，所以公章由他掌管着。），郑重地盖上。第二天天刚蒙蒙亮，他就亲自将儿子填好的登记表及大队证明一并送往坳埔公社。

一切都在神不知鬼不觉中顺利进行。

这年的10月，洪学南的父亲，在没有经过大队任何一个干部同意的情况下，将儿子顺利地送出了大山，送进了他们家几辈人都梦寐以求的高等学府——北京某高校。

可是儿子虽然走出了大山走进了高等学府，父亲却因此而遭了殃。好像是洪学南离开山村的第二个月初，父亲就因私自保送自己的儿子上大学一事，被人告到公社革委会。公社革委会还组织了专案调查小组进驻洪埕大队进行了为期近一个月的调查。洪学南的父亲在接受审查的时候，对别人揭发的"利用职务之便私吞'上大学的指标'；私自出具大队证明；私自加盖大队部公章将儿子保送到大学"的种种罪状供认不讳。还书面写出了深刻检讨，在大队部广播站多次念读。专案组在离开洪埕大队前，对洪学南的父亲做出如下处理决定：1.开除党籍。2.撤销其大队会计和小学校长职务，遣送回家务农。3.写出书面检讨。一是作为备案所用，二是利用广播反复向洪埕大队贫下中农通读检讨书，以示谢罪。4.致电北京某高校，请求该校对洪学南实施勒令退学处罚。

专案组人员在向洪学南的父亲洪峰宣布处罚结果时，前面几条，他都是心服口服地接受着，当听到最后一条处罚时，他的脸唰的一下苍白了，心跳加快。他一下子跪在了办案人员的面前，泪流满面语无伦次地苦苦哀求："求求你们，求求你们怎样处罚我都行，坐牢枪毙流放什么都行，就是千万别影响到孩子。孩子是无罪的。私自送孩子上大学的错误是我犯下的，孩子一点儿都不知晓。请求你们不要把洪学南退回来！要处罚就处罚我一人好了。不要牵扯到孩子。一切罪孽都是我造成的，与孩子一点儿关系都没有……你们发发慈悲吧……发发慈悲吧……你们都是有孩子的人……不要因我的罪孽，把孩子的前程给毁了。"几个办案人员面对洪峰的苦苦哀求，面面相觑。其中一个工作人员似乎动了恻隐之心，像是自语又像是在征求别人意见似的说："要不，我们将最后一条去掉。"其他两个人没吭声。沉默了会儿，还是那个动了恻隐之心的工作人员又对洪峰说："这样吧，今天的话我们就谈到这儿，对你的处分容我们重新考虑考虑，再做定论。"

"你们一定一定要把处罚我的最后一条去掉，不要致电北京高校！我求求你们了！我犯的罪，由我一人来承担，不要强加在孩子的头上，孩子是无辜的……"不知是父亲殷殷的护犊之心感动了办案人员，还是其他什么原因，又过了几天的一天下午，当专案组人员再次对洪峰宣布处理结论时，除了前面的三条没动之外，最后的"致电北京某高校，请求该校对洪学南实施勒令退学处罚"这一条撤掉了。浑身因激动而颤抖不已的洪峰，再次泪流满面地一下子跪在了办案人员的面前，连连地对他们磕了三个嘣嘣响的头，前言不搭后语地说着千恩万谢的话，心里悬着的一块石头总算落了地。

远在北京求学的洪学南对家中发生的一切变故一概不知。因为已经回家务农的父亲每次在信中，总是对洪学南撒着弥天大谎。为了使儿子认为他还在学校任着校长，父亲在给儿子的每封信中除了对他讲家中的一切如何如何好外，还经常告诉他，他们大队小学发生的一些变化。比如，他在这封信中写道：我们学校最近分来了一个由省城某大学发配到洪埕大队接受劳动改造的右派分子李渊。我同他接触了一段时间后，觉得他的数学功底不错，就安排他任四、五年级的数学课。父亲还在信的末尾说这个数学课老师胆小怕事，谨小慎微得很，成天一副树叶掉下来像是怕把脑壳砸破了的鬼样子，左看右看，也看不出他哪儿像右派。可是右派应该是个什么样

子呢？我也说不清楚。哈哈哈。父亲在信的末尾竟然写上"哈哈"几个字，以示他是在一种非常愉快的心境下结束的此封信。过一些时日，父亲在另外的一封信中还会告诉远在北京求学的儿子，说他们学校又发生了一些怎样怎样的变化，还会说谁家谁家的孩子读书如何如何用功，将来一定会有大的出息，这个孩子叫洪咏……父亲在每封信中讲到的人和事，都逼真极了。有些事情的细枝末节都写得清清楚楚，使读信的洪学南总有一种身临其境的亲切感和温馨，使他似乎能由父亲的信中闻到家乡故土的芬芳……父亲为了使儿子能在外安心读书，真是煞费了苦心。而走出大山的穷孩子洪学南呢，他也真是没有辜负父亲的一片苦心。到大学后，他非常珍惜来之不易的学习机会。真正是"两耳不闻窗外事，一心只读圣贤书"，学习成绩一路飙升。到第二学期，就被选为班上的学习委员，还被评上了一等奖学金。

时间一晃就到了第二年的4月。

洪学南说："在学校的时间过得真是快呀，似乎是眨眼工夫，就到了来年的春天。这年的春天真是多事之春啊。"洪学南在另一天，在诸葛海俊家，与师傅相对而坐在门外的石板桌前，继续对师傅讲着他的经历，"4月5日的那一天，我本来是到天安门去劝同学们回学校上课的。谁知自己一走进广场，就……唉！现在回想起来，一些往事真是不堪回首……"

"哦，你就是为这事被……唉！瞧那些烂腮帮子的人瞎嚼你的坏话，我就恨不得上去扇他们几个大嘴巴。"诸葛海俊愤愤地说。

这个时候，有着不同人生经历和不同文化素养的洪学南和诸葛海俊，在谈到后面的一些话题时，都有意无意地将话题讲得似是而非又模糊笼统。但是，似乎他们又都心照不宣地明白对方在说什么。

……

　　嗯，关于洪学南过去的故事讲到这儿，我想该是煞尾的时候了。如果接着讲，那就扯远了。还是让我们回过头来接着讲发生在 1999 年的故事吧。

18 1999年的洪学南，
满足了他师傅的要求

　　1999年秋季的那一天，与诸葛海俊尽管不是骨肉之情，但血管中绝对流淌着诸葛海俊的血液的洪学南，见自己的龌龊事被师傅撞见了，尴尬得无地自容，脸臊得红成了绛紫色。他恨不得狠狠抽自己几个嘴巴。他将同他调情、化着浓妆的妖艳女子支走后，连连跨了几步走到师傅的跟前，双手扶着师傅青筋暴起的手腕，满脸羞愧，语无伦次地说："师傅师傅您……您瞧……我……真是不好意……意思……让您……您、您要不狠狠骂我几句吧？"

　　"你这是说的什么话呀，你又没做错什么，我为什么要骂你。"

　　"师傅您、您这样说，让我更加无地自容。"

　　"你、你也别不好意思。男人嘛，就这德行。世上哪有猫不吃鱼的。"诸葛海俊嘴上是这样在说着帮洪学南解围的话，可心里却痛心疾首地暗想："我今天这不是有事来求你吗，我哪敢得罪你哟？搁在平日，让我撞上这种晦气的事、龌龊的事，我不扇你两大嘴巴子，我就不是你的师傅，我就不姓诸葛。唉唉，世道变了哟世道变了。世道变得疯狂了，世道变得淫荡了哟。那么好的一个后生，也变得跟畜生一样，没有廉耻。"

不知是为了表示自己的愧疚，还是为了讨好师傅，洪学南硬要他的师傅坐到老板椅上去。诸葛海俊死活不肯上去就座。他说：“我一个糟老头子，哪配坐那么高级的椅子。我就坐这儿蛮好的，蛮好的。”说着，就在挨着老板桌旁边的一把旧藤椅上坐下了。见师傅坐下，洪学南忙不迭地递烟给师傅，又给他殷勤地点燃，而后又给师傅沏了杯上好的茶，恭恭敬敬地递给师傅，说：“师傅，您喝茶。”

诸葛海俊欠了欠身子接过茶杯，说：“你太客气了，太客气了。”

“您今天怎么有时间到我这儿来？”洪学南试探地问。

“我、我是来找你麻烦的。”诸葛海俊轻轻呷了口茶，心里有几分惶惑地说。

“有什么需我要做的，您尽管说好了。谈不上麻烦不麻烦的。”不敢在师傅面前有丝毫造次的洪学南，此时完全是一副俯首帖耳，乖顺得如听话又孝顺的儿子。

诸葛海俊闷着头吸了口咽，又“嗞嗞”地啜了口茶，才吞吞吐吐地对洪学南讲了他此行的目的。他说：“你、你是晓得的，我这人一辈子都不愿意找别人的麻烦。可是哩，嗯……最近吧，我老是为一件事睡不着觉……”

“师傅，您有什么要求，尽管说好了，只要是我能办得到的，我会尽全力去办。即使是我的能力所不能及的，我也会想方设法为您解决。您、您就直说吧。”洪学南见师傅吭哧吭哧地讲了半天，也没讲出此行目的，很是着急地说。

“那、那我就说了啊。”

“您说吧。”

“在你的面前，我就不拐弯抹角地说话了。”诸葛海俊说到此，又停了下来，斜眼瞄了一下洪学南，接着才说：“诸葛军男，我懒得操他的心，他就那德行，那水平，操心也没得用。我的意思是，军男的媳妇可儿……你应该晓得，她还是蛮有

能耐的，蛮有水平的。再说，她也算是这个厂的老工人了，在化验室待了快20年了，一直都没动个窝。我今天来找你，就是想你给她调换一下科室。或者给她施加一点工作上的压力锻炼锻炼她……她还是蛮有能力的……"

"哦哟哟，"洪学南没等诸葛海俊的话讲完，就拍着脑门子抱歉地说："真是对不起，真对不起。我咋就忘了这一茬哩。这只怪我太疏忽了太疏忽了，没有照顾好他们。师傅，这样说吧，您今天回去啊，就放宽心地在家等着好消息吧。不要多长时间，我一定会给您一个满意的结果。咋样？"

"好好。那我就不打扰你了。"诸葛海俊边说边起身准备离开。

"哎，师傅，您再坐一会嘛。"

"不了不了，你忙你忙。"踟蹰走到办公室门口的诸葛海俊，终是忍不住，回过身来对跟在身后的洪学南说："你现在已不是20年前分来的那个穷小子了，你是一厂之书记呀！怎么能在办公室做那种没有廉耻的事？要是被人看见了，传出去，影响多不好？在办公室做这种没廉耻的事，只有下三滥才做得出来呀。你、你、你这样做，怎么对得起秀英跟你吃的那些苦？"

"师傅，我知道我错了。我向您保证，从今往后，不会再有这样的事发生了。"

"我不要你保证。你只对你自己保证，对秀英保证。"

"好好好……"洪学南谦卑得如小学生一般，"我一定谨记师傅的教诲。"

"唉……"诸葛海俊摇摇头，唉叹了一声，就走出了办公室。

"师傅您好走！您说的事，我一定会办好的。"洪学南望着师傅踽踽前行的背影，心中涌起隐隐的痛……

　　果然，诸葛海俊找过洪学南没过多久，可儿便由一名普通化验员一跃成为厂团委兼职副书记。尽管是兼职的，尽管是团委副书记，尽管还没有脱离化验室，但在诸葛海俊的感觉中，可儿毕竟向将来能走上领导岗位大跨了一步。对这样的结果，诸葛海俊当然是感到由衷的满意。

　　可是令他感到痛惜、感到始料不及的是，可儿兼职团委副书记没过多久，或者说可儿还没来得及进入团委副书记的角色，红星化肥厂的生产效益和经济效益就更是每况愈下。红星化肥厂如全国所有在计划经济的襁褓中成长起来的老企业一样，被一浪高过一浪汹涌而来的市场经济大潮，三下两下就冲击得晕头转向，无所适从，元气大伤，节节败退，没有一丁点儿的应变能力和抵御能力。破产，几乎成为红星化肥厂的定局。

　　面对化肥厂日渐衰落的局面，当初那些削尖脑袋往厂子里钻的干部子弟，很快做出了反应，又开始使出浑身解数，使出十八般武艺，动用所有的社会关系，削尖了脑袋往厂外钻。那一年，同可儿一起进厂的干部子弟，稍稍有点门路的或者父母亲还在其位的，几乎全都调离了化肥厂。

　　同样是凡夫俗子的可儿，对一浪高过一浪的调动大潮，并不是视而不见熟视无睹。说实话，身为厂团委副书记的可儿，思想境界还真没有崇高到眼看着马上就要失业了，丢饭碗了，还要高唱奉献之歌的地步。她为工作调动之事，不是没有去找过父亲。可是她碰了壁。

19　为工作调动之事，
　　可儿回了一次娘家

　　为自己工作调动之事，可儿有天哼哧哼哧地提着大兜小兜的礼物，回了一次娘家。不巧得很，父亲不在家。是满头白发的母亲为可儿开的门。母亲将可儿让进屋后，不容可儿喘口气，就不冷不热地说了许多的气话。母亲说："哟哟哟，稀客稀客哟。真是太阳从西边出了哩。你舍得回来呀。真是难为你了，你还记得有这个家哟。"母亲冷冰冰地说："要喝水自个儿倒去啊。我炉子上正炖着排骨汤哩，不敢少人的。"说完，就匆匆往厨房走去。

　　"家，已非往昔欢声笑语的家；母亲，已非往昔慈祥的母亲哟！"硬着头皮走进空旷、冷寂的家中的可儿，望着母亲已佝偻的背影，心中暗自为业已衰落了的家和母亲的苍老而悲叹、伤感。可儿在为久已没有回过的娘家的衰落，感到悲戚的同时，也为自己遭遇母亲的冷漠对待感到分外伤心。但是她知道，这不完全是母亲的错。她没有任何理由怪罪母亲。自己落得如此下场，完全是咎由自取。由此，受到母亲冷落的可儿，一点也不奢望得到母亲的任何宽宥。

　　因为事实上，母亲对可儿回家次数少的指责的确没错。可儿自打同诸葛军男结婚后，回娘家的次数的确如母亲所指责的那样，真是屈指可数。虽然她同父母亲住在同一座城市，而且相距并不是很遥远，但是，在她结婚后的十多年间，连这次回家算在内，也就回过两三次娘家。

可是，她又觉得母亲对自己的指责是没有道理的。她认为自己之所以十多年来就只回过娘家几次的局面，完全是由父母亲一手制造的。

她记得她婚后第一次回娘家的时候，是初婚的第三天，谓之回门。那真是一个让可儿想起来就心酸心寒的日子。可儿的父母亲不仅没有参加他们的婚礼，而且在他们新婚"回门"的那天，还让他们实实在在地吃了个闭门羹。吃了闭门羹的狼狈和尴尬还有伤心，可儿至今记忆犹新⋯⋯

可儿再清楚不过地记得，"回门"的那天，正好是个雨过天晴的星期日。通常情况下，已读初一的弟弟，在这一天是一定要睡懒觉的，而父母亲也是会在家中接待络绎不绝的客人的。也就是说，这一天，父母亲的家中，无论如何是应该有人的。然而，这个是可儿婚日的星期日，这个本应是充满喜庆的星期日，父母亲的家中却唱了"空城计"。父母亲家姹紫嫣红的院落的门，是"铁将军"铁面无私地把守着。

新郎新娘"回门"的这天早晨，可儿提着两瓶茅台酒、两条白金龙香烟、好几斤上海大白兔奶糖等礼品，坐在诸葛军男的永久牌载重自行车后面，喜气洋洋回娘家。当两个新婚燕尔的新人幸福喜庆地行至父母亲的家门口时，但见父母亲独门独院的院门，被"铁将军"把守着。看着"铁将军"锁着的院门，一直沉醉在新婚燕尔甜蜜中的可儿，似乎一下子由天上掉进了冰窖，浑身透透的凉。禁不住打了个哆嗦，身子晃了晃，差点由自行车后座上摔倒。人虽说没有由自行车后座上掉下来，但提在手中七七八八的物品终究没握住，一下子滑落了⋯⋯酒瓶落地发出了清脆刺耳的响声。即刻，由精致的包装盒里面流出的浓香的酒，洇湿了两条白金龙香烟及糖果等物品，很快又洇湿了一片土地⋯⋯醉人的酒香，

顿时飘向蓝天白云明媚的天空，飘向父母亲紧锁着门的院落……诸葛军男见状，迅疾地双脚撑地，将自行车停下，坐在后座、心中有了悲伤的可儿先下了车，诸葛军男随之右脚往后一撩，也下了车。下了车的诸葛军男，将自行车推至院墙边儿，放稳后，慌忙弯下身子正欲拾掇狼藉于地的物什时，呆若木鸡地站在一边，眼中溢满泪水的可儿将他拉住："别捡，就让它这样。我们回家。"

可儿心知肚明地知道，父母亲分明是在有意回避他们。可儿更知道，父母亲是在用这种方式惩罚她。可儿还看到父母亲正用恨铁不成钢的目光，在不远处盯着她。"真是没有见过这样的父母"。新婚中的可儿，瞅了一眼紧锁的院门，伤心欲绝地想。她发誓，今生今世再也不回娘家了。

然而，骨肉亲情，哪儿是说割舍就割舍得了的哩。这之后，大约有五年的时间吧，可儿的确没有回过一次娘家。婚后，可儿第二次回娘家，是儿子诸葛桥雄 5 岁那年。这次回娘家，她是为考上大学的弟弟送行回去的。可儿这次回家，父母亲虽没像上次那样将她拒之门外，但是，当着众多红男绿女、亲朋好友的面，也没给一点儿好脸色她看。冷言冷语的难听话可儿也听了不少。最后，可儿走的时候，好像还是和父母亲闹得不欢而散的。她依稀记得，那天晚饭也没吃，就含泪抱着儿子回了家。

……

这次回家，可儿明显地感觉到父母亲家中的景况远不如昨。昔日百花争鸣生机盎然的院落，现如今已是残花败柳野草丛生；往日宽敞明亮洁净的客厅，现如今却变得光线黯淡，阴冷肮脏；门窗玻璃好像有好多年没抹过，上面布满了尘垢和细细密密的雨渍；窗帘的上方可能掉了几个卡子或环扣，一溜斜耷拉下来，给业已没有生机的家中，更是平添了衰落之景象；客厅中央的顶棚吊着的、很显气派的乳白色、精美的荷花叶形状吊灯的玻璃罩上，不仅落满了厚厚的尘埃，还有好几个灯罩业已缺角少边地有了破相；四周的墙壁上，已有好多地方斑驳脱离得不成样子。客厅左侧墙壁上，有几处大块大块的灰暗色霉痕清晰可见；再看看茶几上，木制且老套又笨拙的茶几上凌乱不堪，一片狼藉。布满茶垢的茶几上，堆满书、报纸、烟灰缸、果皮、烟灰、烟蒂、瓜子壳、菜渣、饭沫，用过的或没用的无数支细细的、两头尖尖的牙签散落得到处都是；已经落伍陈旧破败的旧式棕红色真皮（猪皮的）沙发中，零乱地堆放着父亲和母亲穿过没洗或洗过没叠的各色半旧不新的衣物；再看厨房，并不见大的、镶嵌着白瓷砖的水池中，堆满了不知是多少天用过没洗的碗筷、汤匙、锅铲等物什。灶台上、碗厨中到处都是黑乎乎、油腻腻、脏兮兮。厨房的地面更是肮脏得难以下脚。整个地面几乎被污黑的油垢覆盖，脚落下去提起来时，鞋底下面就会发出"吧哒"一下的响声。（鞋底和地面的油垢分离时发出的那种响声）；再看父亲辉煌时最钟爱的书房及父母亲的卧房，同样是杂乱、肮脏、醒醌不堪。

曾经门庭若市的父母亲的家中，业已无处不显露着萧瑟、冷寂、没落、衰败、凄凉的景象……

几年之间，父母亲的家中衰落成这个样子，实在使可儿感到无比震惊、伤悲。

在可儿的记忆中，父亲在位时，家门前，平素总是如贾府门前一样"满门口的轿马"。前来探访的人熙来攘去，络绎不绝。家中每日都是宾客盈门，高朋满座。阿谀奉承的、溜须拍马的、摇尾乞怜的、讨巧卖乖的、前来要求解决这问题那问题的、前来请示汇报工作的、找各式各样名目前来送礼拉关系的等，五花八门什么样的人都有。那时，可儿的家中每天满屋都是盈盈的、温和的、低贱的、朗朗的、甜甜的、献媚的笑声。不仅如此，家中什么样的活儿都会有人抢着干。

根本用不着母亲为了炖汤，而须亲力亲为地守候在炉前。连敲门声响起时，都会马上有人抢先去将门打开。还有啊，煤气完了或者快完之时，不用家中任何人说，就会有人抢着将煤气罐吭哧吭哧地背出去将煤气换回；甚至，可儿上学的时候，不想背书包了，也会有人马上殷勤地将她的书包背在身上，很亲热很和蔼地牵着她的小手，将她极其负责任地一直送到学校门口。临了，还要问："可儿，等会儿放学时，阿姨（有时是叔叔）再来接你，好吗？"碰上可儿不高兴了，还要耍耍小性子，挑肥拣瘦，要这个接送不要那个接送的……那时，可儿家中的卫生，都是可儿叫不上名的那些叔叔阿姨主动每天早上很早就来为他们家打扫。将家中角角落落打扫得纤尘不染，窗明几净。那时，但凡到可儿家来的人，个个谦虚、礼貌、谦卑、文质彬彬、温文尔雅、和颜悦色。他们同可儿的父亲说话时，如果是站着，总是低着头，哈着腰，双手垂着，双腿还不敢站直，微微曲着，一副洗耳恭听、唯命是从、低三下四的样子；如果是坐着哩，只是半个屁股坐在凳子的边缘，身子则是前倾着，双手规规矩矩地搭在膝盖上，有时双腿还发着抖，唯唯诺诺的一副对训话者——可儿的父亲，敬畏、惧怕、佩服得五体投地的样子。可是现在……可儿想到此，长长地叹息了一声的同时，莫名其妙地想到了一句民谚："落地凤凰不如鸡呀。"哎呀呀，怎好将自己的父亲比作落地的"凤凰"哩。应该将父亲比作、比作虎，"虎落平阳被犬被欺"才对哩。在可儿的心目中，长得并不魁梧高大甚至很是瘦弱矮小（可儿的父亲，身高大略 1.70 米到 1.71 米的样子）的父亲大权在握时，无论如何应该是只威风凛凛虎虎生威的猛虎。

　　"可是，现如今……我曾威风凛凛的父亲，虎落平川了……"坐在凌乱、寒冷、光线暗淡的客厅的沙发中，想了一些七零八碎的往事的可儿，环视着阴冷、没有阳光照进来的屋子，怅然若失、黯然神伤地想……心中涌起一股无以言状的哀愁，如鲠在喉。不仅仅是光为娘家的这副落魄凄凉景象，更是为自己陡生的某种不祥预感——风光业已不再的父亲，恐怕无力帮助到自己。

风光不再的父亲，有能力帮自己改变命运吗？可儿在心中打了个大大的问号的同时，心头猛然地痛了一下。

可是，被生活打磨得没了棱角没了傲气没了斗志没了个性，感到自己似乎已是走到生活绝境边缘的可儿，很快就自欺欺人地否定了这种不祥的预感。或者说，她不想直面这种不祥的预感，不想直面活生生的现实。另一种意识，很快占领了她思维的上风。这种意识告诉可儿：父亲的权势虽然已是日落西山，辉煌不再，但是，瘦死的骆驼比马大呀。况且，父亲是唯一能帮自己改变命运的人啊！那怕父亲现在只是一根救命的稻草哩，你也要牢牢地拽着这根救命稻草不放！

决意拽住父亲这根救命"稻草"不放的可儿，就很坚定地坐在阴冷且没有往昔的富丽、熙熙攘攘、权贵达人高朋满座的娘家客厅旧式沙发中，继续想着庞杂无序又漫无边际的心事。

她想，父亲再怎样恨过自己，总不会绝情到不管他唯一女儿的死活吧？

她想，父亲应该还是在内心深处，疼着他们唯一的女儿的吧！

她想，父亲的权势再怎样日落西山，总还会有晚霞的余晖吧！从某种意义上讲，晚霞的景致还是很迷人、很绚丽多彩的哩。

她想，即便父亲权力的余热没有了，但是，父亲在位时亲手扶植、培养的那些年轻干部，现在也应该是大权在握，权倾一方了吧。

她继续侥幸地想，如果父亲肯为她工作调动之事，屈尊找找谁，或者打个电话给他曾经一手扶植起来、现已权倾一

方的部下，这些经父亲之手亲自栽培起来的"官"儿，总不会一点儿面子也不给吧？！

但是，蜷在沙发中的可怜人儿可儿又想，如果父亲因为不原谅自己而执意不管自己的事了呢？或者性格一向倔强刚愎自用得很的父亲，不愿屈尊去找他曾经的部下呢？……一想到这些，可儿刚刚被希望之手焐暖了一点儿的心，又是一阵哆嗦、惊悸、紧缩、心灰意冷……她在心灰意冷的时候，突然间感觉到自己被一只冰凉如铁的手向深不见底的黑洞猛推了一把。她感觉到自己在无可救药地往下迅速沉没……沉向深不可测的无底深渊。四周的悬崖都是那样坚固、陡峭险峻、黑暗，使她无以逃遁，使她找不到逃生的阶梯……黑洞洞口的四周，有很多人在兴高采烈、谈笑风生地看着她往下沉落。围观者，没有一个人对她有伸出援助之手之意……她想，她将必死无疑了；她想，一个失业的、穷困的女人死于非命，死于一只黑手对她的摧残，死于人性的麻木不仁和冷漠，会有人给她鸣冤吗？会有人为此而反省吗？会有人悼念她吗？会有人为她的死而哭泣吗？即便有人哭泣，而那泪里面，真心为她的死而感伤痛的成分，又有多少呢？她想，她死了，会有人忆念她曾经有过的、但从来不曾辉煌过的生命历程吗？会有人忆念她曾经有过的女儿身吗？她在感到自己行将死亡的时候，反而对死亡没了恐惧，倒是有了痛快淋漓的解脱感。可是，她不知道自己是在飞向还是在滑向或是在摔向那无底深渊的死亡之谷……这个死亡谷好深好深啊。她奇怪，她在飞向或是滑向或是摔向死亡谷谷底的过程中，想了那么多问题，竟然还在深渊的空中飘浮着没有沉落，像是永远也到达不了死亡之谷的谷底。

她在通向死亡谷的深渊中，飘浮着……

她现在才感觉到，原来死也不是那么容易的。

"哎……哟……"她哀怨地嘘了口气。既然死也不是那么容易，那么飘浮在黑暗深渊过程中的可儿，索性就想起了另外的一些事情。她在想到另外一些事情的时候，就开始一点点地痛恨起自己来了。她痛恨自己当初为了所谓的"脸面"，固执己见的选择；她痛恨自己曾经有过的不知天高地厚的不媚俗、不媚权势的人生态度；她痛恨自己信守的做一个诚信、诚实、诚恳的人的做人准则（她为此吃了很多亏）；她痛恨自己在父亲权势显赫的时候，对父亲权力的蔑视和不屑一顾的清高。她现在才知道，这种清高，这种不媚权势的生活态度，在繁杂污浊的现实生活中，是何等的脆弱，何等的不堪一击，何等的幼稚可笑。她更痛恨自己对生活、对人性的省悟是如此之晚。晚到无可挽回的地步方才醒。她多想多想时光倒流啊，倒流到那弥足珍贵的童年时代、少年时代、青年时代。那个时候的可儿，不仅是父母亲的掌上明珠，还是所有拜访她家的叔叔阿姨伯伯们的白雪公主。他们个个都宠着她，疼爱着她，不让她受一丁点儿委屈。谁会料到，当年的掌上明珠、当年的白雪公主，在若干年后，竟然会成为一个灰头土脸、成天为柴米油盐、为吃穿住行而犯愁的怨妇呢？

可儿在飞向深渊或滑向深渊或摔向深渊或坠落深渊的时候，忽然间，她惊喜地感觉到自己似乎抓住了一丁点儿什么东西。是什么呢？哦，她感到自己好像抓住了父亲那双既陌生又没有一丝温情的绵软的手。是的，是父亲的双手。父亲的手好柔软好没有力量啊，如一团棉絮般柔软无力。这显然不是一双劳动人民的手。这双不是劳动人民手的手，曾经抚摸过自己的头无数次；这双手曾经托起过自己，将自己高高举过他的头顶无数次。可是这双手，现在对她而言已经很隔膜、很疏远、很没有温度了。完全没了往昔的温情和暖意。然而，无论如何，这双失却温度的亲爱父亲之手，是一定能扭转自己命运的啊。她告诫自己：必须牢牢抓住、抓住这双手。于是，她用劲儿将父亲那双冰冷又柔软的大手抓得很紧很紧，一点儿也不敢松懈……

可是可是，当可儿正想将头偏侧过去，靠在父亲的肩头，撒撒几乎淡忘了的女儿娇时，却看到被自己紧紧抓住的那双手，并不是父亲的手，竟然是伊候健的手？当她看到伊候健如女人般白皙细腻修长的双手，被自己紧紧拽着时，她的心狂跳不止。

她糊涂了。

她不明白自己怎么突然间又会同伊候健在一起了呢？而且还是在他的宿舍。她娇羞地坐在伊候健整洁的床上，被她紧紧抓住手的伊候健站在她身边……但是，待她再仔细看时，被她紧紧抓在手中的，又不是伊候健的手。而是，而是，她看到自己简直不知羞耻地，俯身环抱着伊候健的一条大腿。是一条赤裸的大腿。咦，自己咋就没有廉耻地紧紧抱着伊候健的大腿不放呢？被她紧紧抱着大腿的伊候健呢？伊候健根本就不理她。他高傲地昂着头望着窗外。过了一会儿，望着窗外的伊候健，终是收回目光，他低下头，怜悯地望着她说："可儿，你过得好吗？"

"我过得不好！"她可怜兮兮地望着伊候健说："你把我带走吧，无论你把我带到天涯海角，我都跟你走……我再也不和你分开了……我每天都在想你……"她说这话时，就想哭了……她在想哭的时候，不顾一切地扑进了伊候健的怀中……

恰在此时，"砰"的一声，门被人踢开了。诸葛军男裹着一股阴冷刺骨的寒风冲了进来，对她兜头一脚踢来，骂道："你个不要脸的婊子……"。

"啊！"可儿发出一声惊恐的尖叫，便醒了。

被不知是春梦还是噩梦吓醒了的可儿，发现自己歪斜在沙发中，手里还紧紧拽着一件不知是父亲还是母亲的衣物。可儿放下手中拽着的衣物，站起来，揉了揉涩涩的双眼，后又伸了个懒腰，想想刚才荒诞不经的梦境，感到羞愧又难为情得很。脸上一阵火辣辣地发起了烧……她奇怪自己在这种时候、这样的环境下，竟然也睡着了，还做了这样一个荒诞离奇的梦。

——还梦见了伊候健。

这是她自伊候健不辞而别后十多年以来，第一次梦见他。

梦醒后的可儿，走到窗前，望着窗外不远处一片婆娑的杉树林，痴痴地想了半天，也没想明白，今天的这个梦，在给她暗示着什么？隐喻着什么呢？

20 一辈子也不会做家务活的

母亲，守在汤罐前的样子很是慌乱

　　在客厅的沙发中睡了一觉的可儿，醒后揉了揉依然有些酸涩的双眼，双手呈 V 形地向上一伸，伸了个舒服的懒腰。仰头看了一眼挂在客厅左边墙壁上的时英钟，见时针指在 11 点 35 分上，已是吃午饭的时候了，还不见父亲回来。可儿来后，就到厨房去了的母亲，好像也一直没出来过。可儿觉得母亲是在有意回避自己，或者说母亲根本就不欢迎自己的到来。这种被母亲冷落的状况，要是搁在平日，可儿可能会毫不犹豫扭头就走的。可是今天不行哦。今天，可儿是一定要硬着头皮、说死皮赖脸也行，忍气吞声地等着父亲回来的。

　　她暗暗告诫自己，无论母亲怎样冷落自己，怎样使脸色给自己看，必须等父亲回来再说。

　　决心等父亲回来的可儿，伫立在窗前，发了好一会儿呆后，折转身向厨房走去。

　　同客厅一样脏乱的厨房里，一辈子都不会做家务活的母亲，一直守在白雾腾腾的汤罐前，很紧张慌忙的样儿。母亲隔一会儿，就要将汤罐盖子揭开看看。可儿默默地站在母亲背后，没一刻工夫，就见母亲连着将汤罐盖揭开了三次。见母亲炖点汤都是这副慌张忙乱的样儿，可儿情不自禁"扑哧"一声，笑了。她笑年近七旬的母亲至今连罐汤都不会炖的幼稚和纯粹。可是这个连汤都不会炖的母亲的一辈子，在可儿看来，过得极其顺畅，过得极其无忧无虑。表面看上去很威严的父亲，从来没有厌嫌或责备过经常把饭煮糊了，煮夹生了，炒的菜不是太淡就是太咸或是太辣的母亲。至少，在她面前，父亲从来没有责备过母亲。

"可是，母亲这一辈子，真的过得很幸福吗？"可儿望着站在白雾腾腾中母亲的背影，不禁暗自思量。

"你不要在这儿站着嘛，你在这儿站着很影响我的心情。你到客厅去坐。等汤炖好了，我舀碗汤给你喝。"母亲再次揭开汤罐盖，欠着头，望着沸腾的汤罐内对可儿说："看你瘦得像个吊死鬼样，就晓得你在诸葛家过的是什么样的日子。"

站在母亲身后的可儿的嘴，张了张，像是要说什么，欲言又止。隔了会儿，可儿还是忍不住吞吞吐吐地绕着圈儿说："妈，哪个有心思喝您炖的汤哟。"

"怎么，两口子吵架了？要离婚了？"母亲头也不回地说：哦，这个时候你才想起来我是你亲妈呀，你早干什么去了？"不是。"可儿说："不是我和军男要离婚。可是，我们马上面临的问题，比两口子吵架、离婚还要让人怄气。"

"桥雄不好好读书？留级了？"

"也不是。"

"那是……是跟你婆婆爹爹的关系闹僵了？"

"不是不是。"这次可儿没等母亲的话讲完，就打断说："是为我们化肥厂现在连工资也快要发不出怄气哩。"

"厂里没钱发工资，又不是你一个人，你怄那闲气干嘛？你又不是头又不是尾的，你操那门子心干什么呀？天塌下来，有高个子顶着哩。"

"妈，你不晓得哟，那年同我一块儿进厂的几个干部子弟，他们都早已找门路调走了。就剩下我一个人没调走咧。要是厂子效益好，调不调走也无所谓。别人有门路，有关系，调就调呗，我从来没眼红过。可是……可是，现在连工资都快发不出来了。看那阵势，我看离破产也不会有多远了。我要是再不想办法调出那个鬼厂，到时候厂子真的一宣告破产，全家人可就真是没有活路了。我想……我……想您在老爸面前帮我说说情，让老爸想想办法帮我调个单位。最好是将军男也一起调……"

"这件事呀，你得亲自跟你爸谈。不怪我不管你的事，你这个忙我真还帮不了。"当过小学教员的母亲，依然欠着头，认真地望着白雾腾腾的汤罐内，冷冷地说。

母亲对自己的困境，持如此冷漠的态度，婚后和父母亲的关系不是很和睦的可儿，还是有思想准备的。可是，当她直面母亲的冷若冰霜时，心酸还是涌上了心头。泪水，也不争气地溢满了眼眶……眼中噙满泪水的可儿，真想摔门而去。再也不要回这个没有一丝温暖的家了。但是，转而一想，这能怪母亲对自己的事漠不关心吗？要怪只怪自己当初太幼稚，伤父母亲的心伤得太深。当初自己若不是固执己见地嫁给诸葛军男，父母亲也不会不管自己，自己也不可能落得如今这般境地……"唉，这真是自食其果、咎由自取啊！"受到母亲冷落的可儿，自责多于怨恨地暗自这样想想那样想想，最终倒还真是把对母亲的满肚子的怨气给想没了。她走到母亲身边，双手搭放在母亲瘦削的肩头，轻轻地左右摇晃着母亲的身子，娇嗔（她已好久没有在谁的面前这样撒娇了）地说："妈，您可不能不管您的女儿呀。您要是不帮我说话，爸他更不会管我的。您真是忍心看到您的女儿失业没饭吃的那一天吗？"

母亲将汤罐盖重又盖上，侧过身，多少有些疼惜又有几分怨恨地望着女儿憔悴、蜡黄、额头和眼角周围布满皱纹的脸，道："你也算是说对了一半儿，我是不忍心看着我的女儿失业，看着我的女儿没饭吃，看着我的女儿受苦受穷。可是，我没能力帮你解决这些问题呀。我对你明说了吧，不是我不愿在你爸面前为你说情，而是我根本就不敢在你爸面前提到关于你任何一方面的话题。自打你嫁到诸葛家后，你爸可没少同我吵架。至现在只要一谈到你，他的火气就大得冲天。总说是我把你宠得这样任性不听话的。还说、说什么儿不成器父之过女不成器母之过……"

"嗯，汤炖得好香啊。"可儿心烦母亲的不能解决任何问题的唠叨，故意打断母亲的话说："妈，汤炖好了。"说着，伸手就将煤气灶开关给关了。

"哦，汤炖好了。那我舀碗汤给你喝。"母亲说着，就踮起脚尖在挂在墙壁上的碗橱中拿出一个大号岔口搪瓷碗，硬是要盛一碗排骨汤给可儿喝。

"妈，您要是真心疼女儿，就帮我在老爸面前多为我说说好话。请老爸也请您原谅我年少时的无知和任性。喝汤的事就免了吧。"可儿将母亲手中的搪瓷碗抢了过来，放进碗橱中说。可儿将碗放进碗橱后，双手抱着母亲的双肩，将头挨着母亲的头，说："妈，您也辛苦了半天了，到外面去坐坐吧。"蛮撒娇的样子。

可儿拥着母亲，走到阴冷的客厅，母女俩落座沙发中后，她接着又说："妈，您不能不帮我呀。我千错万错总归是你们的女儿吧。您不能眼睁睁地看着您的女儿到时没饭吃吧。同我一起进厂的几个干部子弟，别人早就远走高飞了。现在就落下我一人在那儿挪不了窝（这样的话，可儿已经对母亲说过好几次了。不知是她忘了，还是有意识地重复）……现在厂子还在苟延残喘着，70% 的工资也好，60% 的工资也罢，每个月总还算有点儿工资发。可是，厂子的实际情况早已是资不抵债了，市会计事务所早就在对我们厂进行清产核资了。看这阵势，离宣告破产的日子不会有多远了。"可儿说着说着，心里很不是滋味，眼睛也湿润了。她真想在母亲面前大哭一场，可是……

可是，母亲似乎一点也不体谅可儿的苦处和难处，依然板着脸，尖刻地说："这个时候你才晓得、才记起来我是你的妈呀？当初你咋就不听你妈的一句话哩。当初你若是听了我的话，跟人事局的那个小阎谈了，现在还用得上你来操这份心吗？人家小阎，现在是人事局局长了。你瞧人家的老婆，日子过得多滋润、多熨帖。四十好几的人了，看上去还像是大姑娘样的水灵。这叫什么？这叫家宽出阔妇！人家那才是叫生活、叫幸福的人生。再瞧瞧你……唉，我真是不想说你哟。四十刚出头的人，老得看上去跟我这 70 岁的老太婆都没有什么区别了……"

"妈，您这不是往我的伤口撒盐、捅刀子吗？我也晓得自己错了，可是时间能够倒流吗？人世间有后悔药卖吗？没有。"可儿低声，凄悲地说。

"好好好，我晓得，你还是嫌妈的话不中听。不中听，你还是像以前那样，不听呗。你的事啊，你自个儿找那老头子说去吧，妈是管不了的。"母亲说着这样的话时，还气哼哼地伸手将可儿正在给她捶背的手扒拉了下去。"你现在给我献殷勤，又有什么用呢？"末了，母亲又道。"

21　由外面回来的父亲，见到可儿时，
##　　　顿时将刚才还笑眯眯的脸子拉了下来

　　"谁要找我老头子说什么呀？"母亲的话音刚落，头戴白色太阳帽，身穿一套浅灰色运动衣的父亲，肩扛门球棒，手提一只小方木凳和一只装着杂七杂八物什的布兜，笑眯眯地由外面进来。

　　"爸。"见父亲回了，可儿起身叫他，还上前去接他提着的七七八八的物什。可是，父亲并没有将手中的物什递给可儿。而是侧了一下身子，把可儿伸过来的手挡了一下。父亲刚才还笑眯眯的脸，一下子拉了下来，绕过已经走到跟前的可儿，向另一个房间走去。母亲连忙起身去接下父亲手中的布兜啊什么的，小声说："可儿在叫你，你就答应一声噻。这大一把年纪了，咋还像小孩一样耍性子。"母亲说完，瞪了父亲一眼。之后，就拿着由父亲手中接过的七七八八的物什，往放杂物的房间走去。母亲走到房间门口时，还是忍不住转过身，向尴尬、不知所措地呆立在那儿的女儿，使了个眼色，示意她不要计较父亲的态度。可是，眼圈红红的低垂着头，悲伤地站在那儿的可儿，并没有看见母亲使的眼色，依是呆若木鸡地站在那儿。而她的内心，却在做着激烈的挣扎："走，还是留？向父亲赔罪，还是继续和父亲别扭下去？"

　　"真是两个冤家哟。"见可儿无动于衷，母亲无奈地摇

了摇头，轻轻地叹息了一声，便独自进了杂物间。

客厅中，剩下已有十多年几乎没有任何交流，陌生得形同路人的父女俩。父亲瞅都不瞅可儿一眼，径直继续往另一间房间走去。

"爸，您……您先别离开，我有话对您……对您说。"可儿终于向生活低下了头，鼓足勇气向父亲走近了几步，乞求道。父亲的脚步稍有停顿，但看得出，并没有留下来的意思。稍许，背对着可儿的父亲冷冷地说："有那个必要吗？"

"爸，我请求您原谅我的过去。我知道我使您失望，也伤了您的心。您现在咋样惩罚我都不为过。可……可是您怨也好恨也好，我终归是您的女儿吧。您总不能眼见女儿就要没饭吃了也不管吧……"可儿声带哭腔地说。

"现在说这些话，现在后悔，现在要我原谅你，有何意义？现在失悔能改变已成为事实的一切吗？啊！现在你能重新嫁人吗？啊！现在你能回到十几岁二十几岁的时光中去吗？啊！是谁让你过上现在这种穷苦的生活？啊！难道不是你的任性造成的吗？啊！"父亲说话时的态度是强硬的、语辞也是尖锐刻薄的，没有一丝温情，没有一丝怜惜。

"……"泪水再次溢满可儿的双眼。她低垂下头，无言以对。

片刻，依然低着头的可儿声音喑哑地说："爸，我……我……这么多年都过去了，您就一点儿也不想原谅我吗？"

"……"这次轮到站在书房门口的父亲默不作声。

客厅的气氛很沉闷、压抑、僵持，有着浓重的窒息气息。

一直在杂物间暗地里关注着父女俩谈话的母亲，见客厅的气氛越来越紧张僵持，就悄没声息地由杂物间走了出来，冲着老伴儿说："女儿有话对你讲，你就坐下来听听嘛。她这不是在向你承认错误吗？俗话说得好，伸手不打笑脸人。更何况，不管咋说，她总归是你的女儿吧，又不是你的仇敌、冤家。再说了，她的婚姻木已成舟这许多年了，外孙桥雄都快长成大人了，你对女儿的婚事还在耿耿于怀，这就没有必要了嘛。你当领导当了一辈子，难道就不晓得既往不咎？难道就不晓得得饶人处且饶人？难道就不晓得允许人犯错误，也允许人改正错误的道理吗？"到底是当过教师的母亲会说话，三下两下就将执意要离去的父亲，说得车转身回到了客厅。

父亲虽然留了下来，但一张老脸，依旧绷得紧紧的，不苟言笑。他僵直地站着，没有要坐下来的意思。

"瞧你这个鬼样子，脸拉得比丝瓜还长。谁欠你三五斗高粱没还咋的。"母亲说着，双手将一脸严肃相的父亲按进了沙发，"你就不能坐下来和女儿好好谈谈。"

"嗯……嗯，是这样的，"母亲望了一眼脸相依旧凝重的父亲，也有些生气地说："你总是找碴儿指摘女儿的这不对那不对，你想过你自己承担起了做父亲的责任吗？说起来你也做过一方政府的官员，可是，我们家谁沾过你一点点的光？得了你一点点的好处？你给谁谋过哪怕一点点的利益？以前你在位，怕影响你的工作，怕影响你的形象，怕别人说你以权谋私，我从来不强求你为这个家、为孩子们谋点什么利益。即便女儿现在求你出面帮她办办调动工作的事，也不是什么违法违纪违犯原则的事情嘛。当初你有权的时候，要是将女儿安排好了，女儿何至如落得要下岗的地步呢？"母亲越说越有气，说完，转过身，将背对着刚坐下来的丈夫。

站在一边没吭声的可儿，见母亲为自己的事埋怨起了父亲，心中很是歉疚和不安。她说："爸妈，我……我真是愧对你们二老。在你们晚年我不仅没能力对你们尽孝道照顾你们，还总是给你们添麻烦，让你们跟着我操心怄气。爸妈，我真是对不起你们！我……"可儿说到最后，已经泣不成声。她走到父母亲的面前，深深地鞠了一躬。母亲连忙起身去扶可儿，道："可儿可儿，你这是干吗哩？父母亲为儿女操心是天经地义的事。"母亲说着的时候，狠狠地又瞪了一眼一脸沉重相地坐在沙发中，一言不发的老伴儿。"你真是铁石心肠啊。啊！女儿的生活现在弄成这个样子，也不能全怪她嘛。你这个做父亲的当真就没有责任。我对你讲清楚哦，这一次你要是不管女儿的事，我可就跟你没完啊！你也不瞧瞧，这个大院中，谁家的孩子还像我们家的可儿一样，至今还在一个破厂当工人？而且马上就要成为失业工人……女儿当初嫁给了工人，能全怪她吗？你当初不把她安排在那个鬼厂，她会认识那个诸葛家的小子吗？再说了，当初我们这个大院里的姑娘嫁给工人的，又不是我们家可儿一个人啦。行管局严局长的女儿严虹，当初不也是嫁给了一个祖辈几代都是工人的工人吗？你瞧瞧人家严局长是怎样做父亲的啊。人家在离休之前提出的首要条件，就是要把女儿女婿由磷肥厂调进局机关，否则就不下来。人家局长的官不比你大，还是权没你大？人家到末了了，还是要为自己的子女着想，还是要把自己的子女安排妥当。你倒好，女儿嫁了个你不称心的女婿，就像犯下了永不可赦的大罪，一辈子就该在水深火热中生活……这么多年来，女儿几时求过你，找过你？平素你不理女儿也好，不管女儿也好，也就罢了。我也从来没有埋怨过你。可是现在不同了。现在女儿就要失业了，他们全家都要失业了，就要没饭吃了，你还这样铁石心肠、冷酷无情地不闻不问。你认为你还像个做父亲的吗？你还配做父亲吗？"母亲像是找到了出气口，连珠炮似的往外直倒积蓄已久的话。听了母亲的这番话，可儿才如梦方醒地深深体会到了对自己总是表现出一副漠不关心样子的母亲的内心，其实是那样地疼爱着自己关怀着自己。瞬间，一股暖流由心底深处汹涌而出，迅速传遍全身。她真想扑进母亲的怀中，一股脑儿地向母亲吐尽这么多年来的酸甜苦辣。

可是，她没有。

可能是母亲的一番话起了作用，使父亲对女儿动了恻隐之心。父亲一直绷得紧紧的脸逐渐地松弛了许多，也温和了许多。

亲爱的母亲见父亲的脸相柔和了些，就知道他对女儿的抵触情绪有了松动，便冲着一直低垂着头的可儿说："女儿，别伤心了别伤心了，啊。没有过不去的火焰山，没有迈不过去的坎。九九总是要归一的，问题总是会得到解决的。你爸也不是完全不管你。他就是恨你在婚姻问题上没有处理好，没有听他的。现在的事实又在充分地证明着，当初你的选择完全是一种错误。那个时候你若是听了我们的话，何至于落得如今这种地步。其实你爸呀，他这人就是老虎不吃人，样子难看。他心里还是疼着你、惦记着你的……"

母亲的感情总是这样，在丈夫和女儿之间左右摇摆。一会儿倾向女儿，在丈夫的面前为女儿说话；一会儿又倾向丈夫，在女儿的面前为丈夫说话。母亲这种在父女之间左右摇摆着她的感情的结果是，将老伴儿和女儿各打了五十大板。

"哎哎哎，你别拿这些话来诓我啊。我又不是三岁两岁的小孩，要你给我戴高帽子啊。"父亲温和地说。父亲的态度明显地缓和多了。

母亲给可儿再次使了个眼色，暗示她同父亲谈谈。

受到母亲的鼓励，可儿怯怯地望了一眼一直没用正眼瞧过她的父亲，结结巴巴地将刚才对母亲讲的关于厂子即将破产和想调动工作的事儿复述着。可是，父亲基本上没等可儿将话讲完，霍地一下就站了起来，双手往前一摊，说："我现在已经退休在家好几年了，哪儿有能力解决你的事情哩？早知今日，何必当初哦。更何况，现在哪个单位不是人满为患，想调工作，谈何容易？"刚刚缓和了一点儿情绪的父亲，一下子又激动了起来，说话时的语气和态度粗暴蛮横得很。说完，就不管不顾大踏步地向书房走去。

"砰"的一声，书房的门被父亲重重地关上了。

刚刚显得和谐了一点儿的气氛，一下子又凝固了。话还没说完的可儿，惊诧不已地望着被情绪突变的父亲"砰"的一声关上了的门，半天都缓不过劲来。

"唉，你也不要怪你爸动不动就对你发脾气，你……你也的确使他伤透了心。加上他由领导岗位上退下来后，心气一直没平，肝火大得很。平日还不是一搞就为鸡毛蒜皮的事跟我吵闹个不休。我真不知遭了哪辈子的孽哟，碰上了这么个蛮横不讲理的冤家。"母亲望着紧闭着的书房的门，唉声叹气地摇着头说。

面对父亲的粗暴态度和突然离去，心中刚有点暖意的可儿，瞬间，心情又糟糕、哀伤起来……她斜侧着身子，木木地望着被父亲重重关上了的书房之门，愁眉苦脸地窝着身子坐在沙发中，一言不发。

也不知过了多长时间，母亲起身，拍了拍可儿的肩头，安慰说："算了算了，莫怄气莫怄气。怄气又解决不了问题，中午你就别走了，就在这儿吃饭。你到厨房去帮我把饭煮上，我进去劝劝那个老东西。"说完，起身就去敲书房的门。

可儿进厨房将米淘洗好，倒进电饭煲，放了适量的水，插上电源后，复又回到了客厅。她甩着手上的水珠刚刚坐下，就听到由书房内传出的父母亲高一声低一声的对话和争吵：

"你看你，哪儿像个做父亲的样子，一点儿涵养都没有，动不动就发火。"这是母亲低声指责父亲的声音。母亲的声音虽然很小，坐在客厅中的可儿隐隐约约还是听到了一些。母亲说："你不想管她的事，可以好好说嘛。何必动辄就发那么大的火哩。有那个必要吗？真是……女儿又不是你的出气筒……"

"她的事，我是肯定不管的，你就不要在我面前说东说西的了。你最好让她走，现在就走。我看着她就心烦。"父亲说这些话时,声音很大,像是生怕客厅中的可儿听不见似的。

"她不是你女儿啊?"

"不是。我没有她这个女儿。"

"你在工作中怎么能那么迁让与你有矛盾的人,对自己的女儿就这样不依不饶呢?她又不是我从哪儿带来的。你就真能忍心不管她。"

"有什么忍心不忍心的。她都40岁的人了,又不是三岁两岁的小孩。她自己选择的路,当然是由她自己去走。我们管她一辈子啊?"

"我没要你管她一辈子,就管这一次。"

"这一次我也不管。"

……

父亲大声说的每一句话,坐在客厅中的可儿,听得清清楚楚。可儿还听见了母亲压着声音说的话的内容。母亲说:"你真是越老越糊涂了,对自己的亲生女儿也这么绝情。女儿的日子若是像以前那样能过得去,你不管她,我也不强求你。问题是女儿现在马上面临着失业丢饭碗了……"

"丢饭碗咋啦?饭碗要丢了,才想起了还有一个父亲啊。当初她不是那么有志气有主张吗?现在你叫她还是拿出当年把我这个做父亲的,把你这个做母亲的话当作耳边风的志气来呀,何苦要来找我们。对你讲清楚哦,过去我管不了她,现在我同样也管不了她,也不想管她……"父亲冷酷、刻薄得令人心寒的话语,夹杂着恼怒的声音,一声高过一声地传出了书房,掷地有声地传进了可儿的耳中。

听着由书房传出的、父母亲高一声低一声的对话和争吵,可儿伤心、无望到了极点。她没等母亲出来,就不辞而别地缓缓走出了业已失去温情、亲情的家。尽管伤心、绝望到了极点,但可儿绝不是如我们想象的那样,双手掩面而泣地冲出的家门。不是。她是缓缓地,一步三回头地、恋恋不舍走出的业已与往昔判若两重天的家……

　　……

　　若干年后，可儿在一次同我的交谈中，回忆起那一幕时说，那时她的心情极其复杂、懊丧、悲伤，且又充满渴望和幻想。她说，说实话，当时她是非常痛恨父亲的无情，也痛恨自己曾经有过的无知。她渴望、幻想着母亲能在她没走出多远的时候将父亲说服——同意出面为她工作调动的事找找人，托托关系。她说，那天她走出老远了，还在幻想着听到母亲的"可儿，你爸叫你回来"的声音在背后响起……

　　然而，这个可儿渴望听到的呼唤声，终究也没有在她的身后响起。

22　可儿木然地走在商业
##　　一条街上，回忆起了一些往事

伤心欲绝的可儿，踟蹰蹒跚地由父母亲家走出后，走进了父母亲的小院通向闹市的一个僻静而狭窄冗长的小巷内。在这人烟稀少而冗长的小巷内，她终是克制不住自己地嘤嘤哭泣起来。她边走边落着伤心的泪，一点儿也不避讳人们看见……

不过，当可儿走出狭长的小巷，进入喧哗的街道时，她的情绪已趋平静。眼泪也在不知不觉之间，都往心里面滚了。她木然地继续往前走着。一阵扫地风迎面吹来，将一个很大，但业已皱巴得不成样子的黑色塑料袋和一些枯黄的树叶、肮脏的纸屑吹得飞了起来。那只被风吹得在地上翻滚的、肮脏、皱巴巴的破烂黑塑袋，一下子贴在可儿的裤腿上，继而又嘶嘶啦啦地落了地，被风吹得忽左忽右地向前翻滚着……

可儿望了一眼刚才还在裤腿上贴着，现已落地，继续在风中翻滚着、嘶嘶啦啦作响、被人用过后丢弃的黑色塑料袋，一种莫名的同病相怜感油然而生。她觉得自己的命运，就如同这个被人废弃的一次性黑色塑料袋，被人使用过后，破了、旧了，其使用价值一旦丧失，就被无情地抛弃——这是命运的定数，还是生命的宿命？

对此，可儿找不到答案。

　　找不到答案的可儿心中由此而更加凄惶、空落、郁闷。她木讷、机械、没有任何目标地继续往前走着。当她由小巷的尽头拐进商业一条街时，一阵由各种叫卖声及流行歌曲声组成的嘈杂、喧哗的声浪迎面扑来。细细一听，这些叫卖声真是五花八门丰富多彩："下岗牌卤鸡蛋咧，5角钱一个""清仓大甩卖，跳楼大减价咯""羊毛衫10元钱一件、羊毛裤15元钱一件，走过路过莫要错过，错过就要后悔一辈子哟""收购旧彩电旧冰箱旧抽油烟机旧洗衣机哟"……南腔北调的叫卖叫买声，夹杂着由多家卖影碟、光盘的店铺门口竖着的近半人高的音箱中播放的"你究竟有几个好妹妹／为什么每一个妹妹都那么憔悴……""你说我俩长相依／为何要把我抛弃／你可知道我的心中／我的心中早有了你……""起初不经意的你／和少年不经世的我／红尘中的情缘／只因那生命匆匆不语的胶着／来易来／去难去／数十载的人世游／分易分／聚难聚／爱与恨的千古愁……"的歌声；卖者和买者的讨价还价声："你以为你是个什么了不得的东西哟，咯婊子养的。""你才是婊子养的。你成天涂脂抹粉打扮得活像个妖怪，站在这儿卖弄风骚，不就是为了勾引男人……"两个妇人为占摊位吵架的对骂声和着各种声浪汇成的巨大声浪，萦绕、飘荡在商业一条街的上空，似乎是在为商业一条街的繁荣昌盛景象呐喊助威。

　　可儿由冗长狭窄的小巷走出来后，路过的第一家店铺，是本市书法界一知名人士经营的"阳光书画社"；紧挨着"阳光书画社"的店铺是"艳后鞋城"；再往前看，依次是"千里马车行""金盾专卖店""李宁服装专卖店""乔其亚床上用品专卖店""时光倒流沐浴中心""新加坡饼屋""飘丝美容美发中心""555酒店""多伦多糕点店""加强联合二元店（据说这个店铺是几个下岗工人合股经营的）""凯帝咖啡屋""拿破仑酒吧"等五花八门、名目繁多的店铺，一个连着一个，一个挨着一个。流光溢彩、令人目不暇接、千奇百怪的广告牌和震耳欲聋的音响，将这条宽70多米，长3000多米的街市的商业气息，烘托得无比强烈，一派欣欣向荣、繁荣昌盛的景象。

此时，凄惶、木然地行走在摩肩接踵人群中的可儿，莫名地想起好多年以前，有次同诸葛军男逛街（她已经有好久没有同诸葛军男一起逛街了）的时候，两人为这条街上到底有多少店铺而争得脸红脖子粗的事儿。可儿还清楚地记得，那次他们走到一个卖烧烤的摊位旁时，她硬要诸葛军男买几串羊肉串吃的情景。

"好香啊，买几串羊肉串吃吃吧。"可儿站在一个新疆小伙子摆设的烧烤摊位旁，说。

"你饿了？"诸葛军男问。

"不饿呀。"可儿答。

"不饿？不饿，吃哪门子的羊肉串嘛，浪费钱。"诸葛军男不客气地说。

"不饿就不能吃羊肉串吗？羊肉串又不胀肚子。"可儿一脸不悦地说。

"……"诸葛军男的嘴张了张，本想说什么的，见可儿脸露不悦，便将要说的话咽了回去。

"哎哟，真是没情趣。跟你这种人走在一起，就是倒胃口。算了算了。不要你买了不要你买了。你买了我也不会吃了啊。"可儿说完，噘起嘴，旁若无人地加快步伐往前直走，将诸葛军男很快就甩在了后面。她在气嘟嘟地往前走着的时候，情不自禁地想起了伊候健。她想，要是换了伊候健，肯定不用她说，他就一定会给她买羊肉串。可是……

可是，当被可儿甩在后面的诸葛军男追上她的时候，手中拿着10串热乎乎、香喷喷的羊肉串。

"给。"诸葛军男将香喷喷的羊肉串递给可儿。一个简

单的"给"字，和诸葛军男递过来的10串热乎乎的羊肉串，使可儿好生感动，心中的不快顿时烟消云散。

"嗯，这才像我的好老公嘛。"接过羊肉串，可儿说。

可儿同诸葛军男为这条街上有多少店铺的争执，就是在可儿将最后一串羊肉串吃完后发生的。

可儿吃完最后一串羊肉串时，他们就走至一个叫"新大陆摩托车行"的店铺门口。"新大陆摩托车行"好像是今天刚开的业。由门口地上厚厚一层红红黄黄的鞭炮碎末来看，就可断定刚才一定放了不少的鞭炮。一条由店铺门口差不多铺至街中心的崭新的猩红地毯，更是给"新大陆摩托车行"增添了喜庆色彩和一种说不出的霸气。店铺门口两边竖立着的音箱里面，播放出的不是一般商家播放的那种通俗流行歌曲，而是古筝《梅花三弄》。可儿虽然觉得"新大陆摩托车行"门前播放《梅花三弄》曲子，很有点不伦不类，但她还是驻足了片刻。她绝对不是想买摩托，而是太爱听古筝弹奏的《梅花三弄》了。

诸葛军男见可儿在车行门口驻足不前，以为她想买摩托，便说："走吧走吧。我们现在哪儿有钱买摩托哩！"诸葛军男边说边拉起可儿的手往前走。"不买、不买摩托难道就不能看看吗？"可儿说。可儿说归说，人还是很不情愿地随了诸葛军男往前走。

"我真搞不懂哦，巴掌大一点街道，就有这么多的店铺，能赚钱吗？"两人闷着头走了好一会儿，可儿打破沉寂地说。

诸葛军男"嘿嘿"一笑道："你真是爱操冤枉心，别人赚不赚钱与你有什么关系？"

"你这人真是没意思，我又没说他们赚不赚钱跟我有关系。我只是随便说说而已。"可儿说。说完，佯装生气地把脸扭到了一边。

"哟哟哟，生气了呀。"诸葛军男见可儿生气了，便歪着头望着可儿，嬉皮笑脸地说："好好好，你说什么就是什么好不好。"

"扑哧。"可儿扑哧一声笑了，道："我有那么霸道吗？真是！"

"没有没有，你一点儿都不霸道。"

"我看这条街道，有 1000 多家店铺吧。"可儿没理会诸葛军男的话，换了话题说。

"我看最多超不过 800 家。"诸葛军男说。

可儿执拗地说："1000 多家。"

诸葛军男说："超不过 800 家，顶多 700 多家。"他们谁也说服不了谁。最后可儿提议："那好，我们用事实说话。我们两人一人数一边，看看到底有多少店铺。谁输了，回家后谁就干三天的活儿，以示惩罚。"胸有成竹的诸葛军男当然同意可儿的提议。两人便开始认真地各数一边。结果可儿数的这边是 348 家，诸葛军男数的那边是 375 家。348+375=723 家。

可儿输了。

女人对数字的概念总是迟钝而模糊的。或者说，至少我笔下的主人翁可儿，对数字的感觉是迟钝而模糊的。只要是涉及数字的问题，她总会输给诸葛军男。

可儿这天同诸葛军男为商业一条街到底有多少店铺争得面红耳赤的时候，压根都没想过，自己有一天也会加入这个行列中来——在这条街道开服装店，做自己的老板。

可是，她终究没有成为生活的大赢家。她的服装店开业没多久，就被一把大火烧成了灰烬——这难道就是人们通常所说的宿命吗？

……

这一年的这一天，到父母亲家寻求帮助未果的可儿，在后来的几年中，同所有失业者一样，过了很长一段时间彷徨、

迷茫、浑浑噩噩又杂乱无章的生活。如一只迷途羔羊，东撞一下西撞一下地尝试着开过餐馆；还在街上租了间十几平方米的小门面儿，摆上几双鞋，开过鞋店；也摆过卖旧书旧杂志的地摊；做过服装生意等。而最终的结果一律都是以失败告终，甚至屡屡血本无归。

可儿生意场上的屡屡失败，无疑使她本是窘困的家境更是雪上加霜。当然这是后话，我们暂且不表。

还是让我们接着可儿由父母亲家里踉跄而出的那一天讲下去吧……

可儿这天由父母亲的家中踉跄而出，走进喧嚷嘈杂的街市时，没有色彩的阳光正无精打采（可儿感到那天的阳光不仅没有色彩也没有精神）地高高悬挂在有几朵白云飘浮变幻着各种图形的中天。给大地并没带来多少温暖的冬日，此时正白晃晃（可儿觉得四季太阳的色彩是各个不同的。春天的太阳是淡红色，夏季的太阳是火红色，秋季的太阳是金黄色，冬季的太阳是惨白色）地照耀在每一个不知由哪儿来将要到哪儿去、行色匆匆忙忙碌碌的人们的身上。可儿木木地望着熙来攘往大呼小叫兴致勃勃的人们，竟然不知道自己从何而来，又该去何方，便索性在熙熙攘攘的街上漫不经心地溜达起来。

并不宽敞的街市中间一溜长是烟雾缭绕的卖烧烤的、卖卤鸡蛋卤干子卤海带卤藕卤鸡翅鸡爪卤鸭脖的；卖针针脑脑和女孩子们喜欢的发卡、各式各样的头饰、蝴蝶结、贺卡、明信片儿等品种繁多的小饰物的；卖镂花沙发套、电视套的；卖水果、甘蔗、水煮荸荠的，五花八门的小摊小贩的摊位。隔十米八米远就能看到一个个算命卜卦的盲人被三两个路人围着，瞎子明目张胆把一个女孩子的左手握住抚摸许久后，就胡诌瞎编着她的命的富贵、八字的不好或好或有吉有凶什么什么的。有个围观者不知是看不过去瞎子的胡诌还是为了取乐，大声地说："瞎子哟，你这样会给人算命，咋不把自己的命算好一点哩。你给你自己算算，看你几时能转运？发大财？"

"你个葫芦瓢，在这儿瞎嚼什么呀。还不快给老子夹鸡巴滚蛋，我又没占你的地盘。你要再在这儿捣乱，别怪我对你不客气啊。"捏着女孩手的算命先生说。哦，原来他们是同行。同行总是冤家的……

再往前走不远的另外一处，有几个妇人，正在打着场子，准备玩一种猜牌下赌注骗人的鬼把戏。她们吆吆喝喝、咋咋呼呼地往地上铺着一块红蓝相间的方格子塑料布。铺好塑料布后，其中一个妇人由拎着的一个花布袋中拿出一副扑克牌，蹲下身子，边往塑料布上快速地发扑克牌边吆喝："哎哎，猜牌赢钱啊猜牌赢钱啊。你们瞧你们瞧，这是一张红桃K，你赌它是红桃K，我翻过来时它还是红桃K，那么你赌几多钱我就再加一倍地给你多少钱。"……可儿看到有几个穿着邋遢的乡下人好像已经动了心，快要钻进她们设计的圈套之中，上她们的当了。可儿想上前去提醒那几个老实巴交的乡下人，可是很快，她又看到几个形迹可疑的中年男人在场子周围晃荡。可儿知道，那必定是正在发扑克牌、准备行骗的妇人们的一伙。这几个贼男人，会随时对任何一个阻碍或揭露场子内的妇人们骗术的人大打出手。看到这局势，可儿准备上前提醒乡下人的勇气，顿时稀里哗啦地消失得了无踪影……剩下的就是自己对自己的嘲笑和不耻——人啊人，你究竟是个什么东西呢？面对邪恶和丑陋势力，你竟然能无动于衷！

可儿在商业一条街上心事重重无所事事闲逛的这一天，是接近岁末又临近圣诞节的日子。里约市的人们（尤其是年轻人）不知由何年起，开始对过洋节日，有了乐此不疲的浓厚兴趣。这一天，可儿看到，有好几个店铺的玻璃大橱窗上，

已然涂抹上了色彩斑斓的圣诞树和戴着小红帽的白眉白须的圣诞老人及红红黄黄绿绿的小花、小朵、小气球点缀其中；"圣诞大减价""岁末跳楼大放血""圣诞酬宾大热卖""亏本大甩卖"等龙飞凤舞的广告牌满街都是。由一个叫"下岗再就业利民店"门口立着的两个大音箱中传出的"品牌衬衣品牌衬衣10元钱一件，10元钱一件啊"的沙哑的叫卖声，似乎与街上渐浓的洋节日气氛有些格格不入。其实这沙哑、近似歇斯底里的叫卖声，在这条街上业已叫喊了好几个年头了。

刚开始的时候，可儿看到的情景是这样的：看上去30岁刚出头、似有神经质倾向的商贩，那时根本就没有门面。有神经质倾向的商贩，只是将那些用透明塑料袋装着的各式各样的男女衬衣，很随意地摊放在一个破旧的竹床上或是一扇窄长的、看上去很有些年头的旧木板门上，一只瘦骨嶙峋的手，举着一个老旧的、油漆斑驳脱离得不成样子的扩音器，凹陷的双眼，炯炯有神地望着过往行人，声嘶力竭地喊："10元10元啊，10元一件的品牌衬衣啊……不买就要后悔一辈子啊！10元10元啊，10元一件的品牌衬衣啊……"有一次，可儿还看到有神经质倾向的小摊贩的摊位，被几个工商管理人员给掀翻了，他的10元钱一件的"品牌"衬衣，全都被工商管理人员放进三轮摩托车的车斗内拖走了，小商贩很无助地蹲在一边无声地抹泪的情景；还有一次，可儿刚走到正在喊"10元10元钱一件……"的小摊贩的摊位跟前时，突然喊声戛然而止。但见他如惊弓之鸟，惊慌失措地边将旧木板门上摊放着的男女衬衣往一个很大的编织袋子中装，边神经质般地左顾右盼着对其他商贩们喊："快跑快跑，工商的来了工商的来了。"之后，背起装满衣物的大编织袋，向不远处的一条小巷狂奔而去，一会儿就跑得没了踪影……几年之间，这个当初没有门面没有固定摊位，经常被工商管理人员撵得像燕子一样飞的小商贩，现如今已是鸟枪换了大炮。不仅花了钱到市电视台去录制了原汁原味的，店老板自己原声的叫卖声（店老板后来告诉可儿，他本来是想请一个播音员帮他录制的。可是他们的要价太高，就放弃了），还拥有两个规模不小的门面。店铺起了一个非常平民化也很能吸引众多低收入消费者的店名："下岗再就业利民店"。"利民店"经营的是全一色的减价商品。如减价毛线、减价服装、减价皮鞋、减价床上用品等，林林总总经营着不下20种减价商品。

可儿行至"下岗再就业利民店"门口时，一种莫名的诱惑和亲和力涌上心头。她甚至产生了想去找那个有着沙哑嗓音的店老板攀谈的冲动。她在"利民店"门前踟蹰了片刻，便佯装买东西的样子走了进去。店内包括刚走进来的可儿在内，就只稀稀落落的两三个顾客。生意看上去并不咋好，更说不上红火。而且，由店内经营状况来看，很有点"生意惨淡"的意味。可儿在店内转了一圈，见生意如此萧条，很快打消了与店老板攀谈的想法。便走出了店铺，再次融入喧哗的街市。

可儿木然地行走在喧嚣的街上，看着熙来攘去的红男绿女们快乐的容颜，觉得自己和自己的生活离他们竟是那么遥远，那么隔阂，那么不可比拟。不禁一声叹息，更加了一层的忧悒在心头……

这一天，红星化肥厂的女职工可儿，就这样在迷迷糊糊懵懵懂懂、似是而非的悲戚、怅然中度过了。

可儿回到低矮、破旧的家中时，已是掌灯时分了。婆婆正在张罗着吃晚饭……

23　红星化肥厂正式宣告
　　破产之前的几次职工大会

　　红星化肥厂拖至来年的三四月，才正式宣告破产。在这一年的 4 月的某一天，红星化肥厂上任不到两年的厂党委书记洪学南，在环宇房地产开发公司总经理办公室，与总经理余维汉签订了《国有土地使用权转让合同》。显而易见，《国有土地使用权转让合同》一经签订，化肥厂厂区的土地使用权，就不再属于红星化肥厂了。

　　环宇房地产开发公司，将化肥厂厂区买下之后的下个星期一，几辆挖掘机就轰轰隆隆地开进了厂区，三下五除二地就将近 500 亩地的厂区夷为了平地。房地产开发公司总经理余维汉，在开工典礼上讲：我们要在这块土地上，建起一个本市最为豪华、基础设施齐全，花园式的"鸿瑞花园小区"。

　　由此，昔日红红火火过的红星化肥厂，随着厂房被挖掘机轰轰隆隆地推倒的那一刻起，将彻底由这座城市，由人们的视野中消失……

　　客观地说，红星化肥厂在宣告破产之前，也曾多次举行过全厂职工大会。但是，每次的大会总是开得不了了之，无果而终。甚至后来几次的会议，简直就成了职工和厂领导的对峙大会。台下和台上的对立情绪几乎达到了剑拔弩张的白热化程度。有次会议中途，有个职工还出其不意地一下子冲到主席台上，拿起正在讲话的厂党委书记面前的麦克风，就向他的头上砸去。会场顿时乱成了一锅粥，会议也不得不被迫中途停止。

这次暴力事件，是在化肥厂就"红星化肥厂申请破产的相关事宜"召开的第二次职工代表大会上发生的。当时厂党委书记洪学南刚将《红星化肥厂申请破产报告》宣读完毕，台下的职工就一下子炸开了锅。议论的声音、吼叫的声音、捅娘骂老子的声音，完全盖过了在台上讲话的书记的声音。

"我们的青春年华都贡献给了这个厂，现在说垮就垮了，哪个能接受得了呢？！"有人说。

"唉，我们家几代人都在这个厂。工厂垮了，让我们喝西北风去啊。"蜷着身子，埋头坐在最后一排的诸葛海俊唉声叹气地喃喃而语。

有人说："工厂垮了，厂领导总得把我们这些人安置好吧？"

"哈哈，你是在做白日梦吧？工厂都不存在了，厂领导还是领导吗？他自己都是泥菩萨过江，自身难保，他哪还有能力管你哟。"

"啧啧，工厂破产了，我们这些老不老少不少的人，怕是出去给别人做保姆，人家都嫌老了哟。"这是温和一些的女工们在愁眉苦脸地说。其中也有可儿的声音。可儿说："以前上班吧，总是怨天怨地，嫌工作辛苦工资低。现在没班上了，才知道上班是一件多么幸福的事啊。"

"把历年的财务账目公布出来。就是破产，我们也要看个清楚明白啊。"有人大声吼着说。

"说句公道话，化肥厂落得现在这步田地，"进厂不到一年、毕业于某省化工学院的大学生於可庆说："也不能全怪厂领导。市场经济就是这么残酷无情。不进则退，没有中庸之道可走。我们厂的产品无法被市场认可、接受，更别说能占领市场多少份额，这是大家有目共睹的现状。而这种残酷的现实并不是一个领导两个领导能解决得了的。我想，大家最好还是换位想想。如果你在领导岗位，难道你不想把自己的企业领导得红红火火吗？同理，没有哪个领导会愚蠢到有意把自己管理的企业往破产里面整的。企业破产了，对他们有什么好……"

"哟喂，"大学生的话还没说完哩，就引来了不少职工的不满。大家七言八语地驳斥他："领导给了多少好处你了，你这样拍他们的马屁。""你个小兔崽子才来了几天呀，搞得人五人六的。别的没学会，溜须拍马倒还学得蛮快的啊。""好端端的一个工厂就这样说垮就垮掉了，他们当领导的难道就没有责任？""是的，大变革中，是会有阵痛，是会有人作出牺牲，这我们能理解。我们不理解的是，为什么牺牲的偏偏就是我们厂呢？"

……

人们在乱哄哄地跟大学生争辩的时候，谁也没注意平日看上去没有一点脾气，总是一副温吞水样子的林乔宇一下子冲上了主席台，拿起洪学南书记面前的麦克风，就往正在讲话的书记头上砸去。

"啊，有人在打洪书记。"不知是谁尖叫了一声。乱哄哄的台下顿时安静了下来。顷刻，又掀起了一般新的骚动和混乱。人们齐刷刷地站了起来，有的踮起脚尖，有的伸长脖子，有的干脆就站到了座椅上，还有的往主席台前跑去，想看个究竟。已有好几个保安上了主席台。上到主席台上的保安和主席台上就座的几位厂领导都在大声呵斥和拉扯手中还死死抓着麦克风不放的林乔宇。

场面极其混乱。

平日少言寡语得如女人样文文弱弱的林乔宇，此时看上去完全变成了另外一个人——激烈、暴怒、蛮横得很。身子一挺一挺地同几个保安奋力撕扯着，声嘶力竭地嚎叫着。发出的嚎叫声是尖厉的、撕心裂肺的，带着某种绝望的气息。完全不是他平日的声音和平日的他的神态。

一改往日文弱相，而此时正在激烈、暴怒地如狼样嚎叫着的林乔宇，最终还是寡不敌众，被几个保安强行架下了主席台。

林乔宇在几个人高马大的保安的挟持下，左右扭动着的身影还没完全由目送他的人们视野中消失，人们接着又看到了双手捂着头，鲜红的血由指缝间不断渗出的洪学南书记被工会主席和副厂长等几个人扶着紧随其后，走出了会场。

人们目送着与平日完会判若两人的林乔宇和血流满面的洪书记背影，有的唏嘘不已，有的叹喟，有的像是受了感染，也激动地大声嚎叫起来。也有不安和怜悯的人，在暗暗地为林乔宇担忧着，捏着一把汗——"林乔宇怕是要吃官司了。"那人低声地说。另一个说："真还看不出来，平日老实得碌子都碾不出屁来的林乔宇，今天像是吃了豹子胆样。"

"越是这样闷葫芦的人，越是最危险的。"

"唉，不管怎样，他是不该打洪书记的呀。"不知是谁声音很小地说："他也不情愿工厂在他手中倒闭呀。工厂倒闭了，对他有什么好处呢？这是傻瓜也想得到的问题。"

毋庸赘言，这次的职工大会，就这样草草地收了场。

这次林乔宇打人事件发生后不久的下个月初，红星化肥厂召开了第三次全体职工大会。

这次大会是以对话的形式进行的。洪学南书记因伤还没痊愈，无法参加会议。此次会议的主持人是厂长于路。主席台上就座的有市化工局副局长周长生、厂党委副书记获加凡、工会主席韩默涵、副厂长肖勇等。吸取上次的教训，会场加强了一些保安措施。

有局领导亲自坐镇，保安力量的加强，这次会议开得还算安全顺利，至少再没有发生类似于林乔宇打人的暴力事件。林乔宇正如工人们所预料的，已因故意伤人，扰乱公共秩序而被刑事拘留。毫无疑问，林乔宇的被拘留，在工人们中间起到了某种无形的震慑作用。

但是，职工们对厂领导的抵触情绪，始终弥漫着整个会场还是显而易见的。工人们只是换了一种比较温和的方式表达这种抵触情绪。会场上，没有多少人听领导的讲话，即便是副局长讲话的时候，会场也是一片嘈杂。主持会议的厂长实在看不下去，就亮起嗓子吼了几次："下面的同志们请不要讲话！下面的同志们请不要讲话！你们的声音比局长讲话的声音还大，真是不像话，太不像话了。"但是无济于事。下面依旧一片叽叽喳喳的嗡嗡声。

有的人还故意亮开嗓门说："我们听局长讲话，他能保证我们不失业吗？他能保证我们工厂不破产吗？"

"就是嘛，他要是能保证我们化肥厂不破产，保证我们有饭吃，我们不仅安静下来听他讲话，还举双手拥护他！"

"同志们同志们，我们和你们一样，感同身受，心情是沉重的，谁也不愿意看到这样的结果。"主持会议的厂长说："但是，企业改革这是大势所趋，更是促进社会生产力发展的需要。我希望大家安静下来听局长讲话。"

"我们也想静下心来听局长讲话，可是，他得要有让我们静下心来听他讲话的理由，是不是？"

"他既保证不了我们厂不破产，也没能力安排我们再就业，我们为何……咳，下面的话，我也不想说了。"

一些平日看上去敦厚老实、寡言少语的职工，好像是一夜之间完全脱胎换骨了，变得既能说又敢说，语言犀利又尖刻。以前对领导的尊重和客气，在他们身上再也找不到影子了……
……

再后来的一两次大会，大多数人就索性懒得参加了。

当然了，这些对职工大会不再感兴趣，对领导的讲话再也不想听的工人，并不是放弃了关心工厂和自己命运的权利。而是他们决定采取另一种比较能引起社会注意的方式——打着"我们要吃饭，不要失业！"的横幅标语上街游行，静坐。

这个提议，是昨天上午工人们自发到车间集会时，不知是谁提出来的。工人们的每次集会，都是在业已停产多时的冷冷清清又空旷的车间里进行的。车间里面的机械设备，因好长时间没有生产而锈迹斑斑，落满了厚厚的尘埃。有的机械设备的零部件，不知是被什么人早已拆得七零八落，一片狼藉。一点也看不出往昔热火朝天生产过的迹象。车间里面的凄凉、衰败景象，像是在静静地向它们的主人诉说着被时代无情抛弃后的落寞和无奈。

在这天集会中，有人提议："既然厂领导解决不了我们的问题，我们可以去找市政府呀，是吧。"

这个声音，是由黑压压的人群后面发出来的。马上就有人附和："是呀是呀，我们的条件一点也不高呀，我们只要有口饭吃，只要化肥厂不破产，我们降一级二级工资都行。"

"大家不能凭一时冲动蛮干啊。中央有明文规定，不申请或未经公安局批准的游行，是违法的，是要负法律责任的。"这是最近以来，大家一直视为主心骨的机修车间主任李强说的。

"那……那，那我们可以到市政府或国道上静坐啊，静坐总不违法吧？"

最后，到市府门前静坐的提议，得到了大家一致同意。

隔日一大早，红星化肥厂的工人们自发地、一呼百应地打着"我们减工资，也要保住国有资产！""揪出侵吞国有资产的蛀虫，还我化肥厂昔日辉煌！""我们要吃饭，不要失业！"等横幅标语，前往市府大院门前静坐。

静坐的队伍浩浩荡荡到了市委大院门口后，李强指挥大家，分两边坐。"不要阻塞了交通。"李强说。

工人们在大院门口的两边坐下后，办事向来认真的李强还宣布了几项静坐纪律：一、不要堵大院的门；二、不要堵塞交通；三、不要到处走动；四、除了喊口号外，不要大声喧哗；五、一切行动听指挥。

"李强李强，我们听你的。你咋说我们保证咋样做。"和华英坐在一起的可儿说。

"是的是的，我们都听你的。"华英和其他几个女工也附和说。

这厢的工人们，坐在政府大院门前黑压压的一片，加上围观的人，不下千号余人。影响不可谓不大。

工人们的静坐很快就惊动了市委、市政府。市政府当即责令市信访办的全体工作人员全部出动，到静坐在市府门前的工人中间去做劝解、安抚、疏散工作。"尽量多做劝说工作，要动之以情，晓之以理，不要激化矛盾。只能安抚、疏散，不能强行驱赶。"市府秘书长亲自布置完工作后，对信访办主任强调说。

接到市府指令后，市信访办的全体工作人员丝毫不敢怠慢，全都放下手中的活儿，火急火燎地赶到了静坐的现场。当然，同信访办的工作人员一起赶到现场的还有市交警大队的部分警察。他们接到的指令是：维护好交通秩序，不要同工人们发生直接冲突。

静坐现场的局面，比信访办的工作人员想象的好多了，一点儿也不混乱。甚至可以说是秩序井然，也没堵塞任何交通要道。静坐的工人们除了有规律、间接性地喊一些诸如"我们要吃饭，我们不要失业！""严惩腐败分子，还我工厂昨日辉煌！"等口号外，基本上不大声喧哗，也没人乱走动。

信访办的工作人员赶到现场后，有几个自家亲戚中也有下岗失业的工作人员，对这些"我们要吃饭，不要失业"的工人们，的确有着很深的同情心。他们亲和地，面带微笑（他们这样的一种状态，不像是来处理问题的，倒像是来同朋友或熟人拉家常的）地走进静坐的工人队伍之中，双腿一盘，也同静坐的工人们一样，席地而坐，使出浑身解数做着说服工作。

俗话说得好，擒贼先擒王。在信访办工作人员"深入"静坐的队伍中做着说服工作的时候，眼睛高度近视，但处理类似问题，很有一套的信访办主任，却电话联系了一个姓单的神秘人物。很快他就从这位姓单的神秘人物那儿知道了谁是此次"静坐"活动的主要组织者。

"他叫李强。是个在化肥厂群众中威信比较高的车间主任。若是将他的工作做通了，'静坐'问题也可能迎刃而解吧。"这是单姓神秘人物，在工人们到市府门前静坐20分钟左右的时候，在电话中给信访办主任提供的信息。信访办主任很快就找到了这次静坐活动的主要组织者李强们，并将他们请到了信访办办公室。

一行人到了信访办办公室，信访办主任很是殷勤周到地对头脑并不复杂，很多时候都是意气感情用事的李强们又是让座又是递烟又是倒茶又是温和耐心、善解人意地嘘寒问暖。有些话题信访办主任还故意随着李强们之意说。他是想用温和的同情之情，消解代表们心中的抵触情绪，进而达到拉近与李强们之间的距离。

"只要心与心之间没有距离和隔膜，一切问题就不是问题了"。这是信访办主任一向坚持的工作态度或者说信念。在工作实践中，他的这种"温情主义"解决问题的方法，真的还是蛮奏效的。

谈话刚开始的时候，是信访办主任专心致志地听李强们七嘴八舌地表达静坐的意愿和诉求。李强们你一言我一语地讲了他们到市府门前"静坐"的理由及所要达到的目的："讲良心话，"李强说，"我们这样做，是不得已而为之的。如果化工局能解决好我们厂的问题，我们是绝对不会用这种伤别人也伤自己的方式出现在市府门前的。我们的条件并不高啊，只要有工作，有口饭吃就行。"

"我们强烈要求市委、市政府对红星化肥厂的破产问题，重新审查。就是破产，也要破得清楚明了啊。"

"化肥厂破产后，我们这些工人如何安置，政府总得对我们有个说法吧？"

"我们不要失业，我们要吃饭。"

"化肥厂若是破产，就是国有资产的严重流失。"李强们你一言我一语地说到最后，竟然将横幅标语上的话也用上了。

在李强们唾星飞溅、激动地述说着的时候，信访办主任不时地打断李强们的讲话，问一些问题，当然还夹杂着说一些安抚、体恤、同情的话。总体来说，对话的气氛还算融洽、温和。整个对话过程，没有发生任何不尽如人意的局面。

李强们七言八语地讲完他们认为要讲的理由和要求后，还递了个鼓鼓囊囊的大信封给信访办主任。李强们说："这是我们厂500多名职工签了名的'关于红星化肥厂的情况反映'信函，麻烦主任一定要转交给市政府主要领导。"

信访办主任伸出双手，郑重地接过沉甸甸的信封，说："请你们放心，我一定不负重托，会将这封信转交给市委主要领导。"

"那就谢谢，谢谢主任了！"李强们被信访办主任的谦和友善态度感动了。

"我想，我们这次的会谈，双方都是有诚意的。我也相信通过这次沟通，在很多问题上，我们是达成了共识（'什么问题达成共识？'李强们暗自在心中问。但是，没有谁好意思说出口）的。你们看，"主任说到这儿，抬腕看了一下手表，接着道，"你们看，时间已经不早了，工人们在外面怕是坐得很累了吧。再说，这样坐下去，也不是解决问题的办法呀。你们是不是给市委、市政府一点儿时间，给我一点儿面子……这样说吧，一锯两把瓢（方言：干脆利落之意——作者注），我们的谈话结束后，你们到市府门前将工人们劝回去，我哩，立即就到市委去如实反映你们反映的情况。"

"那您什么时候给我们答复呢？"

"这个……这个，我这个人喜欢实话实说，什么时候能给你们答复，我现在也不好给你们确切的答复。"

"您不给个明确答复，我们怎么劝工人们回去呢？"

"请你们相信我，我会尽快特事特办把你们反映的情况反映给市委领导。但是，你们总得给我一点儿时间吧。"

李强们觉得信访办主任把话说到这个份上，再纠缠下去也没什么意义，就说："行行，我们相信您，也不想为难您。我们这就去将工人们带回去。但是，我们也不敢保证能说服工人。到现在，市委领导一个都没出面……别说是工人们不服气，我们自己也不服呀。"

"我就是奉市委领导的指示，代表市委领导来和你们沟通的呀，怎么说没……"

"那就是说，您是代表市委领导的哟？您既然代表市委领导，那我们问问您，您能拍板解决我们今天提出的所有问题吗？"

"我刚才不是已经说了吗，我是代表市委领导来与你们沟通的，我会特事特办向领导及时汇报你们反映的情况，希望你们也给市委、市政府一点时间，好吧？"信访办主任耐心地说。

李强们将头凑到一起，嘀嘀咕咕地商量了会儿后，李强说："这样吧，我们相信您说的话。我们这就回去，保证将静坐的工人解散。但是我们也恳切希望您兑现您的承诺，尽

快把我们厂的情况向市委领导汇报。我们期待市委早点给我们明确答复。若是长时间得不到明确答复，工人们要来静坐，那也是我们无法控制得的了的。"李强说完，车转身，把手一招，道："伙计们，我们走，我们回去等消息。别在这儿耗着了。"说完，就大步流星向外走。其他几个人，尾随其后也鱼贯而出了信访办办公室。

李强们一离开信访办办公室，信访办主任便迫不及待地向市长打电话。他在电话中向市长汇报说："市长，我将关于红星化肥厂工人静坐的情况向您汇报汇报。"

"嗯嗯，你就拣重要的说吧，我这儿忙着哩。"电话那头的市长说。

"哦，是是，"信访办主任哈着腰，在电话这头唯唯诺诺地说："我拣重要的说。是这样，今天我们信访办一接到市府指示，就立马行动了起来。我们兵分两路……"

"我刚才不是说了吗？我这儿很忙，你不要说过程，说结果就行了。"市长说。

这厢已是骇得出了一头冷汗的信访办主任，哈着的腰更是哈得厉害，连连点着头小心翼翼地说："对工人们的说服工作虽然有很大的难度，但是结果还算可以。他们答应撤离……哦，不是，他们已经撤离静坐现场了。"

市长听到这儿，才在电话那头慢条斯理地"嗯嗯啊啊"了两声，轻描淡写地表扬信访办主任"办事得力"云云，就将电话挂了。

信访办主任和市长通完电话后，拿起公文包，走出办公室，向市委大院门口急匆匆走去。远远看到，大院门口已恢复了往日宁静。他轻轻嘘了口气："这些工人还真是说话算话的汉子。"

24　可儿家这天的晚餐，
　　是在非常不愉快的气氛中结束的

　　参加了这次静坐的可儿，本来是想动员一向老实巴交，但还算明事理的公爹诸葛海俊和生性怯弱胆小怕事的丈夫诸葛军男一起参加这次工人们自发组织的静坐活动的。可是昨天吃晚饭的时候，可儿刚将自己的这种想法说出口，就立刻遭到了包括婆婆在内的全家人的激烈反对。公爹和诸葛军男不仅表示自己坚决不会参加这种既"破坏安定团结"又解决不了任何实际问题、说不定还会惹出更多麻烦的静坐活动，而且一致极力反对可儿参加此次活动。

　　全家人反对可儿参加静坐活动的理由充分，态度坚定，完全没有一点点商榷的余地。尤其使可儿刮目的是，一向蔫了吧唧，没有一点性子，但也还算明事理有正义感的公爹，却是反对她参加"静坐"最激烈的一个。

　　饭桌上，诸葛海俊一听可儿动员他参加"静坐"，他本来就黝黑苍老的脸，一下子涨得乌紫，脖子上的青筋更是暴起。他语重心长地说："我们这个家是党员之家（哦，一直忘了交代，诸葛海俊父子俩和可儿都是党员），革命之家，光荣之家啊！我们这种根正苗红，几代人都是受地主阶级压迫剥削的贫雇农的家庭，怎样能去干同党同社会主义同政府作对的事情呢？啊？况且，可儿你的爸爸，是国家干部，你可不能和那些不三不四的人一起，干些给你爸爸脸上抹黑的事啊！游行、静坐，

这不是明摆着跟政府对着干吗？这不是明摆着往党的脸上往社会主义的脸上抹黑吗？啊！"他说到这儿，停顿了片刻，然后一字一顿地又说："今、天、我、就、把、话、说清楚，是、我、们、诸、葛、家里的人，明天、一个也不准出去起哄，参加啥子游行、静坐。谁去了……就……就甭想再进这个家门。真是身在福中不知福的孽障。"这是可儿进诸葛家门以来的十多年间，第一次看到公爹发这么大的脾气。

公爹唾沫四溅地说完这番话后，就将碗筷朝桌子上猛地一摔，双手背到背后，歪着头，气哼哼离桌而去。没吃完的半碗面条和着汤汤水水，由摔倒的碗中立刻流得满桌子都是……

一直哭丧着脸没吱声的婆婆，赶忙起身去灶台拿了一块油腻腻、黑乎乎的抹布，边擦流淌在桌子上的汤汤水水，边阴阳怪气地说起了风凉话："如今的媳妇啊真难伺候，吃个饭都不让人安生。总以为自个儿是个了不得的人物，动不动就游行啦静坐呀，反对这反对那的，能得就像是能把整个天都撑起来……又不掂量掂量自己，到底有几轻几重、几斤几两……"

"厂子破产了，失业的又不是你一个人。你着哪门子急、起哪门子哄啊？"诸葛军男在母亲的唠叨声中，狠狠地剜了可儿一眼后，也冲着她大声吼着说："天塌下来有高个儿顶着，你算那路的神仙，要去充人。"

"我怎么不着急呀，工厂破产了，我们一家子就有三个人失业，你就不着急……"

"一个妇道人家，你有撑天的本事能扭转乾坤啊？你参加静坐、参加游行，这个厂就不破产了？你的工作就保住了？真是笑话哟。你就放自知之明一点吧啊，不要成天同那些不晓得天高地厚的几个男人鬼混在一起瞎起哄。鬼晓得你们混在一起，想搞一些么名堂。"诸葛军男打断可儿的话说。说完，就端起印有"红星化肥厂食堂"字样的墨绿色岔口搪瓷碗，边往嘴里扒着鸡蛋炒饭，边向门外走去。

学习成绩还算可以，长得又瘦又高如豆芽菜的高中生诸葛桥雄呢？他此时也正端坐在不大的饭桌边漫不经心地往嘴里扒着饭，边看似很专心致志地看一本名叫《数学练王》或《黄冈秘卷》的高考辅导资料。完全一副没受任何干扰，全神贯注读书的样儿。可是，当爷爷和父亲走出家门后，他却抬起了头，用怪怪的目光看着母亲，以一种与他年龄和学生身份完全不相符的、世故又老道的口吻说："妈，您何必为了那个根本解决不了任何问题的鬼'静坐'，同家里人闹得众叛亲离呢？我可以明确地告诉您，你们的闹腾还没开始，就注定没有好结果，或者说注定就是以失败告终。这是历史的经验。我就不明白，你们都是几十岁的人了，世事怎么还没看透，活得咋还这么幼稚无知哩？"说完，儿子也将碗筷轻轻放下，起身拿起桌上的辅导资料，漠然地看了一眼低着头、双眼直勾勾地望着桌上一盘小白菜的母亲，走了。

儿子临走，不知是有意还是无意地用脚一勾，将自己刚才坐着的方木凳一下子勾倒了。方木凳的倒地声，将被全家人的斥责弄得心烦意乱的可儿吓了一大跳。

吓了一跳的可儿，抬起头望着儿子离去的、还很显单薄稚嫩的背影，惊愕地发现，先后离桌而去的三个男人，竟然是那样地如出一辙——都是罗圈儿腿、外八字，走路如鸭，便凄然一笑。起身也离开了稍动一下就摇摇晃晃、像是随时都要散架垮掉的破旧饭桌。

显而易见，可儿家这天的晚餐，是在非常不愉快的气氛中结束的。

但是，到了明天，没等天光大亮，几乎一夜未眠的可儿，还是摸黑悄悄地起了床，胡乱地洗了把脸（怕弄出了响声，连牙都没敢刷），就偷偷地溜出了低矮的家门……

25　现场办公会

化肥厂职工到市府大院门前"静坐"的下个星期三，市委派管工业口的副市长到化肥厂现场办公。

副市长现场办公的地点，是在红星化肥厂的会议室门口不远处的一个坑坑洼洼的篮球场中进行的。现场办公本来是安排在会议室举行的，可是没有谁愿意走进那个已然肮脏得不能下脚、满地都是厚厚的尘埃、纸屑、垃圾，一堆堆两头尖尖的灰黑色干硬的老鼠屎，还有一摊摊的黄不拉叽的不知是水渍还是尿渍的会议室。

早上8点钟的时候，副厂长将会议室的门打开时，一股难闻的霉味、臭味、骚味扑面而来。使得随副厂长其后的一群人连连倒退几步。倒退好几步的人们，看到会议室的景象是：会议室的西边墙壁，业已破了一个高个子大块头男人稍稍弯一下腰，就可钻进去的大窟窿；会议室的四周窗玻璃，全都不知何年何月何时飞到哪儿去了；会议室墙壁上的喷塑涂料（20世纪90年代初、中期最时尚、最昂贵的一种室内装饰涂料。这种涂料只流行了很短一段时间，就结束了它的历史使命），已然斑驳脱落得看不出原来的模样；四周墙壁上，到处都是大一块小一块的霉痕和发黄发黑的水渍；会议室内的桌椅没有一个是正经八百立着的，全都断胳膊缺腿东倒西歪横七竖八地躺在地上……够了够了够了，这样一个脏乱的地方谁愿意进去呀。

就在人们连连倒退的时候，副市长在厂党委书记洪学南的陪同下也快走到了会议室门口。有人提议："现场办公换个地方吧。"

"怎么回事？"洪学南书记问。

"里面太脏了。您进去看看，看能不能下得了脚？"有人说。

听了此话，已然走近会议室门口的副市长站住了，望着刚才说话的年轻人问："你是本厂的吗？"

"不是，我是市报社记者。"

副市长冲着记者摇了摇头，语重心长地说："你们这些年轻人怎么得了啊！骄娇二气十足，严重脱离人民群众，严重脱离生活。工人们能待的地方，我们咋就不能待？我们不能同人民同甘共苦，咋又能当好人民的记者、当好人民的公仆呢？啊？"副市长的一席话，说得记者很不自在地低下了头，脸也红了。

在副市长语重心长地教导记者的时候，洪学南走到会议室门口，探头向里面张望了一下，见里面的确龌龊肮脏，非常气恼。于是，他转过身，向站在不远处的副厂长招了招手。副厂长刚一走近，洪学南就愠怒地责问："怎么搞的嘛！啊？我不是好几天前就叫你安排人打扫一下布置一下的吗？怎么到现在还是这种鬼样子？"

"我是安排了人来打扫的呀，可是别人不来，叫我咋办？"副厂长苦水一肚子地申辩。

"你连个打扫卫生的人都安排不了，你这厂长当得称职吗？"

"我的书记，工厂马上就要破产了，我还算哪门子厂长哟。""你就不能……"洪学南本想说："你就不能亲自打扫一下吗？"可是，心中忽然间涌起一种莫名的悲戚感，使他把下半截话咽了回去。

　　无奈之下，洪学南和副厂长，还叫上了厂党委副书记、工会主席等几个人，急忙由各自的办公室搬出了几张桌子，靠背椅，摆在了已然废弃多年的篮球场边那棵梧桐树下，算是临时搭起了一个露天会场。

　　桌椅摆好之后，洪学南书记去请被工人们围着问这问那的副市长就座。

　　面对满腹积怨的工人们的各种各样尖锐、刁钻古怪的提问，副市长表现出了极大的宽容和体谅。在整个现场办公的过程中，他很有亲和力，很平易近人，很有拳拳之心血浓如水，体恤民情民意。他的脸上始终保持着和蔼、宽容的微笑。说话时的语气也很苦口婆心，语重心长。他语调低缓，心情沉重，慢条斯理地说："同志们，同志们、工人阶级兄弟姐妹们，市委、市政府的领导们对你们是非常、非常关心的啊！今天，市委领导特别委派我来看望大家。我代表市委、市政府向大家致以最亲切的问候……你们为我市的经济建设做出了巨大的贡献，这是我市人民有目共睹的……"

　　"既然你们当官的也承认，我们厂为本市的经济建设做出过贡献，为什么还要拿我们厂子开刀？要我们厂破产？"

　　"今天市长来到我们厂现场办公，我们非常欢迎，也很感动。我想问一个问题，就是我们厂破产后，政府会不会安排我们再就业？"

　　"对对，我也想问这个问题。"有几个胆大的职工，在下面，声音不是很大地问。

　　"刚才是谁在讲话，请站出来……"坐在副市长旁边的洪学南，霍地一下子站了起来，身子向前倾斜着，布满血丝的双眼，在人群中来回睃巡，寻找说话者，恼羞成怒地说。

　　"坐下，你坐下。"副市长轻轻拉了拉洪学南书记的衣角，小声说："这个时候，大家的心情、情绪肯定不稳定，说一些怨怼话是在所难免。我们要多多体谅。要感同身受地理解工人同志们的苦衷，千万不能以硬碰硬，那样容易激化矛盾。"

等面色愠怒的洪学南坐下后，副市长依然面带笑容，继续温和地对闹哄哄的人群说："其实，市委、市政府领导同你们一样啊，面对红星化工厂这种局面，心情是沉重、难过的。谁也不愿意看到工厂破产，工人下岗、失业这种局面发生啊。但是，我们谁也阻挡不了市场经济'优胜劣汰'的规律。尤其是在社会大变革时期，总是会有阵痛的，总是会有一部分人作出牺牲的。残酷地说，也许，我们红星化肥厂就是社会转型期，做出巨大牺牲的一部分。红星化肥厂之所以破产，是由几大原因组成。第一，设备老化、技术落后。如果在原有基础上更新设备，其投资会比建一个新厂还要大；第二，产品没有市场；第三，包袱沉重，负债累累；第四，也是最重要的。化肥厂初建时，这块地段是市郊，离市区比较远，现在，随着市区的不断扩建发展，这块地段，已成为市中心地段了。化肥厂若继续在此处生产，无疑会严重污染环境。我想，我们所有在坐的工人同志都不会愿意生活在空气被污染的环境中吧？啊！所以说，我们厂的破产，从某种意义上讲，是对美化我市环境作出的巨大贡献。全市人民会记住你们，历史也会记住你们！"读大学时参加过演讲与口才培训的副市长声情并茂地讲。

副市长这番情真意切，且高瞻远瞩又充满体恤之情的讲话，完全征服了在坐的所有职工。将刚才还是怨气冲天的职工们，一个个说得哑口无言，一个个说得既沮丧又无地自容。工人们甚至怀疑自己是不是真的太自私自利、心胸太狭窄、太鼠目寸光、太为小我打算、太不顾国家利益和民族利益着想了。不由得，尽管化肥厂即将破产这一铁定的事实，依然如一座沉重的大山样重重压在每一个人的心头，但是，他们一个个还是心怀愧意地垂下了头。刚才一个个怒发冲冠的气

势，不知被一种什么样的力量，无形中消解得没了一丁点儿底气。

　　副市长到红星化肥厂现场办公后不久，市会计事务所进驻化肥厂，开始审核清算资产和职工们的工龄买断费。

　　曾经红红火火的化肥厂，终究还是宣告破了产。

26 只要我们勤劳肯干，
相信，总有一扇门在为我们开着

红星化肥厂破产后，可儿和丈夫诸葛军男，同化肥厂的其他职工一样，算回了一笔数目少得可怜的钱——工龄买断费：27000 元钱。

起先，可儿是死活不想领这笔钱的。可儿在领取这笔钱的那一天，很是蛮横、撒泼地同财务科科长大吵了一架。可儿同财务科长吵架的理由是：她同诸葛军男的工龄买断费，无论如何也不可能就只 27000 多元钱。她脸红耳赤地同财务科长大声争辩："我和我男人的工龄加起来有 40 多年啊。40多年的工龄，就值这么一点点钱。我们的青春全贡献给了这个厂，到头来就这么不值钱？"

红星化肥厂在发放工龄买断费的那几天，拒绝领钱的、大吵大闹的人远不止可儿一人。几乎每个前去签字领钱的工人不是骂骂咧咧，就是大吵大闹，或者干脆就拒绝签字领钱。有的甚至恨不得要动手打人。那几天，财务室里，嘈杂而混乱，成天乱哄哄的，完全失去了往日财务室的安宁。

财务科科长是个干瘦得像是一阵风就可以刮走的 40 多岁的女同志，名叫向媛。本来就瘦弱的向媛，在向工人们发放最后一笔钱的那段日子，人是更瘦了一圈还多。她每天面对前来领钱的工人们的愤怒、吼叫，甚至谩骂，总是不厌其烦

地、耐心地做着几乎是千篇一律的解释。她软声细语地对脸红脖子粗冲着她发火的工人们说："伙计们，伙计们，你们有怨气也不该往我们身上撒呀。我们还不是同你们一样，是拿了最后一笔钱，就回家的人。我的心情何尝不是同你们一样，想多算点儿钱装进荷包。可是现实明摆在这儿，想得再多，也是没有用的痴心妄想。我劝大家还是趁早领了这笔钱，回家早谋点儿事做做，比什么都强。你们要硬是不领这笔钱，苦的还不是我们这些干具体事儿的人。"向媛的这些话，往往还是有些说服力的。她是在以柔克刚。每每她在苦口婆心劝说大家时，财务室就有了片刻的安静。

继而，不知是谁叹息了一声后，无奈地说："唉，也是哟，我们不领钱，受拖累的还不是人家财务科的几个人吗？认命吧。各人早点儿领了钱回家，找生活出路去吧。"说完，就到出纳那儿把字给签了。

见有人带头签字领钱，刚才还吵着闹着不愿签字的人们，就一个个唉声叹气，愁眉苦脸地把字给签了钱给领了……就这样，财务室好长一段时间，每天都有一拨拨工人来领取工厂给他们发放的最后一笔钱——工龄买断费。虽然各自心中有一百个不满意，但也无可奈何。

"我和我男人咋只算了这么一点儿钱啊？"因气愤满脸涨得通红，站在出纳办公桌对面拒绝签字的可儿，算是第几天第几拨来领钱的人，谁也不晓得。这天，她同所有来领钱的工人们一样，当看到自己和丈夫微乎其微的工龄买断费后，非常气愤，情绪激动地就吼了起来。

财务科长向媛，由抽屉里面拿出计算器，走到可儿身边，软声细语说："可儿，你别急你别急嘛。我算给你看。你和诸葛军男的工龄加起来有45年，对吧？"可儿点点头算是认可。向媛低头先在计算器上按了"45"的数字，然后对可儿说："你看，45（工龄）乘以600元（每人每年300元计算），不正好是 27000 元吗？"

"我没有说你的算法是错的，我只是觉得这种算法对我们这些工人太不公平了。"可儿一反平日文静，大声吼着说："我们的青春都奉献给了这个厂，到末了了，就值这几个钱……"可儿说着说着，声音哽咽了起来，泪水湿了双眼……可儿伤心的，不单单是为了工龄买掉费算少了，还有她对化肥厂的依恋和不舍。

其实可儿在同财务科长吵架时，她自己都大吃了一惊。她甚至觉得自己真的是在无理取闹，真的是疯了。她完全不知自己今天为何要这么做，像泼妇一样，在平日关系极好的向科长面前撒泼？

"可儿，你疯了啊？你和向科长吵什么吵呢？"和可儿一起来领钱的华英，被可儿突然爆发的怒吼声惊呆了。她瞪着睫毛长长的双眼，惊诧地看着因激愤而气得满脸通红的可儿，说："我晓得你心里难过，可是，你跟她吵有什么用呢？她还不是和我们一样，给我们发完这最后一笔钱，就失业回家了……"

"对不起，向科长。"可儿抹了一把泪，望向向科长说："华英说得对，我不应该冲着您发脾气。我也不知为什么，今天就是想吵架。您莫怪啊！"

"不怪不怪。"向科长轻轻拍了拍可儿的肩头说："这个时候，谁的心情也不会好。不过可儿啊，一切看开点，也就没什么可怕的。厂垮了，天塌不下来。说不定还是好事哩，我们可以放开手脚到外面去闯闯，见见世面啊。只要我们勤劳肯干，不怕吃苦，相信总有一扇门在为我们开着。"

"就是啊就是啊，我老公的堂哥，原先还是在市事业单位上班哩，工资高福利待遇也好，还是一个小小的科长，可是，人家早就辞职去了深圳。现在在深圳开着自己的物业管理公司，在深圳买了房子车子。去年，还把妻儿老小全迁到深圳去了，日子过得滋润着哩。"

"那你可以去深圳找你堂哥呀。"

"不瞒你们说，我下个月就去深圳。我堂哥早就要我们去他那儿的。总是下不了决心。现在好了……"

"哦，红梅，我说哩，我们厂破产了，你好像是局外人一样，从来没看见你着急过，原来你早就有退路啊。"华英羡慕地望着红梅说："唉，你的命真好，失业就就业。哪像我们啊，失业后，眼前一抹黑。真不知还能不能找到工作……哎，你要是在深圳站稳了脚，也帮我们在那儿找点事做呗。"

"当然可以呀，只要你们信得过我。"

一直在哀愁中没缓过劲来的可儿，在听到红梅说她找到新的工作时，心中似乎一下子豁然开朗了许多。一个模模糊糊的计划，在她心中蠢蠢欲动……

27 可儿失业后，
最先想要做的事，就是开一爿店子

可儿领回她和诸葛军男的那笔工龄买断费的当天，吃过晚饭，一切收拾妥当后，她便挨着正在看电视的诸葛军男坐下，边织着毛衣，边试探性地说："今天我领回的钱，不想存在银行……"

"不存银行？"诸葛军男，像是不认识可儿似的望着她问："那么多钱，你不存银行，想干什么？"

"我想在北正街租个门面开服装商店。"可儿说这话时，眼中充满憧憬。

"开服装商店……"

诸葛军男的话还没讲完，坐在他们前面看电视的婆婆，扭过头来，用混浊的目光狠狠地盯着可儿，尖刻地说："哼，当个工人都当得失了业，还想去做生意。你以为生意是那么好做的呀，你以为人人都可以做生意赚大钱啊。一个妇道人家，不安分守己在家遵守妇道，相夫教子，还要异想天开地开商店。你是不是想把那点子后半辈子的养命钱，拿出去打水漂啊。别到时没赚到钱不说，赔得连裤子都没得穿的哟。"婆婆还说："家里本来就穷得叮当响，加上现在你和你男人都失了业，你折腾得起，我们诸葛家可折腾不起……再说了，有几个正经正良（俚语：规矩之人——作者注）的人去做生意的啊？

你丢得起那个人我们还丢不起哟。"

"妈，我说是开个服装商店，我是凭我的双手出去挣钱，有什么丢人……"

"好好好，我说不过你我说不过你。你要是硬想做生意呀，也不是不可以。那你先由我们诸葛家搬出去，你想做什么就做什么，谁也不会管你。"因前年摔了一跤而落下腿疾的婆婆说完，起身气鼓鼓地一拐一跛地向隔壁的那间屋子走去。

"你妈的话说得真是难听。我说是想开个服装商店，又不是说开赌场妓院。有什么丢不丢人的啊？"可儿望着婆婆离去的背影，小声嘀咕。

"你也别怪妈嚼你，别说妈不同意你开商店，我也不同意呀。"坐在小方凳上，窝着身子低着头抽闷烟的诸葛军男说："你是很有点儿自不量力……"后面的一句话，声音很小。

可是还是被可儿听见了。可儿说："哎哎，你这个人说话才有意思哟，我怎么自不量力了？你以为我没听见啊？我只是想开一个商店试试，就自不量力了。我又没说我要去当市长。"

"你这样说话就有点儿扯横皮了啊。"诸葛军男起身，走到门口，将烟蒂往门外扔去，说："我说你自不量力没有贬损你的意思。我是说，你我都是在工厂当了半辈子工人的人，没有一点儿经商的头脑，更无半点儿经商的经验，要开商店，谈何容易？你以为商店是那么好开的呀。妈说的话是难听了点，但是话糙理不糙啊。她也是好心，还不是怕我们到时候吃亏，把钱打了水漂。这两万多元钱，可是我们后半辈子的养命钱啊。"

"养命钱？哼，这两万多元钱，够我们后半辈子用吗？"

"把钱存在银行，总比你拿出去打水漂强。"

"就这区区两万多元钱，放在银行能生多少利息？"

"那也不能眼睁睁地看着你把钱拿去打水漂啊。"在一边一直没作声的诸葛海俊也反对说。

"好啊好啊，一大家子都失业在家，成天就这样大眼瞪小眼地你望着我我望着你，不想办法出去挣钱，这就是正经人家的生活？钱就会从天上掉下来？"

"你今天说一千道一万，也没用。我们不同意你开商店，你就休想把店开成。"刚才去了隔壁房间的婆婆，不知什么时候又回来了，说："都不说了都不说了，睡觉睡觉。"

对开商店本来就没有多少信心和把握的可儿，经婆婆一数落，公爹和丈夫一反对，刚刚滋生的一点儿勇气，给说没了。

翌日，心不甘情不愿的可儿，在诸葛军男的"护卫"下，将27000元钱，送到工商银行存了起来。定期，一年。

自此，可儿同化肥厂所有失业的工人一样，浑浑噩噩、无所适从地过了一月又一月迷惘、困顿，时间多得不知如何打发的百无聊赖的日子。

28　一个阳光灿烂的早晨，
　　伊候健出现在可儿面前时，她想逃

就在可儿在窘困的经济状况下将日子过得无头无绪，杂乱无章，又不知如何去寻找生活的出路之时，十多年前愤然离去的伊候健，却戏剧性地出现在了她的面前。

那是一个晴朗的早晨，好像是华英先看到的伊候健。

华英和可儿，因为都是失业在家，因为都是家庭主妇，因为又是隔壁邻居，她们就每天早上相约着上街买菜。

隔天一大早，可儿起床后，简单地梳洗完毕，就到搭建在屋前的那间矮小厨房，弯腰在装米的铁皮桶里，舀了一平碗米，放进电饭煲淘洗过后，又放进了适量的水，将电源插上，煮稀饭，就出了门。她路过隔壁华英家门口时，如往常一样，伸头往她家光线暗淡的门洞里望了望，喊着问："华英华英，你买不买菜呀？"

"买买买……你等一下……"华英含混不清的回答声，是由她家门前的左侧搭建的低矮的棚屋里发出来的，好像是在刷牙。果然没一会儿，就有牙刷同搪瓷杯碰得"砰砰砰"响的声音和水在嘴里"咕噜咕噜"响的声音传了出来。

"哎哟哎哟，慌死我了慌死我了。"又过了片刻，腋下夹着一只枣红色皮革钱夹子的华英，双手边粗枝大叶地往脸上抹着雪花膏啊或是其他什么护肤霜边由低矮的棚屋里跑了出来。"我又没催你，你慌个么事哩？"可儿说。

"你是没有催我，可是我自己不好意思让你等太久了呀。本来我是蛮早就要起来的，一大清早的，我家那个死不要脸的老东西，不晓得中了哪门子邪，缠着我非要干那事儿不可，搞得我昏头昏脑的起不了床……"

"啧啧啧，都这大一把年纪了，你们还有这么大的骚劲呀，我算真是佩服你们。我和我家军男早多年前就不在一起睡了……"

两个年龄并不算老的下岗女工，边走边喊喊喳喳地说着妇人之间的悄悄话，很快就走到了通往菜市场的必由之路的小巷口。两人一前一后踮着脚尖左闪右晃地刚走出又脏又狭长、且成年累月总是污水横流的小巷，拐进人声嘈杂的菜市场时，华英就像早有所料似的(后来她对可儿说："你说出鬼不，我一出巷子口，就硬是感觉到了伊候健在别处向我们走来。我就向我感觉到的那个方向一望，他还真的在不远处向我们走来了哩。我第一眼看到他时，感觉像是在做梦一样。""这是不是人们常说的那种心灵感应啊。"华英末了说)冲着不远处人头攒动的地方，大呼小叫地对可儿说："哟哟哟，可儿可儿，你瞧你瞧，那是不是伊候健啊？"

不等可儿回应，接着她就像是青春少女般，双手高高举过头顶，猛烈地摇晃着，又是蹦又是跳地大喊大叫："伊候健伊候健……"华英喊伊候健时的那种架势，就像是要飞起来的样子。甚至她真是在眨眼之间的工夫，就已经"飞"到了伊候健的身边。

华英是那种干什么事都是大大咧咧，不拘小节的女人。正是她的这种粗粗拉拉、不拘小节的个性，使她本来长得不错的相貌大打了折扣，也使她的感情屡受挫折。人们说，人又不是长得不漂亮，就是性格像个男人，大大咧咧的，没有一点儿女人味。人们说，有几个男人会喜欢性格像个男人的女人哩？

　　然而，人们没有看到华英对感情的专一和深藏不露的一面。

　　华英是在可儿进厂的后一年进的化肥厂。华英刚进化肥厂时，特想当一名车工。她觉得一个女孩儿穿着油腻腻的工作服，站在车床前，干着技术含金量特高的活儿，是一件很荣耀、很神气、很了不起的事儿。可是结果事与愿违得很。华英刚进厂时，在车间里劳动锻炼了一段时间后，她被分配到了厂部宣传科。为此，她闹了很长一段时间的情绪。上班也是三天打鱼，两天晒网。甚至有几次，在没有请假的情况下，就无故不上班了。迟到早退对她而言，那更是常有的事了。一个刚进厂的青工，这样无视劳动纪律，吊儿郎当，在那种年代是一件很严重的事情。这种无视劳动纪律的行为，若是被所在基层部门的中层干部通报给厂领导，是要受到严厉的处罚的。轻则，全厂通报批评；重则，记过处分。但是，时任宣传科副科长的伊候健并没有将华英经常迟到早退、不遵守劳动纪律的行为向厂领导反应，而是私下里找华英长谈了一次。许是伊候健谈话的方法得当，或者是伊候健没将华英不遵守劳动纪律的行为报告给厂部领导的做法感动了华英，这次谈话很成功。自此，华英不仅再也没有迟过到、旷过工，而且对宣传工作也有了热情，工作干得也很出色。写的稿件除了在本厂广播站播放外，还时有新闻稿件在市广播电台广播，也经常有稿件在市周报上发表。后来，有段时间好像还被市广播电台聘为特约通讯员。

　　华英由不喜欢在宣传科工作，到最后成为宣传科骨干的变化，到底是真爱上了这项工作而产生的呢，还是因为爱上了伊候健而产生的呢？谁也不知道。只有华英自己知道——她是在伊候健在那个烟雨蒙蒙的黄昏，在厂办宣传科办公室找她谈了那次话后，如痴如醉地暗恋上了伊候健的。由此，若干年后，华英在同可儿的一次闲聊中，对可儿说过："我那时哪是爱上了那份工作哟，我是暗恋上了伊候健，然后才爱上的那份在他领导下的工作。我当初暗恋他的那种痴迷劲儿啊，现在我每每回想起来，就又懊悔，又恨自己当初怎么就那么傻？爱他又不敢对他表白，只是将对他的一腔爱恋，发泄在工作之中。这是不是、是不是人们所说的叫、叫作爱屋及乌啊？"

华英在这次的谈话中，还一点儿也不忌讳地告诉可儿，使她万分伤心的是，她对伊候健的爱慕之情，他似乎没有一点儿察觉。"或者换句话说，"华英说："伊候健对我对他的这份痴情，故意做出没有感觉的样子。尤其是当我得知他追你追得辛苦而不言放弃的时候，我真是忌恨死了你。当然，我更痛恨伊候健对自己的无情寡义。最后，连我自己也不知是为了报复谁或是惩罚谁（当时，她的确是抱着报复和惩罚的心态，找的她现在的丈夫），在本厂的修理车间，找了个个头比她矮，背又有点儿驼的车工晁阿大做男朋友。相处了半年后，因为有了身孕，就潦潦草草地把自己嫁给了使我怀上身孕的晁阿大。现在落得跟你一样，夫妻双双失业把家回的下场。"华英末后调侃地说："这就是我曾经有过的、不被任何人知晓的暗恋史。那个时候的人真是老实哟，心中蛮爱那个人，怎么就不敢表白呢？不敢向别人表白自己的感情也就罢了，反过来还要恨那个仅仅是被我暗恋、别人又不知晓我在暗恋他的人，是薄情寡义之人。真是哟，我们这一代人咋就这么愚昧呢？活得真是又累又苦。你看现在的青年活得多潇洒多自由多痛快。想咋样活就咋样活，才不管别人说什么哩。"

"你们这些喜欢舞文弄墨的人是不是都有这种毛病，这种德行，吃着碗里看着锅里。孩子都这么大了，还想着初恋啦暗恋啦婚外恋的，丑不丑哦。"可儿见华英这大一把年纪了，

还像少女一样对别人津津乐道自己曾经有过的儿女情长，一点也不脸红。从内心有点反感，就老实不客气地挖苦了她几句。

"可儿，你可不能这样说我哟。我们是同事又是邻居，你看我是不是那种朝三暮四、水性杨花的女人？我这一辈子，真心爱过的人，就是伊候健。我今天对你讲的这些事，这么多年了，我没对任何人说起过。我是把你当作亲姐妹，才对你讲了掏心窝子的话。你可不能笑我哟。"

"对不起对不起，华英，我为刚才说的话，向你道歉。当初我真不知道你那么爱伊候健。我要是知道，一定会把你们撮合成功。现在说什么都晚了。"

"唉，是呀，现在说什么都晚了。"华英哀叹一声道："不过说实话，我一点儿也不后悔曾那样如痴如醉地暗恋过伊候健。虽然没有和他终成眷属，可，那是我作为一个女人最幸福的时光。至今，我还是蛮想那个人的……"

"哎哟哎哟真是酸，我的牙齿要酸掉了。"可儿手捂着嘴说。

远在千里之外的伊候健，真像是感觉到了华英对他的思念一样，在华英对可儿讲出了深埋在她心中近20年的恋情后的第二天，突然回到了里约市。然而事实上，他又绝对不是为华英的思念而来的。

……

听到华英喊出"伊候健"三个字时，没有一点思想准备的可儿，心，先是怦怦地跳了几下。而后，她又似信非信地双手搭成遮阳棚状（此时，她正面对着冉冉升起的朝阳），向华英"飞"去的方向望去，果然，但见人头攒动的街东头，有一个衣着不俗、气度不凡、英俊倜傥、向着她们这个方向走来的男子，着实很像当年不辞而别的伊候健。

当可儿真切地看到街东头的那个气度不凡的男人就是伊

候健时，闪现在她脑海中的第一个念头就是"逃"，赶快"逃"。因为可儿清楚地知道，自己早已不是当年那个如花似玉的千金小姐的可儿了。她的梦想和她娇美的容颜，早已被生活的柴米油盐给消解、吞噬了；她的曾经光泽、细腻、粉粉嫩嫩又秀丽的脸庞，已然被生活的岁月腌制成了一块腌臜、没有一点儿色泽的老咸菜，布满着衰老的皱纹和哀愁；她的曾经苗条婀娜的身段，已然被岁月的双手搓揉得皮肉松垮臃肿不堪。昨天晚上，为一些鸡毛蒜皮的琐事，她又同丈夫诸葛军男吵了一架，怄得一夜都没睡好觉，噩梦不断。一大早起来，她对着镜子梳头时，发觉眼泡红肿，原本就肉嘟嘟的眼袋，一夜之间更加松垮。眼角和额头的皱纹又像是多出了许多，给原本就人老珠黄的脸颊平添了更多的憔悴，更多的暮气和晦气。此时，她的头上，顶着一头稀疏、枯黄梳得还算光亮的头发；她的额头和眼角的周围，布满密密的粗细不均深浅不一的皱纹；她脸颊、脖颈的皮肉浮肿松垮；她双眼的目光，是暗淡混浊的，甚至有些呆滞、木讷；精神更是疲疲沓沓、萎靡不振。

总之吧，可儿的容颜和浑身上下，整个就是与愁苦、压抑、憔悴、怄气、贫穷浑然一体。与喜庆、与润泽、与丰腴、与妩媚、与幸福、与妖娆、与秀丽等美妙字眼，绝无关联。再看看她的穿着吧。她的上身穿的是一件又肥又大，印有"红星化肥厂"字样，且业已洗得泛白、袖口毛了边的男式工作服；下身穿条早已过时的黑色条纹状，左裤腿上有个地方还破了个小窟窿的高弹力踩脚裤；脚上穿的一双圆头半高跟牛皮鞋，看上去倒像是新的，但看得出，业已过时多年。这双牛皮鞋，依稀记得是现在已读高二的儿子过10岁那年，当时在上海交通大学读书的弟弟送的。可儿一直舍不得穿，等舍得拿出来穿时，早已成为老古董了。她长满老茧且粗糙的手中，拎着的是上个星期三，在两元店里花两元钱买的一个月牙儿形状的枣红色皮革钱夹。钱夹里面装着有限的10元或是15元的

毛角票，这就是她今天用来买菜的钱。

……

深感自己寒酸、窘困、哀愁、美丽不再的可儿，决意不见伊候健。她迅疾地转身逃走，甚至已经仓惶地逃进了小巷。但是早已"飞"到菜市场东头去了的华英，却在那边大呼小叫地喊了起来："可儿可儿快过来呀，真的真的是伊候健回来了嘞。你在往哪里跑哟？还不快过来。"

被华英这么一喊，已经逃进小巷的可儿，不得不很不情愿地硬着头皮走出了小巷。

"可儿，不想见老同事啦。"可儿刚走出巷口，也是向巷口这边走来的伊候健就用调侃的口吻问。

伊候健说话的语音，变得很有点儿南方人的味道了，拖泥带水的。一个"啦"字拖很长。人也显得比十多年前更帅气、潇洒，更有味道，更自信、更有气势，完全是那种事业有成的男人的帅气和自信。

然而此时，伊候健的内心，却远没有他所表现的那么轻松、潇洒。他是在以轻松的表象掩饰内心的隐痛。当他第一眼看到完全面目全非，苍老得快要认不出的可儿时，心像被什么尖锐的利器猛戳了一下。油然地，一种怜悯和心痛涌上心头，喉头也有些哽咽。只不过，这一切，都被他轻松、洒脱的假象给严丝合缝地掩盖了，没有露出一丁点儿的蛛丝马迹。

"哪……那儿会呢？"觉得自己邋遢、落魄得见不得人的可儿，在伊候健伸出手要同她握手的瞬间，怔忡住了。完全一副手足无措、窘态万分的样子。她的手情不自禁地在工作服上来回擦了擦，最终也没勇气将长满老茧的手伸出去。在她将自己的手往背后缩的时候，早已没有血色的蜡黄的脸上，竟然莫名地涌起了早已褪尽的红晕，浑身也一阵阵地燥热起来。为了掩饰自己的窘态，她尴尬地笑了笑，自嘲地说："握手就免了吧。我们这些老土不习惯。"

真的，伊候健突然间回到里约市，不要说使可儿们感到意外，就是连他自己，也是万万没想到的。依据那年那月那天，他怀着肝肠寸断的心情离开里约市时痛下的决心和后来为此而经受的种种磨难，这生这世，他是万万不会再来里约市这个使他痛心，使他差点万念俱灰之地的。

而可儿呢？可儿在婚后的日子里，尽管有很长一段时间，时常在独自一人时，也会暗暗想念那个很有文艺细胞、说话文学腔很浓、给过她很多在诸葛军男这儿感受不到的花前月下的脉脉温情、浪漫的伊候健时，免不了，会为渐行渐远的那份美好、温馨的情感而黯然神伤、落泪……哀叹生活的不测，命运的多舛。她以为，今生今世，不可能再有与伊候健相逢的机缘了……

然而，今天，在这个平淡得出奇的日子，伊候健竟如天上掉下来一样，奇迹般地出现在了自己面前。

这是天意吗？

真是哟，真是，生活的变幻莫测，就是这样不可确定、不可预见。相隔十多年都杳无音信的旧时恋人伊候健，竟然像是有意回来看她的落魄看她的穷困看她的衰老看她的丑陋一样，不给她一丁点儿修饰自己的时间，不给她一丁点儿的准备时间，突然从天而降，使她猝不及防。

猝不及防的可儿；眼眶浮肿脸色蜡黄的可儿；心间塞满悲戚的可儿；穷困、潦倒、邋遢的可儿；这天上街买菜时，上身穿着一件非常不合身的、洗得泛白的肥大男式工作服、手中拈着一个两元钱买的人造革小钱包的可儿；钱包里根本没有多少钱的可儿；失业后无着无落、无滋无味混着日子的可儿；为了柴米油盐、为了生计、为了经济的拮据，三天两头同婆婆或丈夫发生龃龉发生口角的可儿，见到仪表堂堂、风流倜傥的旧时恋人时，恨不得找个地缝钻下去或者匍匐在地，大哭一场。

然而事实上，可儿强忍着心中的悲戚，没哭，反而笑了。尽管她的笑是硬挤出来的，尽管她的笑脸比哭脸还难看，毕竟她是以笑脸相迎了伊候健。

可儿"哈哈"笑（"真是苦脸强把笑脸行哟。"这是可儿的内心独白）着说："哈哈，没……真没想到是你啊。真是稀客稀客哟，几时回来的？"说完就很不自然地垂下眼帘，用手扯了扯皱得像腌菜的上衣。

"刚到。"伊候健说："我也没想到，一到里约市就会碰上你们。看来，我们的缘真是没尽啊。"

"这叫什么？这叫有缘千里来相会。"华英丝毫不掩饰地深情望着伊候健说。

"嗯，华英说得极是，我不反对。"伊候健望着可儿说。伊候健望着可儿的目光还是那样柔和、怜惜。

接下来，伊候健告诉可儿和华英，他这次来里约市，是代表他们公司到里约市来同一家贸易公司洽谈一笔业务的。他说："昨天飞到的武汉。今早坐最早一班长途汽车来的里约市。刚下车，就特别想到厂子里去看看。看来，我对化肥厂还是蛮有感情的哦……"

"我看你呀，你根本就不是对化肥厂有感情，而是对化肥厂的某个人有感情吧。"伊候健的话没讲完，华英就酸不溜秋地打断说："不是有这样一种说法吗，你对一个地方留不留恋，就看那个地方有没有值得你留恋的人。红星化肥厂里可有可儿哩。"

"哎哎哎，华英华英，我平日没有得罪过你呀，你对我何必要这么刻薄。"在伊候健面前已经自卑得无地自容的可儿，觉得华英此时的这番话，完全是在有意嘲讽挖苦她，给她难堪，就又恼又羞地说。还举起拳头，在华英的肩头轻轻地捶了几下。

伊候健对华英的这种说法，倒是显得坦然多了。他没有可儿那么敏感，只是默然一笑。之后，问了一些化肥厂的情况。

当他得知化肥厂业已破产后，好像不怎么吃惊。他说像红星化肥厂这样的老型企业，如果不与时俱进，被淘汰是迟早的事。

"你也这样认为呀？"可儿像是不认识伊候健似的，陌生地望着他问。她深感到伊候健已不再是从前的伊候健了。

"噢，说了半天话，我还没问你们，"聪明的伊候健，由可儿的眼神中，看出了她对自己的陌生和审视。便转了话题说："这一大早的，你们是要到哪儿去呀？我没耽搁你们的时间吧？"

"没耽搁没耽搁。"华英连忙说："我们都下岗了，多的就是时间。"

心中五味杂陈的可儿说："我要去买菜。"

"哦，那你们去买菜去买菜。改天我再和你们联系。"伊候健善解人意地说。

就在他们要分手的时候，一辆摩托风驰电掣地由可儿的身后呼啸而来，差点儿撞上了可儿。伊候健敏捷地将可儿一拉，差点揽进了怀里。

被伊候健差点拉进怀里的可儿，心莫名地咚咚跳了几下。为了掩饰窘态，她扭头望了一眼绝尘而去的摩托。但见呼啸而过的摩托车上，坐着一对时尚的青年男女。坐在车尾的女孩子，浓妆艳抹披肩金发飘飘，上身慵懒、倦怠地贴在年轻摩托车手的背后，右手柔柔地环抱着年轻摩托车手的腰，举得齐头高的左手，很优雅地拿着一块被咬过一小口的饼干，那姿态既妖娆又幸福，且任性，真是风情万种……不知何故，瞧着摩托车后座坐着的女孩子，可儿的心中蛮不是滋味。是羡慕？是忧虑？还是嫉妒女孩子的风情万种？她自己也说不清楚。

"咦，那个摩托车后面坐着的女孩子，是不是江梅的姑娘啊？前段时间不是说她涉嫌卖淫被抓了的吗？是不是被放出来了啊？"很显然，华英也看到了摩托车上的那对男女青年，她一惊一乍地说。

29　看上去已然很富有、
　　　很成功的伊候健，放声恸哭了

伊候健请可儿和华英还有原化肥厂宣传科的米米、唯唯、化验室的江梅、素素等几人在里约市最豪华的"王朝酒店"聚会，是他谈成了业务，准备启程回南方那座城市的头天晚上。席间，大家都冲着十多年没见面的伊候健唏唏嘘嘘、惊惊诧诧，或虚情假意地恭维，或真心实意羡慕地说了很多这样那样的场面上的话。

他们说："咳，真是难得呀难得。已经发达了的伊候健还记得这个破工厂，还记得破工厂的这帮穷哥们儿姐们儿。这份情谊在这种年代，真是弥足珍贵弥足珍贵啊！"

他们说："不一样就是不一样啊。想当初，你刚分到我们厂子来的那会儿，就有一种鹤立鸡群不同凡响的架势。我记得你刚来我们厂的那会儿，我还同谁、谁呀？现在想不起来了，打过赌，我说你同我们根本就不是一路的人，定然会有出人头地的那一天。他还不信哩。"

他们说："唉，我们这辈子算是完了，当'弱势群体'算是当到底了。把最好的时光都奉献给了化肥厂，现在成了半拉子老头老太婆的人了，却又失了业。我们现在出去卖苦力，别人都嫌老了哟！"

他们说"伊候健，你比起十多年前，完全是判若两人。

现在在你的身上，似乎看不到从前那种孤芳自赏、高高在上、曲高和寡、咄咄逼人的影子了。"

他们说："伊候健的言谈举止之间，虽然还是透着一股遮挡不住的睿智、果断及锐气，但那是同亲和、宽容、幽默、包容等品质糅合在一起的睿智和果断，一点儿也不令人讨厌……"

总之，这一天，大家在席间，搜肠刮肚地拣选最美妙的词汇来恭维伊候健，奉承伊候健，赞美伊候健。当然，大家在恭维奉承、吃喝笑闹、推杯换盏之间，也没有忘记询问他一些陈芝麻烂谷子的事儿，同他开一些无伤大雅的玩笑。有几个感情脆弱、曾对伊候健说过三道过四的女同胞，不知是感动还是愧疚或是还有其他什么原因，在伊候健向她们敬酒时，搞得热泪盈眶，嘤嘤啜啜起来。

女人的泪，往往在很多时候是非常惹是生非的。这不哟，几个女同胞一伤感，其他的人都像是受了感染一样，刚才还笑逐颜开的脸，顿时挂上了伤愁相。使得原本比较活跃喜庆的场面没有任何过渡，就一下子罩上了郁闷低沉的气氛。男人们闷着头喝酒，几个流泪的女人低头用餐巾纸一个劲儿地擦泪。

"哎哎，老朋友相见，应该高兴才是啊，怎么搞得像开追悼会似的。这样不好这样不好哦。大家高兴一点嘛大家高兴一点啦。"伊候健见刚才还热热闹闹的场面突然陷入伤感之中，情绪也受了些许影响，心中也有了说不出的难过伤感，但表面上还是很达观地说。

"是啊是啊，"伊候健的话音一落，江梅就端起酒杯站了起来说："我们这个弱势群体中好不容易出了个能人，出了个成功人士。而且这位成功人士离开我们十多年了都还没有忘记我们这帮穷哥们儿姐们儿，特意千里迢迢地来见我们，请我们下馆子，今天我们应该高兴才是啊。来来来，我借花献佛，为了表示感谢和祝贺，我提议大家都举起杯来，向……向我们的老同事老朋友伊候健、伊老板敬一杯。"大家呼啦啦地起身响应，一起向伊候健敬酒。

大家一齐向伊候健敬过酒后，接着又一个个轮番地向他敬酒。

酒过三巡菜过五味，就有人借着酒劲儿，直截了当地问："伊候健，你是不是、是不是特地回来看可儿的？我们可是沾可儿的大光了。"

有人酸溜溜地说："可儿，我……我说句你……你不爱听的话，说你有福气吧你又没福气，你把伊候健这么好的个男人放跑了。说你……你没……没福气吧，你还是蛮有福气的。虽然嫁了个穷老公，可有个富情人在想着你哩。"

这个时候的伊候健，就已经喝得很有点高了，脑子晕晕乎乎，整个身子就像踩在云彩中，飘了起来，站起来向大家回敬酒时，身子老是歪斜着左摇右晃，脚如同踩在棉花堆里面，没有轻重高低。说话时，僵硬的舌头在嘴中直打转转，词不达意。他说："我……我真是钱烧……烧腰包了呀……我……花钱叫……叫你们……你们来乱嚼我的舌头……根……根呀……我我这……这不是把你们都……都请来了吗？咋……咋就是为……为了可……可儿……儿呢……呢？人咋就这么样呢……既、既然你们说我是为了可儿，那、那、我……我就单独同可……可……儿喝……喝一——一杯。"伊候健端起酒杯，边说着，边摇摇晃晃地站起来欲同可儿单独喝一杯酒时，话还没说完，另一个也是喝高了的酒鬼不管不顾地打断他的话说："说……说真的，伊……伊候健，看……看你这派……派头，怕……怕是在外面享尽了荣……荣华富贵……贵吧。身边……边肯定是……是美女如……如云，日日美酒、夜……夜旌歌……歌吧？"

听到这样的玩笑，已是醉了七八分的伊候健，心中陡然涌起一种无以言状的痛楚。十多年来所经历的风风雨雨、坎坎坷坷、事业中的挫败感情上的失意，一股脑儿地在眼前活蹦乱跳起来，伤心的往事历历在目。但是，也许是为了在昔日的工友们面前保留一个完美的形象，也许是为了使聚会的喜庆气氛延续下去，伊候健极力控制着涌上心头的伤感情绪。可是，结果糟糕得很。他越想控制自己的情绪，越是适得其反，说出来的话和表现出来的行为，完全和自己内心的想法背道而驰。不自觉地，道出了他一些不为人知的生活的另一面。他将端在手中的酒杯放了下来，人也随之歪斜着坐了下来。"唉"地长长地叹息了一声后，很动情很伤感地说："你……你们看到的是我风……风光、得……得意的一面。可……可是你、你们哪里晓得，我……我是在看不见的刀光剑影中谋生啊。商场如战场啊，你……你们知道……道呗？"他说："我心中的沧桑和痛……我心中的孤独和……和无……无奈，你、你们哪……哪个又知晓呢？你们别、别以为，这这个世界上，就弱、弱势群体的日子不好过。其……其实，有钱人的日子比弱势群体的日子更不好……好过。说……说个你们不爱听的话，弱……弱势群体只……只是为……为柴米油盐、为没……没钱而愁。可……可是有钱人的日子是在用身家性命做赌注的。是……是每时每刻走在刀……刀刃上的人生。我们过的是……是浮华秀场上的孤独日子……是在看不见的刀光剑影中打……打拼的人……人……生……"话还没说完，伊候健竟然趴在桌子上"呜呜"地放声恸哭了起来。

伊候健酒后吐真言的一番话，真是语惊四座呀！他的恸哭，更像一把重锤，狠狠地砸在了每个人的心头……刚才还在嘻嘻哈哈、吵吵闹闹，觥筹交错、行令猜拳、借机相互打情骂俏的男女们，顿时都像是得了失语症一般，全都哑了。大家目瞪口呆地你望望我我望望你，而后都不约而同地望向趴在桌子上恸哭的伊候健，围了过去，七言八语地安慰着他。

见伊候健趴在桌上痛哭流涕，自己心中也很难受的华英，也走到他的身旁，劝慰说："伊候健伊候健，不要这样，不要这样嘛。一个大老爷们儿的，哭成这样，搞得大家心里都很难受。你要是信得过我们这些老朋友老同事，就把你心中的苦处，给我们大伙儿说说，不要憋在心里。那样对身体不好。"

"不、不会吧？伊哥，商场上有你说的那么残酷、那么险恶吗？富人们真像你说的那么……那么狡诈歹毒诡计多端吗？你是不是喝多了，在这儿说酒话哟？说一些骇人的话来诳我们这些没见过世面的土包子。我们都还蛮想你带着我们到商海里去搏一搏哩。你今天这样一说，那我们不就没戏了。"坐在伊候健旁边的米米，以完全不同于华英的方式，一边轻轻摇着趴在桌子上恸哭的伊候健，一边半是调侃半是玩笑地说。华英和米米左劝右劝着伊候健的时候，其他的人也附和着说了很多安慰的话。

眼下的伊候健，他真的是彻底地醉了，醉得一塌糊涂，醉得不知道自己姓甚名谁，今夕在何方；醉得说出口的话和心中想要表达的意思，全是唱着反调。比如说，他听到米米说"你是不是喝多了"的时候，他心中的那个我一再地叮嘱自己："要笑要笑。"他要自己笑着说："你说我喝多了，你说我醉了？真是笑话哟，就凭你们几个，就……就能把我灌醉，我……我再喝两斤酒，也……也是没有问题呀。"可是结果呢，他费了老劲想抬起趴在桌子上、如同灌了铅般沉重的头颅，但是徒劳得很，沉重的头颅怎样也抬不起来。反而，身子更加夸张、更大幅度地扑伏在桌子上，更是大声地号啕起来，嘴里嘟嘟哝哝地嚼着一些谁也听不明白的酒话。

经伊候健这么一闹腾，原本就是强装笑脸来赴宴的同事们，就再也提不起吃喝的兴致了。有几个早就跃跃欲试想投身商海搏一搏，来向他讨教经商经验的人，见他如此状态，也只好作罢。大家三三两两交头接耳小声嘀咕。

有的说："看上去，他混得还是很不错的嘛，咋就哭得这般伤心呢？"

有的说："他生意中肯定遇上了什么麻烦。不然怎么会突然回到里约市呢？"

"不会吧，刚才他不是还好好的吗？"

"肯定是喝多了的原因。再怎样理智的人，只要喝多了，都会失态的。"

"可是，他的这个失态是不是失得忒大了点。再怎样失态，也不能像娘们儿一样哭啊。"

"这个你就不晓得了，喝醉了的人，就是这样。他根本就不晓得自己在干什么。我自揭其短，我一喝多了，就像他这样爱哭，控都控制不住，眼泪直往外流……"

"是的是的，喝醉了酒的人就是这样。当时他要做什么是不受大脑控制的。我家伙计就是这样。只要他喝醉了，就骂人，往往骂的都是平时跟他不对劲的人。"

"哎哎，是不是他看到人老珠黄的可儿伤心哦？"江梅手捂着嘴，低声对身边的米米说。

"别瞎说别瞎说。别让他们听见了。"

在人们交头接耳地议论东议论西的时候，华英给可儿使眼色，要她过去劝劝伊候健。可儿犹豫了会儿，最终还是起身走到仍趴伏在狼藉一片的酒桌上，但业已停止了号啕的伊候健的身旁，伸出粗糙、长满老茧、有几个指夹缝里藏着黑垢的手，在他的背上轻轻拍了拍，嘴嚅了嚅，像是要说什么，结果什么也没说，只是默默地站在他的身旁，黯然神伤地叹息……

伊候健满腔盛情宴请旧时同事的酒席，就这样被他自己的一顿号啕给搅得充满了哀伤。

但是，这次的聚会，至少还是有一个人是高兴的。那就是华英。在酒宴刚开始的时候，华英在众人的哄闹声中亦真亦假地同伊候健手挽手地喝了交杯酒，也算是遂了她的一个心愿。不管怎么说，她总算同暗恋多年但没有结果的旧时恋人零距离地挽了一次手，还在众目睽睽之下喝了交杯酒。她以为，这杯与伊候健喝的交杯酒，是生活给她的一个补偿，是上帝恩赐给她的琼浆玉液……

……

大家闹闹哄哄、咋咋呼呼地扶着醉得一塌糊涂、趔趔趄趄地完全不能走路的伊候健，由灯火辉煌的王朝大酒店出来，已是晚上 11 点多钟。一出酒店的门，李强就拦了一辆正好开过来的"的士"。"的士"停下后，他对扶着伊候健的几个人说："来来来，帮我把他扶上车。"几个扶着伊候健的人就七手八脚地将他抬进了"的士"的后座。安置他坐好后，李强将后车门关上，走到驾驶室旁，弯下身子将 10 元钱递给司机，说："师傅，请你将这位先生送到……"

"李强李强，伊候健醉成这个样子，一个人到宾馆怕是不行吧。"李强的话没说完，可儿走上前，拉了一下李强的衣襟，担忧地小声说。

"你不放心，那你把他送去不就得了。"虽然可儿的声音很小，还是被不知是谁听见了。他在暗处开玩笑似的说。

"送就送，可儿。又不是去干什么见不得人的事。真是，别人刚才付的 1000 多元钱的酒席，算是喂了狗。吃完嘴一抹，就不认人了。别人醉成这样，也不管，还要乱嚼别人的舌头根子。走，可儿，我跟你一块儿去送。"华英说着就将可儿一拉，打开后车门要进去。

"不行不行。"可儿往后退着，连连摆着手说。

"我和你在一起，你怕哪个说嘛。"华英很是生气地说。

"我怕哪个说哟？这大一把年纪，什么样的风雨没见过。再说，我就是想跟人家伊候健咋样，人家伊候健未必看得起我这满脸皱褶，一身横肉的半拉子老太婆呀。我是怕我们两个女将弄不动他。"

"对不起对不起，还是你们女人心细，会关心人。"这时，李强像是过意不去似的对可儿和华英说："这样吧，你们俩人就别管啦。我同邢质斌将他送到宾馆去。"

快人快语的华英说："这还差不多。这才像人做的事。不过我和可儿还是要去的。他醉成这样，身边没个人招呼，晚上要出了事咋办。"

"我就不去了吧，去那么多人干吗？"不是很情愿去送伊候健的邢质斌见华英说她和可儿要去，就乘机推辞说。

李强说："也行也行，有可儿她们去，你不去也行。"说完，就同华英和可儿一起坐进"的士"，一会儿，"的士"就消失在黑夜的深处……

剩下的几个人，在回家的路上，大家边走边议论。邢质斌说："嘿，我真弄不明白，伊候健为什么要请我们这些无权无势的穷光蛋的客？他真的是钱烧包啊？"

似醉非醉的宇文化打着酒嗝，说："这……这还不明白，他是怜悯我们这些失业工人呗，他是在向我们施舍呗。"

米米说："我觉得他是在我们面前炫耀。"

向军说："我说呀，你们说得都对，也不……不对……"向军的话还没说完，他的脚下好像是被什么东西绊了一下，一个趔趄，险些栽倒。走在他身旁的元霸伸手将他扶了一把，说："老兄，小心点小心点，小心摔跤哟。"他在黑暗中，对扶了他一把的元霸点了点头，算是表示感谢。接着又说："他……他是在向可儿摆谱。"

"我跟你们的看法都不一样。"落在人群后面去了的向军说："我认为伊候健还算是一个比较念旧情的男人。他今天的失态，我觉得有大部分原因是为可儿现在的生活处境伤心。另外嘛，也可能怜悯我们这些穷人吧。在现在这种物欲横流的社会，像伊候健这样对老同事还保持一份怜悯之心、对人老珠黄的旧时恋人依然有着眷顾之情的人，实在是少而又少，更是弥足珍贵啊……"

"哟，伙计，几时变得像个文学博士似的呀？说话文绉绉的，让人酸掉大牙。哟哟哟，我的牙酸倒了。"有人打断向军的话，讥讽地说。

"不管我是不是文学博士，我反正说的都是实话、真心话。对已经很发达了的伊候健至今还记着我们，还瞧得起这帮穷哥们儿，还请我们到这么高级的酒店来吃喝的行为，我是发自内心感动的。不像有些人，一点儿也不讲良心。吃了别人的，喝了别人的，嘴还没抹干净哩，一转身就瞎嚼别人的坏话。"向军很是生气地回击。

"哟哟哟，良心值多少钱一斤啦？现在这种社会傻子才讲良心哩……"

"只有你这种不讲良心的人，才会昧着良心说'讲良心的人都是傻瓜'的话。真是白眼狼！"向军气愤地说。

"你说哪个是白眼狼？"

"哪个是白眼狼我就说哪个。"

……

大家一路上争着吵着，脚下的路就显得特别短。没要多长时间，一华里多的路程就走完了。原化肥厂家属区很快就展现在了这帮吵吵嚷嚷人的面前。一进家属区，大家就哼哼哈哈地打着招呼，陆陆续续各自回家。有几家的窗灯随即亮了起来，还有一家传出老婆大声的呵斥声："你个死鬼，一身的臭酒气，你这是死到哪里去逍遥快活了的？你还晓得回家呀？你咋不死在外面？去去去，去洗洗再进来……"妇人尖刻的呵斥声，使得万籁俱静的夜空有了片刻的骚动和喧嚷。稍许，一切又都归于静谧的夜晚应有的宁静……

30　荣归故里的伊候健
　　单独地邀请过一次可儿

　　伊候健这次回里约市，不仅成功地签订了他们公司与里约市枫叶电器集团公司的一笔500万元的订购合同，又如愿以偿地邀请红星化肥厂的朋友们聚会了一次，还忙中偷闲地单独邀请了一次可儿。

　　伊候健表面上看去，是那种感情游离于脂粉堆里的花花公子式的男人。但实质上，他的骨子里是很传统、很怀旧的。虽然那年，在可儿举行婚礼的那天，他不辞而别地离开里约市至今已有十多年了，但是时间并没有湮灭他对可儿的怀念之情。他在南方那座城市的这么多年，身边确实从来没有少过女人，也有过一段非常短暂的婚史。而且同他周旋、同他有着千丝万缕感情纠葛的这些女人，个个漂亮又精灵，有的也很善解人意，做人乖巧。她们个个既温柔可爱又智慧独立，其中也不乏让他心动、也很谈得来的女孩。可是不知何故，每当同她们深交一段时间后，无缘无故地就会滋生厌倦情绪，就不想继续交往下去了，更别说能同谁达到谈婚论嫁的程度。因此，至今他依然是孑然一身。

　　至今依然孑然一身的伊候健，是在宴请化肥厂的老同事们后的第二天下午邀请的可儿。他本来是想单独将可儿约请到他下榻的宾馆里来，好好叙叙旧，重温一下旧情。他还想

告诉可儿，当他看到她现在这种糟糕的生活状况和精神状态时，心中非常非常难过。也悔恨自己当初的软弱，没有与世俗力量抗衡到底，丢下可儿逃之夭夭。因此，他想在物质上无任何条件地帮一下她，给她一笔钱，让她开一个商店什么的。

"当然，如果条件成熟，可儿接受，"伊候健想："也不是不可以同她缱绻缠绵一番的。尽管时间将她的俏丽和容颜褪尽，使她苍老、憔悴得令人心痛。"但，这一切，都无法抵消自己对可儿刻骨铭心的眷恋之情。当然还有无尽的怜悯。

可是结果呢？

结果事与愿违得很。他不知可儿是真不懂他的心呢，还是害怕独自面对他，在第二天下午3点多钟，可儿如约来到宾馆的时候，身后还跟着华英和江梅。可儿的这种做法，不仅使伊候健大感意外，同时使他的自尊心也受到了极大的伤害。

"昨天晚上，她是答应了一个人来的呀，怎么今天就……"伊候健打开门，看见嘻嘻哈哈鱼贯而入的可儿、华英、江梅时，惊诧不已地想。

昨天晚上，可儿和华英还有李强他们几个人将伊候健送到宾馆后，一直伺候他到第二天凌晨3点多钟，见他的酒劲儿基本消失，他的人也基本恢复到常态才离开的酒店。当可儿他们说要走时，已经清醒了许多的伊候健，非要起来送送他们。他说："我起来送送你们。真是不好意思，让你们辛苦了一宿。"边说边起身穿衣服。

可儿和华英同时将他正要穿的衣服抢了过去，丢在沙发上，说："你别送别送。你看，我们三人一起走，热闹得很，要你送什么哩。"

"不送送你们，我心里过意不去啊。"

"要说过意不去，应该是我们过意不去。这么多年了，你好不容易回来一次，我们没招待你，反而要你请我们的客。还把你灌醉了。"

"好了好了，客气话我们就不多说了。下次等他来，我们凑份子也要请他一次客。"李强打断华英的话说："候健，你好好地休息吧，我们走了。"说完就带头往外走。

"也行，遵命不如从命，那我就不送你们了啊，你们一行好走好走。"伊候健欠了欠身子说。

"等会儿你要喝水的话，这只暖水瓶里面有水。暖瓶里面的开水，是我刚才到服务台去拿来的新鲜开水。"可儿站在床头边，指着放在床头柜上的一只暖水瓶，对伊候健说："我们走了，你就早点休息吧。"可儿说完，就随了李强他们往外走。

"可儿，你回来一下，我还有点事要对你讲。"可儿刚走到门口，就听到伊候健在后面喊。听到伊候健单单地叫自己，可儿的心，莫名地怦怦狂跳了起来。但是，她佯装着没听见似的继续往门外走。走在她前面的华英转过身来，将她一推，说："伊候健在叫你，你没听见啊。你快去看看吧。我们在楼下大厅里等你啊。"

"要不你跟我一块去吧？"可儿说。

"他又没叫我，我跟你去算怎么回事呀？"华英悻悻地说："别人大老远来一次不容易，你就好好陪陪他吧。难得别人对你这个人老珠黄的半老徐娘不嫌不弃的，你就别装了吧，啊。我真是忌妒死你了。"后面的一段话，华英是将嘴贴在可儿的耳边小声说的。说完，将可儿往房里面一推。临了，还顺手将门也给带上了。

"华英，你……"被华英强行推进房间的可儿欲伸手去拉门，但手到中途还是停了下来。她迟迟疑疑地走到伊候健的床前，问："你……你还有什么事吗？"

"也没什么，我就是想……就是想明天请你单独一个人到我这儿来一下，好吗？我想跟你单独聊聊。"

"这……你看……我……"

"哦，你别误会了。我只想单独请你吃一顿饭，叙叙旧。算是对我们曾经有过的那段感情的一种纪念和重温吧。我真的是很怀念我们那段纯真的感情，我更懊悔的是自己不小心把那么美好的感情给弄丢了。那个时候我们虽然贫穷，但是我们却拥有世上最美好、最纯粹的爱情和对生活的无限憧憬……现在虽然富有，虽然看似成功，可是很多时候，我不知道我成天在干些什么。甚至我不知道自己活着的意义是什么？目标是什么？即便有目标，那也就是为了钱！人一旦成天只是为挣钱而活着的时候，与行尸走肉有何区别？可儿可儿，你不知道我的内心有多么空洞，多么荒芜，多么无依无靠……"伊候健说着说着，眼圈就又红了。

可儿痴痴地、木木地望着眼圈儿又红了的伊候健，手足无措，不知如何是好。因为她的心中对伊候健的这种表白，既怀疑又感动。她不知道伊候健对自己的这种眷恋之情的表露是真实的呢，还是醉了之后的胡言乱语？但是，她感觉到自己内心最柔软的那个地方被伊候健的言行深深地打动了。她在感动中，快要有点把持不住自己了。一种尘封已久的柔情在一点一点地洇漫她已然麻木、干涸了的心灵。她感到一股暖流在心间汹涌翻腾开来……她好想好想坐到他的床前，捧着他的脸，好好、细细地看看他，看看他还是不是那个20多年前爱她呵护她给予她浪漫爱情的伊候健……她更想问问他，像他们这种有钱有地位活得又体面的人，为什么也说活得累活得空洞活得艰难活得苦涩。同时，她也想把自己的苦楚和生活的不如意还有时而对他的一点点思念之情，向他一股脑儿地诉诉。她这样冥想着的时候，就真的走到了伊候健躺着的床前。

"来来，在这儿坐。"伊候健将身子往床里面移了移，拍了拍让出的空间，对可儿说。

　　就在她要坐到床上还没坐下之时，她忽然间看到了自己那只伸到床边丑陋、粗糙、苍老、有好几个指夹缝里面沉积着黑垢的手。这双不仅苍老，还长满老茧又污黑的手在无情地告诉她：你已经很老很丑陋了！你已经是为人妻为人母的老女人了，心怎么还像少女般不安分呢？回去吧回去吧，你根本就不属于这个富有、成功、体面的男人。他之于你，已相隔着万水千山。你的生活在贫穷中，在那间低矮、破败、昏暗、潮湿的平房中……可儿像是被自己这双苍老污黑的手吓着了、激醒了，她将那双如锯锉般粗糙的手迅疾地缩了回来放到背后。她双手背在身后，连连倒退了好几步。

　　"不不不。"可儿连连往后退着说。

　　"可儿，你、你这是……"伊候健见可儿情绪陡变，甚是不解地问："我邀请你明天到我这儿来是不是很过分？使你很为难是吗？"

　　"不是不是。我高兴都来不及哩。咋会……咋会为难呢？"可儿连连摇着头说。

　　"哦，要真是这样就好了。"伊候健瞅了一眼连坐都不敢挨着他坐一下，局促不安地站在房间的可儿，心里一阵痛。他说："当然，你要是感到很为难，明天你完全可以不来。你千万不要强迫自己做你不喜欢做的事。不过明天下午，不管你来，还是不来，我都会在这儿等着。"

　　"这……"可儿像是要说什么，却欲言又止。顿了会儿，她像是下了个很大的决心似的，说："我来我来，我明天一定会来。"

　　……

　　可是，到了明天下午3点多钟，听到门铃响起，多少有点激动的伊候健将门打开时，看到的不仅是可儿，还有华英和江梅。当他看到可儿身后的华英她们时，先是一愣怔，但

是很快转而为热烈欢迎的姿态，热情地将她们让进了房间："请进请进。"

"哈哈，没想到吧，没想到我们会来吧。"华英一进房间就嘻嘻哈哈地说。

"想到了想到了，老同事的感情就是不一样，就是让人感动。"伊候健内心虽然对可儿将华英她们带来的行为很有想法，但表面上，他还是很有涵养很亲和地说。边说还边将早上上街买来的香蕉、橘子等一些水果递给可儿她们。

他在递香蕉给可儿的时候，望着比江梅、华英苍老许多的她，心，被深深刺痛。这个时候他似乎才明白，可儿之于他，已经是一个很遥远的过去，是永远也不可能拾回的一段记忆……

31 可儿和她的
下岗女工妇女儿童服装店

可儿下决心在商业一条街租下门店做生意，是伊候健走后的第二个月月初。毋庸赘言，可儿迈出做生意的这一步，是伊候健鼓励的结果。

可儿开服装店的主意定下后，顶住全家人的反对，在商业一条街的末端（地段虽然不好，但租金便宜多了）租赁下一个门面不是很大的店铺。可儿将店名起得极其直白："下岗女工妇女儿童服装店"。

门面租下来，该办的经营手续办齐后，可儿按照"利民店"老板的指点，所有的商品清一色都是到汉正街购回的大路货、便宜货、打折货。"利民店"老板对她说，汉正街的货便宜，好出手。"利民店"老板在给她传授了很多经营之道后，又强调，不允许可儿经营同他相同的商品。

"利民店"老板说："既然你说是来向我讨教，那我就先小人后君子，把丑话说在前面。经商就得遵守经商的行规，我这儿经营的商品，你最好是不要经营，别到时候闹得大家都不愉快。""利民店"老板最后说的一席话，很有点儿欺行霸市的味道。而刚出道的可儿，不敢在"利民店"老板面前有丝毫的造次。只好避开了"利民店"所经营的消费市场大、利润又高的商品，经营的全是童装和中老年女装。

实事求是地说，"下岗女工妇女儿童服装店"开业的那天，前来恭贺、捧场的人还是很有些的。那情那景，还真有点儿宾客如云的味道。场面也很热烈、喜庆。同可儿关系甚密的几个姐妹凑了份子，买了两个一人高的大花篮，放在店门前的左右两旁；还买了一块 3 米宽、5 米长的长方形的猩红地毯放在店铺中央；还有人送了几块写有"恭贺开业志禧""生意兴隆""下岗不丧志""四季发财""财源滚滚"等字样的贺屏。经由这几样物品一装饰，使本不见大也不见奢华的小店子，一下子像模像样、很显气派起来。其场面，就很有点像在电视里面常看到的商家开业的那种喜庆的味道。

前来祝贺的嘉宾们，除了说些"可儿有志气、有胆略、有气派"的话外，更多的是感叹可儿的勇气和她如同脱胎换骨般的气质。华英说："可儿可儿，你可是我们的榜样哟。你是我们厂第一个正儿八经地经商的人咧。你真是给我们带了个好头咧。"

"可儿，你今天的气质真好。以前怎么就没看出来你有这么好的气质哩。"江梅说。

"啧啧，可儿，瞧你今天这身打扮，完全是女强人的形象了呢。真是真是哟，人靠衣装，马靠鞍啦。"米米说。

"那当然啰，当老板了，精神就是不一样。别看可儿是女同志，比我们男人强多了。"

"哼，她当然比我们男人强哦，她有后台老板，你们有吗？"也有人冷嘲热讽地说。

"哎哎哎，可儿，你吃了什么灵丹妙药哟，几天不见，你的身段就变得这样苗条。跟我透透秘密，我也想减肥咧。"一个长得很富态穿戴也很入时的中年妇人，气喘吁吁地挤到可儿跟前，一脸惊愕相地看着可儿，像是不认识可儿似的上下打量着问。

可儿嫣然一笑，道："我哪里有什么减肥的秘籍哟。多干活、多操心、多怄气就是最好的减肥秘方。你要是真心想减肥呀，你就多……"

"哎哟哟，瞧你说的，就像是哪个愿意长得像个肥猪一样。"胖妇人打断可儿的话，叽叽喳喳地说。

可儿说："你要真心想减肥容易得很，你跟我一样，找个门面，操劳操劳开商店的事儿。然后三番五次地到汉正街去进货，保你不出半月，你这一身的膘就会掉下去一多半……"

"可儿，你今天好漂亮啊！搞得我们差点认不出是你了。还以为是你请来撑场面的礼仪小姐哩"

"咦……让我好好想想好好想想，可儿还真有点儿像……像一个叫……叫什么来着的歌星唻。"可儿同胖妇人的话没说完哩，又一拨人抬着个大纸箱子和一些礼品挤了过来，七言八语地说着一些恭贺、赞美的话。

他们这几个人中，领头的是原机修车间主任李强，依次是车工韩士其，铣工段锐，镗工杨洁，钳工郝天民、瑜瑗、腊狗、邢质斌等人。他们送来的礼品是一台 29 英寸的长虹彩电，一块写有"巾帼不让须眉"字样的贺屏和一艘写有"一帆风顺"字样的舰艇模型。

"哎哟哎哟，你们来就是为我捧了大场，还送这么贵重的礼品来，真让我不好意思。"可儿喜笑颜开、热情地迎接着李强他们。

富态妇人快要被李强们挤到一边去了的时候，似乎才想起一直捏在手中的红包还没有给可儿。她扬起手中的红包，倾斜着身子，大声地说："可儿可儿，刚才只顾欣赏你，忘了正事，红包还没给你哩。一点儿小心意啊，不成敬意，不成敬意……"

"哟，红姐，你能抽空来给我捧捧场，我就感激不尽了，送礼搞么事嗉。我不收礼，你就……"可儿伸手推让着说。

"那不行那不行，你一定得收下。你要是不收下，那肯定是嫌我送少了。"富态妇人边说边将红包硬塞进可儿的手中。

"下岗女工妇女儿童服装店"开业的这一天，也难怪所有见到可儿的人都大吃了一惊。因为这一天，平素从不讲究衣着打扮，更不化妆的可儿，在江梅们的一再怂恿下，穿了一件做工很精细、梅红底色白碎花加厚真丝质地的旗袍（江梅送的）；高高绾在脑后的发髻，是江梅一大早给她盘的；江梅还给她的脸上略略地施了些脂粉；淡淡地描了下眉、嘴唇涂的是梅红色唇膏；脚上穿的是一双棕红色的尖头、细高跟半筒春秋皮靴（华英、江梅她们凑份子给她买的）。可儿一经江梅们给她如此这般妆扮，加上近段时间由于过度的操劳，人比先前瘦了一圈儿还多，就显得比往日苗条、俏丽了许多。完全与以前那个精神成天萎靡不振，总是疲疲沓沓、皮肉松垮的可儿判若两人。

开始的时候，可儿很不习惯这样的装束和打扮，觉得别扭又装腔作势。在江梅给她化妆的过程中，她有好几次要将穿着特别扭又使人束手束脚的旗袍给脱了，换上她早就准备好的一套银灰色涤纶套装（她结婚的那一年买的）。可是，华英不许。华英将银灰色套装抢过去，丢进一个纸箱内，说："拉倒吧你，这种衣服你还穿得出去。"华英说："你可是我们化肥厂失业女工第一个下海经商的人。经商就得有个经商的样子，经商的头脑。商人是什么，商人就是不仅会赚钱，还要会花钱，会消费。如果你只想着赚钱而不会花钱，那你赚钱搞么事呢？以前，我们这些女工的女人味儿，全都被化肥厂的氨臭味给熏没啦，连同女性的意识也被成天穿着的清一色的灰或蓝或白色的、又肥又大的工作服包裹得麻木了、消失了。现在我们好不容易不再嗅氨臭味，不再穿工作服，不再同那些有毒的化学物品打交道了，我们为什么就不能将自己打扮得女人味一些，妩媚一些呢？"

　　"是啊是啊，我们也是女人，我们为什么不穿得女人味一些？我们为什么不学会享受生活？"穿着一向讲究、时尚的华英的一番话，说得在场的姐妹们拍手连连称是。

　　"可儿，你真是蛮上妆的咧。稍稍化下妆效果就非常好。等我帮你把妆化完后，我把镜子拿来你照照，你就会知道你今天有多美。一点也不比那些所谓的美女差分毫。女人啊，就得要学会善待自己，善待自己的容颜。"华英边给可儿化妆边鼓励她说。

　　"唉……"可儿叹息道："华英啊，我晓得你是在鼓励我这个半拉子老太婆子。我已是丢四十往五十里奔的老女人了，哪儿还美得起来哟。不过，我觉得你有很多话，说得还是很有道理的。命运、生活不善待我们，我们要自己善待自己，自己对得起自己。以后，我听你的，你让我穿什么我就穿什么，你们要我涂脂抹粉我就涂脂抹粉。只要你们不在背地里说我是个老妖精就行。"

　　"谁说你呀，真是。现在五六十岁的老太婆都穿红戴绿，涂脂抹粉的。你还不到五六十岁吧，为什么不把自己打扮得美一些？"华英细心地给可儿描着眉说。

　　"那是别人有钱有闲工夫有心情啊。我们穷得连饭都吃不饱，哪里来的闲钱去买脂粉哟。"可儿说。

　　"你不是由今天起，就是老板娘了吗？再说了，即便是没钱，我们也不能亏待自己啊……"

　　"可是，我怎么老是觉得像是在做梦一样啊！这段时间，我一直在问自己：我真的要当老板了吗？我真的当老板了吗？"可儿打断华英的话说。

　　"当然是真的呀。当然是真的呀。"

　　"今天，你的商店都开业了，你现在就是正宗的老板了哟。"

　　"就是嘛就是嘛，你是名副其实的老板了。若是你不信，

你就将自己的手指伸进口中咬一下，看疼不疼。"围在可儿身边的众姐妹，七嘴八舌地说。

……

可儿在店铺后面的小房间里，在华英们的帮助下梳妆完毕，就被早早赶过来的众姐妹簇拥着来到店铺前。大家七手八脚地帮她把店铺门打开，清晨的一缕阳光，由街对面的那栋房子的屋顶上斜着照射过来，正好照在店铺门楣上的"下岗女工妇女儿童服装店"的招牌上，使得门楣的招牌上，像是撒了一层金粉，熠熠生辉，耀人眼目。

显而易见，可儿的"下岗女工妇女儿童服装店"开业的这一天，是个晴朗的春日。可儿没有记日记，可儿忘记了她的商店开业的那天的具体日子。但是，她记得非常清楚的是，那天的确是个晴朗朗的春日。阳光明媚地照在她新开的店铺的招牌上，十分喜庆祥和。

可儿还记得自己在这一天，始终处在激动和感动之中。她没想到会有这么多人来为她捧场，为她祝贺。原化肥厂的工友们，来了一多半。大家在恭贺可儿的同时，似乎也受到了许多的启发。很多人私下里窃窃地相互鼓劲地说：一定要学可儿的样子，人穷不能志短，下岗不能丧志。一定要另辟一条谋生之道，活出个人样来。

32 灾难之手又抚摸了一下可儿

可是谁也没想到，可儿用她同诸葛军男的 2 万多元钱的工龄买断费和倾其家中所有积蓄投资经营的服装店，在经营了三个月零两天的时候，却遭遇了一场意外的大火。

这场大火使可儿血本无归，痛不欲生。

大火不仅将门店全部资产烧成灰烬，也将可儿对生活的信心几乎也烧没了。

谁也不知道那场大火是如何在清晨之前的什么时候发生的。上帝像是有意要将苦打苦拼的可儿推到生活的悬崖边，不给她任何喘息的机会。本来可儿平日每个夜晚总是会在门店睡觉的，可是这天她没有在门店睡觉，从而使她失去了救出商品的机会；本来可儿每天的下午 4 点钟，总是会将门店一天的营业款送到店铺斜对面的工商银行去存上的。恁是那一天，真像是要出鬼的。因为她准备第二天一大早到汉正街去进货，她不仅没将一整天的营业款送到银行去存，而且在那天下午 3 点多钟的时候，还到银行去取了一大笔钱，一并锁在门店的保险柜中。可儿后来万分后悔地说，如果那天晚上，她在门店睡觉，发生火灾时，她是一定能够抢出一些商品来的，至少能够将保险柜中的钱抢出来呀。

但是别人说，可儿要是那天晚上在商店里睡觉，别说抢不出一点商品来，恐怕连她的性命也要给搭上哩。可儿逃了这一劫，也算是老天对穷人发的一丝丝的慈悲吧……

　　发生火灾的头天晚上，可儿因等一个顾客来拿停放在她店门前的自行车（可儿经常免费给别人照看自行车，不管是不是她的顾客），商店的门就比平日关得要晚了一些。那位顾客好像是到晚上 10 多点钟才来取走他的自行车。这位顾客将自行车取走后，可儿才将店门关了。

　　关了店门后，可儿如往常一样，将放在小间仓库墙角落的单人钢丝折叠床拿了出来，展开放至店铺中央。将垫絮、床单铺好后，她真想如平日一样，立马倒到床上好好睡他一觉。可是今晚不行。因为明天要到汉正街去进货，今晚她必须回家一趟。一是要回去叫诸葛军男明天到店里来帮她照看一下；二是她有好几天没洗澡了，她想回家洗头洗澡。另外她还要回家拿一些零碎的东西。如拿一个烧水用的电壶、进货用的镀铬小拖车等物品。

　　如果不下那场雨，可儿回家洗完头洗完澡，将该交代的事对诸葛军男交代完后，是会于当天晚上回店子的。碰巧的是，她刚一到家，就下起了瓢泼大雨。一直到深夜 12 点多钟了，一阵赶似一阵的大雨，丝毫没有要停下来的迹象。

　　洗过头洗过澡后，可儿梳着刚洗完的湿漉漉的头发，走到低矮的屋檐下面，望着屋外风声雨声一阵紧似一阵的漆黑的夜空，觉得这雨是一时半会儿不会停下了。暗想，今晚是回不了店铺了。便车转身回到屋内，将屋门关了。将门关上的可儿，在屋内东顺一下西捡一下地收拾起凌乱的屋子。她将堆在儿子床上的一堆洗过晒干的衣服叠好后，分别放进几个纸箱子内，将灶台上的碗筷洗过后放进橱柜，将儿子散乱地堆放在三屉桌上的课本啊、练习簿啊、草稿纸啊等收拾放进他的书包后，时间就快到凌晨 1 点了。可儿双手向上呈 V 状地一伸，仰着头，连连打了好几个哈欠，就脱了衣服在儿子诸葛桥雄（读高中的儿子在校住）窄小的床上躺下，没一会儿的工夫，她就进入了梦乡……

"呜……呜……呜……"大概是凌晨3点多钟的样子，一阵阵尖厉的警笛的尖叫声，划破静谧的夜空。

睡得正沉的可儿，依稀是听见了这阵阵尖厉的警笛声的。可是，她以为是梦中的情景或者是……反正，睡意正浓、以为是在梦中的可儿，压根儿就没想到那尖厉的警笛声会与她有何关联或者是在向她预告着灾难的降临。此时，她的嘴中含糊不清地嘟嘟哝哝地嘀咕了一些什么，接着翻了个身，又沉沉睡去。

可儿再次醒来的时候，天已经蒙蒙亮了。雨，好像也停了。她翻身伸手将床头灯摁亮，又闭眼躺了一小会儿才翻身坐起来。

翻身坐起来后，可儿像是瞌睡还没睡醒似的，她眯缝着眼睛，边仰着头不断地打哈欠边穿衣服。衣服穿好后，顶着一头乱如鸡窝般的头发，趿着一双补了补丁的灯芯绒面料、塑料底的拖鞋，慢腾腾地走到一只方木凳前，拿起放在方木凳上的、有好几处因掉了搪瓷而铁锈斑斑的、上面印有"红星化肥厂奖"字样的搪瓷洗脸盆。她将脸盆顶在腰际间，伸手将挂在墙壁钉子上的、已然看不出原色的洗脸毛巾取下搭在肩头，又在既是餐桌又是写字桌或是梳妆台的油腻腻的方桌上拿了一只缺了一个小口的玻璃杯，还拿了牙刷牙膏——放进破旧的洗脸盆后，端着脸盆懒慵慵、踢踢踏踏地往屋外不远处、建在路口边的用水泥、砖砌的共用水池走去。

可儿们住的房子，是那种建于20世纪60年代末70年代初没有洗手间、没有厨房的如鸽子笼般的平房。平常洗菜呀、洗衣呀、洗脸呀、刷牙呀、洗涮痰盂呀什么的，全都是在屋外这个公用水池用水。

此时，可儿在露天公共用水池边，放着哗啦啦的自来水刷了牙洗完脸，天光就更加明亮了一些。可儿收拾了口杯、

洗脸毛巾等物什一应放进脸盆，端起脸盆准备往家走的时候，一对男女并肩拉着一板车大白菜，由水池边走过时，没头没尾的对话着实吓了她一大跳。一种不祥的预感顿时笼罩了她。她只听见，肩膀上勒着一条板车内轮胎做成的拉绳，身子微微向前倾着同男人并肩拉着板车的妇人说："哟，烧得真是惨，不晓得烧死人没有？"

拉着板车的男人说："真是奇怪，深更半夜的咋就起了火呢。怕是有人故意纵的火哟。现在的人都像是活怨了，动不动就是杀人放火……"说话的声音渐次地远了。等惊诧不已的可儿醒过神来想问一声"是哪里失火了"时，别人早已拐了一个弯儿，走得没了影子。

心神惶惑的可儿端着脸盆急匆匆回到家中，将脸盆一放，就大声地喊着诸葛军男："军男军男，我先走了啊，我要去赶头班汽车。你快点到店铺来啊。"说完，头也顾不得梳，骑上自行车，风一样地往商业一条街狂飙。

可儿骑着自行车狂飙到商业一条街时，刚进街口，就有一阵阵难闻的焦煳味扑面而来。街上的人比平时的这个时候多出了好多倍。人们三五一群四个一圈儿地站在一起，你一句我一句叽叽喳喳地谈论着什么。由于人声嘈杂、场面混乱，可儿一句也没听清楚大家都在说些什么议论着什么。不远处的悲戚哭声和捅娘骂老子的声音，却清清楚楚地传进了可儿的耳中。而且哭声和叫骂声就是由她经营的商店那个方向一阵阵传过来的。

听到由自己经营的商店那个方向传来的哭声、咒骂声，可儿更是惶恐、胆战心惊了起来。清晨那对男女的对话，再一次在她的耳畔重重叠叠地响起："烧得好惨烧得好惨烧得好惨……"一阵天旋地转向可儿袭来，她有些难以自持了。她感觉自己连同自行车就要訇然倒地了。甚至她的自行车很快就歪了。她的人也就势下了自行车。她扶着歪斜着的自行车，正想问身边的人时，没等她开口，却有一位40多岁的妇人蛮是同情地喊着她说："咦咦，你不就是'下岗女工妇女儿童服装店'的老板娘吗？你还不快去看看啦，你们家的商店全都烧光了。"

"你们家才被烧光了呢！我与你无冤无仇，一大清早的，你咋这样咒我呀？"那妇人的话音刚落，可儿几乎是歇斯底里地吼叫着说。

"咦，今个儿我真是起早了咧，撞见了个鬼哟。好心好意地对她说，她却跟我发起横……"

"走走走走，别人家出了这么大的事，说不准这一把火让人家倾家荡产了。搁在谁的身上谁也受不了，我们就少搅和了吧。"没等那妇人的话讲完，就有几个息事宁人的婆婆阿姨上来，边劝说边将满肚子委屈的妇人拉着往人群外走。

"这咋能说是我在瞎搅和呢，她家店铺本来就被烧了呀。我还不是蛮同情她的呀……人心都不是肉长的啊……"那妇人被几个人拉着，身子向后拼命倾着，头扭过肩头，望着哭丧着脸冲着她吼叫的可儿，抱屈地辩解，声音渐渐远去……

这厢的可儿，其实心里清楚明白地知道，告诉她家店铺被烧的妇人并无恶意，她甚至也感觉到了那妇人的善良和对她的同情之心。她的内心本来还是非常感激那妇人对她的一片同情之心的。结果她自己也不晓得怎么脱口而出的，竟然就变成了对别人的怒吼和咒骂。

可儿对那妇人的辩解没加理会，推着自行车心急火燎往前走。可是没走多远，只觉脑袋"嗡"的一下，像是要爆炸似的疼痛了起来。她的人也随之踉跄了一下，差点晕倒。但是，她默默地告诫自己：不能倒下不能倒下。她强撑着负重得如有大山压顶般的身子，推着自行车踉踉跄跄地往自己苦心经营的商店蹒跚走去。每向商店走近一步，她的心就紧缩一点，越走近商店，她的腿就越软，软到难以承载她的身子之重。

她是多么多么希望那妇人告诉她的和街上人们正在议论的火灾不是事实啊。她是多么多么希望，那场火灾独独没有烧着她的商店啊。

可是可是可是呀……

远远地，她看到了她的商店和左邻右舍的几家商店的上空还在袅袅地冒着淡淡的烟雾。满街充斥着难闻的、塑料制品及化学纤维物品被烧焦的焦煳臭味，就是由他们那几家业已烧成废墟的商店弥漫开来的。好几个店子的老板娘衣衫不整，披头散发瘫坐在地，或双手拍打着浊水四溢的肮脏的水泥地嚎啕大哭，或撕扯着自己的头发暗暗嘤泣；有几个男老板在烧成废墟的店铺前捶胸顿足，仰天干嚎。场景十分凄惨。看到这幅惨景，一路上胆战心惊、趔趔趄趄而行的可儿，到底还是没等走近她的商店，就一下子瘫软在了街中心，不省人事……

可儿由昏迷中醒来的时候，发现自己躺在自家的床上。这个时候应该是当天下午3点或4点钟的样子。她虚虚幻幻地感到自己好像睡了长长的一觉，而且在这长长的一觉中，做了各式各样似是而非的梦。正待自己的臆想要将这些似是而非的梦境往深处推进时，她又觉得自己快要醒了。感觉自己快要醒了的可儿，感到自己很虚，很飘，很恐慌，又很累。

累极了！

她努力地想睁开眼睛，但就是睁不开。她感到上眼皮好沉好沉啊。她还感到有好多人影在她的床前晃来晃去的，还有似很远又似很近的嗡嗡的说话声。她还隐隐约约地意识到这是大白天。因为她感觉到了天光对她的抚摸（可儿对光的感觉是非常敏感的。她总觉得光是有份量的。当然她同样感到，黑暗更有份量，那是一种使人窒息的份量）和眷顾。一时间，她不明白自己在大白天里，何以还躺在床上睡懒觉，还没到店子里去呢？忽而，她又想起来了，这一天，她是要到汉正街去进货的呀。她的商店是诸葛军男在帮她照看着。她想，是啊，自己是要到汉正街去进货的，咋又躺在自家的床上呢？

迷迷糊糊中的可儿，想啊想啊想，硬是将自己给想糊涂了。她如何也想不明白，自己在大白天里，还躺在床上没去照看店铺，这是咋回事呢？蓦然间，她想起来了，她的商店，被一把大火无情地给烧了。烧成了一片灰烬，烧成了一堆废墟。早上她看到的惨景，顷刻间如潮水般向她涌来……她嘤嘤啜泣起来，泪水四溢……

在可儿床前或坐着或站着的华英、江梅和往日几个要好的姐妹，早上闻讯就赶了过来，一直守候至现在。此时，她们正在喊喊地小声说着话。见仍然紧闭双目的可儿的脸上溢满了泪水，就知道她已由昏迷中醒了过来。大家高兴地说："哟，你总算醒了总算醒了。可把我们给骇死了，醒了就好醒了就好。"接着，大家就你一言我一语地说一些安慰、宽心的话。华英说："留有青山在，不怕没柴烧。"

江梅说："你要哭就大声地哭出来，不要闷在心里，那样会闷出病来的。"

秀秀说："可儿，你可要想开些哟。如今的社会，任什么都可以不要，可就不能不要自己的身体健康哦。健康才是福啊，健康就是在赚钱啦。有了健康的身体，一切都可以从头再来的。"在大家七言八语地劝说着的时候，华英由她的坤包中拿出了一叠钱，放在可儿的枕边说："这是大家的一点心意，虽然解决不了大问题，但总还是能救救急的。"

可儿泪水四溢的双眼一直没有睁开。可是华英的话音刚一落，她就"哇"的一声，放声大哭了起来……

见可儿终于哭出了声，大家都不约而同地说，哭一下好哭一下好，哭一下心里会舒坦一些的。

33　又一年，可儿买下了一辆麻木

自打可儿倾尽家中所有资产经营的妇女儿童服装店被烧后，家中本来就拮据的经济状况更是一天比一天地捉襟见肘起来。真是到了日常的柴米油盐都难以买回的地步。由此，婆婆皱纹似要打成疙瘩的脸，成天哭丧着拉得老长不说，对可儿的态度更是百般地刻薄、刁蛮，难听的话更是不绝于耳。对于婆婆对自己的种种责难，可儿觉得自己除了承受，别无选择。因为，她自己也深感愧对家庭。有时她自己也恨不得将自己痛骂一通，或痛揍一顿。有相当长一段时间，可儿都难以由惨重的经济损失和精神重创的阴影中走出来。就更不用说再去经营什么商店了。她甚至连"商店"二字都不愿听到。一听到"商店"二字，她的心就会比听到婆婆的咒骂声还会难受千百倍——如同被谁用尖锐的锥子或锋利的匕首猛戳了一下——淋淋漓漓地滴着鲜血。

……

尽管穷困又常受婆婆责骂的日子漫长而难熬，但是，日子还是如流水一样，一月一日地往前流逝……时间似乎在不经意之间，很快就流逝到了又一年的春季。

这天一大早，可儿早早地将蔬菜买回，将稀饭煮好，又将买回的一坨榨菜切成了细细的丝条，将早已掉了一只耳子的铁锅架在煤炉上，着了一匙油在锅里面，然后将刚切的榨菜丝倒进锅里，稍稍地烩过后，盛进一个中号花碟中，端上桌子，盛上一碗稀饭，独自一人匆匆吃完后，就出了门。

这天上午，她又要到让她希望一百回又失望一千次的市劳务市场去寻找就业的机会。

她已经到劳务市场去看了无数次了。每次都是充满希望而去沮丧而归。看似有多如牛毛的招工单位，却没有一个单位愿意接纳她。普遍都嫌她年龄大了，包括环卫部门也是如此嫌弃她。

果然，今天与昨天与大昨天的结果没有什么两样。嘈杂、喧闹、招聘广告满天飞的熙熙攘攘的劳务市场，依然没有谁给她提供可以谋生的任何机会。快到中午 12 点钟的时候，又渴又饿的可儿只好垂头丧气地往回走。

"大姐，你要这辆车吗？"声音是由可儿的身后传过来的。着实把正在行走的可儿骇了一大跳。

骇了一大跳的可儿车转身，见靠在麻木车篷架上的说话者，是个看上去三十五六岁、文质彬彬、穿戴得也很整齐、干净的男人，一点也不像靠出卖体力活挣钱的人，更与开麻木的身份简直相差十万八千里。可儿满腹狐疑地上下打量文质彬彬的男人，反问：

"这麻木是你的？"

"当然是我的呀。我的经营手续齐全着哩。"

"你……"可儿狐疑地望着文质彬彬的男人，问："我要你的麻木干吗？"

"挣钱啦！"

"挣钱？能挣钱，你又何必要卖呢？"

"大姐，不瞒你说，我又找到比开麻木更赚钱的事儿了。所以这辆麻木哩，我当然是要卖掉。"

"你怎么知道我要买你的麻木呢？"

"我看你在这里转了好多天，也没有找到工作，所以就问问你。"文质彬彬的男人接着说："开麻木虽然辛苦，也

被人瞧不起，但是每月挣的钱，养活三家之口还是绰绰有余的。"

"我从来没想过要开麻木。"

"开麻木没有什么不好啊。都不是挣钱吃饭。"文质彬彬的男人说："与其这样被动地在劳务市场被别人像买菜一样挑过来选过去的，还不如找一份自己当自己老板的事做做。比如，开麻木。不管咋样说，也算是个自己支配自己的老板。"

"再说了，"文质彬彬的男人顿了会儿，又说："说句伤您自尊心的话，也是一句大实话，像您这种年龄的女同志，想在劳务市场找到一份工作，机会不说是零，也是微乎其微。"

文质彬彬的男人在说这些话的时候，可儿在干什么呢？可儿一直在沉默着。可儿在沉默着的时候，其实思想却在激烈地斗争着。两个可儿在心中打着架，争论不休。

这个可儿说："买下来！"

那个可儿说："不买！"

这个可儿说："买下来！"

那个可儿说："不买！坚决不能买。"

这个可儿说："买下来吧。这个男人不是说了吗，开麻木虽然辛苦，但是养家糊口是没问题的。"

那个可儿说："可是，你哪来的钱买哩？"

这个可儿说："嗯，商店被烧后，华英她们捐的几千元钱不是一直没动吗？"

那个可儿说："可是那钱够吗？"

……

"大姐，这辆车我只卖2500元钱。我买的时候，连同将经营执照手续办下来可是花了5000多元钱呀。这辆麻木，我还没开到一年哩。"在两个可儿争论得不可开交的时候，那个卖麻木的中年男子说。

可儿没作声。她不作声并不是默认了卖者的价位，而是两个意见决然不同的可儿一直在她的心里打架，使她一直拿不定主意。

"2000元。2000元咋样？"文质彬彬的男人自己将刚才的出价，往下压了500元。

可儿还在犹豫。

"别犹豫了大姐，我看您是个实诚人，跑劳务市场跑了这么长时间也没找到工作，对您还是蛮同情的。要是对别人，我才懒得说这么多哩。"文质彬彬的男人实在想尽快将麻木脱手，因为他赶往新的单位去上班的车票都买好了。他见可儿还在犹豫，就咬咬牙，痛下决心地说："这样吧，再减200元，1800元，咋样？你还要嫌贵了，我可就没办法了。我算是亏血本卖给您了。我要不是今晚的车票买好了，打死我，这样的价格，我也是不会卖的。"

"我手上没钱。"可儿说。文质彬彬的男人将价位降到1800元的时候，可儿动心了。因为华英她们捐的钱，已经足够买下这辆麻木了。

"你说你是完全没钱买，还是说你手中没钱？"

"我手里没带那么多钱，家里有。"

"那这样，你要是真想买我的麻木，你上车，我把你送到你家去。"

"我真想买。"可儿下决心买下这辆麻木，便说。

"好，大姐，你上车吧。"

……

可儿现在开的这辆麻木，就是那天买下的。

34　华英有一次在路上拦截了可儿

化肥厂破产后，好多失业在家的女工，没有几个像可儿那样猴急着找工作的。而且她们也能将清平的日子过得有滋有味。这些失去原来的工作，一时又没找到新的职业的女人（有时也有男人插进来），便常常聚在一起，蹲的蹲着、坐的坐着、站的站着，有的择着刚买回的白菜、芹菜、韭菜，有的刮着丝瓜、瓠子什么的，有的织着像是永远也织不完的毛衣毛裤毛背心，有的抱着外孙或孙子，东家长西家短地聊着谁谁的日子最近过得不如意；谁谁家的日子奇了怪了，过得比上班有工资拿的时候还滋润熨帖得多；谁谁的男人去了广东后，不仅没赚一分钱回，还带回了一身的花柳病，不晓得要用几多钱才能治得好；谁谁的婆娘同那个局长在打皮绊（方言：婚外恋——作者注），她的皮绊局长把那个婆娘安排在他们局下属的一个单位当会计，还把她的男人安排在另一个单位看大门。局长在外面打皮绊的事，不晓得是么样让他老婆晓得了。局长的老婆，也不是省油的灯，得到消息后的第二天就找了几个五大三粗的彪形大汉，打到那个婆娘上班的单位。听说把那个骚货婆娘的上衣都撕光了，真是丑死人嘞；谁谁谁家又添了外孙或孙子。时间过得几快哟，眨个眼睛的工夫，我们就成了做婆婆外婆的人了，等等不一而足的话题。

这些时下无事可干，时间多得不知如何打发的女人们，只要聚在一起，就天南海北，家长里短，床上床下任啥都谈。

凡是由她们面前走过的人，只要是她们认识的，她们就会将别人家里家外的事情全抖落出来，捕风捉影地谈个够。她们常常看着开着麻木由她们跟前走过，穿着邋遢、背已然驼了些许的可儿的背影，撇着嘴说："瞧瞧，女人就是不经操劳。原先多水灵的一个女人哟，一结婚就完了，一过三十就成豆腐渣了。女人哟，真是，三十前是一枝花，三十后就成了豆腐渣哟。以前和她打皮闹绊的那个伊候健，要是看到她现在这副邋遢样子，不知怎样想哦？"

谈可儿闲话的女人们，当然都是可儿原先的一些老同事和老熟人。这些老同事的家境虽然不很富裕，但相对而言，都比可儿的家境稍稍要宽裕一些。即便也有很多家庭的经济状况同可儿家的经济状况不相上下，但是，用那些女工的话说，她们比可儿想得开些，会享福些。她们说，她们都是让男人们想办法出去挣钱。谁像可儿，把男人蓄在屋里，自己倒像个男人一样，去开什么麻木，硬是把自己操劳得像个鬼样。像她这种不晓得爱惜自己的女人，活得真是不值哟。

这些女人天天聚会闲聊的地方，通常是在家属宿舍区最末一排房子的拐角处——一块冬天好晒太阳夏天好纳凉的不足百平方米的狭长场地。狭长场地的左侧，有几棵一字排开的长得不是很高的梧桐树。梧桐树的枝枝叶叶每年的夏季长得无比的茂盛，绿荫浓浓。枝叶茂盛的梧桐树下，有一个锈迹斑斑的小铁皮屋杂货店。小铁皮屋杂货店门前，是一条宿舍区通向街市和312国道的、早年用煤渣垫起的坑坑洼洼的小路。小铁皮屋杂货店店主，是原化肥厂煤球车间的班长许腊生的、长年累月总是病病怏怏的老婆旺氏。许腊生的老婆旺氏，每天一大早就由铁皮屋内拿出无数个小木凳子（谁也不知她是由哪儿弄来的这么多小木凳），放在店门前，以备他人来坐。许腊生的老婆旺氏说，她一生都喜欢热闹。她说她巴不得她家的门口一年四季都是坐着满满的人。而别人在背地里却说这是她的经营之道。别人说，常有人在她家商店门前坐着，不仅解了她的闷，也给商店带来了很多生意。尤其是那些带着孙子外孙在商店门前坐着的奶奶外婆，时不时就被孙子外孙们缠着买这买那吃。

"她当然喜欢有人在她家商店门前坐啊。"小飞的奶奶说："她商店门口坐的人越多，生意就越好。我家小飞，只要到她商店门口，就一定要缠着我买棒棒糖给他吃。"

不过，也有人称赞许腊生老婆旺氏对人的热情是真的。平日，碰到她心情好的时候，还免费为大家提供茶水，在自家煤炉上，为一些孤寡老人热些冷饭冷菜什么的也是常有的事。这些常在铁皮屋杂货店门前坐着喝茶聊天搓麻将打扑克或择菜灌香肠织毛衣的男人和女人，但凡见熟人从此处走过，总会叽叽喳喳，自以为是地对过往行人评头论足议论一番。

不过，她们每次看着开着麻木由她们面前"突突突"地驶过的可儿的背影，谈论起她的时候，多少还是掺杂着一些怜悯之心。她们认为，可儿是完全没必要将自己下降到去以开麻木为生计的地步的。她们常常边搓着麻将或择着菜边七嘴八舌愤愤不平地说："可儿真是太老实了，太迁就诸葛军男了，太委屈自己了。"

"就是就是嘛。天下哪有男人在家玩的，老婆挣钱养家糊口的道理。说句不好听的话，除非男人瘫痪在床上不能动，女人出去挣钱，那还勉强讲得过去。"

"诸葛军男真不像男人，自己在家里吃软饭咋吃得下去哟。"

"特别是干开麻木这种营生，本来就是男人干的事嘛，有几个女人在干这种事儿的。可儿嫁了诸葛军男真是造孽哟……"

"这就是命啦。她当初要是嫁给了伊候健，现在还不是跟着伊候健吃香的喝辣的，当她的阔太太。"

"她落得现在这种下场，也怪她自己。哪个叫她做姑娘的时候，守不住自己的身噻。她要不是没结婚就怀上了诸葛军男的种，她怎么会下嫁给他呢？"

"那是那是那是……"

还有一天，有人直接就找到可儿，对她说："可儿，你做这种事是不是太糟践自己了。开麻木咋是女人做的事哩？你们家诸葛军男在家玩得起，你就玩不起呀？你瞧我，我就不急着出去找事干。女人嘛，女人就是嫁汉嫁汉，穿衣吃饭。男人没本事赚钱，就别娶老婆了。娶了老婆就得挣钱养老婆。我们家那口子就比你们家那口子强百倍。自从厂子破产后，他成天总是计谋着出去做点什么，从来不在家闲着。这不，现在在北正街摆了个地摊，卖点儿旧书旧杂志什么的，还是蛮赚钱的哟。你何不如让你们家的诸葛军男也去做点小买卖，肯定比你开麻木强多了。人又轻松，来钱又快。"这是有一天晚上10点多钟的时候，华英在家属宿舍区那个拐角处，拦住了开着麻木回家的可儿时，气鼓鼓地连珠炮似的说的一席话。华英在说这番话时的情绪很有点冲动，语言也有些过激，很不中听。但是，可儿知道，华英是在真心地关心自己，为自己在诸葛家受到的委屈鸣不平。华英对自己的这份情谊，她打心里感激。同时有一股暖流涌上心头，使她差点要流泪了。

可是，奇怪的是，这种感动和温暖在可儿的心间稍纵即逝。她忽而感到华英对她的关心中，好像隐含着某种炫耀和讥讽。"她这是在炫耀哩。炫耀她比我过得优裕，过得舒祖，活得比我滋润。"想到此，可儿心中陡生了厌烦，很不是滋味儿。"哈哈，"她冷冷一笑道："华英，感谢你对我的关心。"顿了会儿，她又不冷不热地说："我的命真的没有你们的命好，你们谁都比我有福气有本事。再说，我也没有你们有本事，管得住自己的男人。我管不住自己的男人，就只有自己出来挣钱养活自己。"可儿说完，看也不看华英一眼，脚猛一踩

油门，麻木就"突突突突"地由华英面前开过去了。

　　"你……这……"望着在昏暗的路灯下摇摇晃晃渐渐远去的麻木，华英半天都醒不过神来。她张口结舌，不知说什么好。她不知道自己说错了哪句话，惹得可儿生了气。

35 由那天晚上开始，可儿本想改变自己，
苦中作乐，然而生活远非那么温和……

　　离开了华英，本是准备回家的可儿并没将麻木直接开回家，而是开到一个僻静处，痛痛快快地哭了一场。她匍匐在狭小的驾驶室中，让压抑已久的泪水任意流淌。可儿哭过之后，感觉到淤积在心中的伤愁，像是被泪水冲走了一多半，心情轻松、舒坦了许多。可儿下决心改变自己压抑、苦闷的生活方式，就是由这天的晚上开始的。

　　可儿由第二天开始，只要一出了家门，就会无比地快活起来。而且，慢慢地也学着同其他男女麻木司机一样，没有生意时，在光天化日之下、众目睽睽中，肆无忌惮地同不是叫亚亚的就是同叫安娃或是同叫则也的男麻木司机打情骂俏。有时甚至你掐一下我的脸或奶子，骂一声："你个撩死人的婆娘，想死个人。"她撞一下他的身子，真真假假地抛一个媚眼，回骂一句："你想也是白想，你又不是我的男人。"开一些粗鲁、野蛮的玩笑。相互抓过掐过骂过后，然后就是一阵粗野的敞怀的哈哈大笑。可儿每每在粗野地敞怀嘎嘎大笑时，还真有几分野性泼辣的妩媚。常常将男麻木司机们撩拨得心旌躁动，想入非非……可是，一回到家中，可儿就完全变成了另外一个人。一个没有欢乐、没有一丝笑意，地地道道的愁眉苦脸的黄脸婆子。

　　回到家中后就愁眉苦脸的黄脸婆子可儿说，其实很多时候，她是想在家中和颜悦色一些，同婆婆相处和睦一些的，可是，她回到家中一看到婆婆那张见到她后如同见到仇人般的嘴脸，心情就糟糕透顶，就想吵架就想摔东西就想骂人。而且最使她难以忍受的是，只要她回到家中，刚才还在笑模笑样的婆婆立马就拉下那张老脸，横挑鼻子直挑眼地找碴儿同她吵架，要么就指桑骂槐地说一些难听的话给她听。

　　就说昨天吧，为交40多元钱的水电费，婆媳两人又差点吵了起来。

　　事情的缘起是这样的：收水电费的三三是中午来的（可是后来，隔壁的虹然告诉可儿说："收水电费的三三，其实上午就到你们家来过。我上午买菜回来路过你家门口的时候，听到你婆婆对三三说'你中午来找我媳妇要'。"）。当时回家吃午饭的可儿刚端起一碗冷饭冷菜往口里扒，常来收水电费的、右腿有点儿残疾的三三肩上背着个不知是哪个年代的旧黄帆布军包（包的褡盖上还补了个很显眼的蓝布补丁），一瘸一拐地跛着走了进来。三三一进门，就由旧黄帆布军包中拿出一本没有封面破旧的笔记本，打开在里面翻了翻，抽出其中一张收据，放在坐在桌旁吃饭的可儿面前，杵头杵脑地说："这是你们家这月的水电费收款单，40多元钱。你把钱交了吧。"

　　刚把一口饭扒进口中的可儿，腮帮子鼓得高高地边嚼着饭边仰着头望着三三说："咦，三三，你又不是不晓得我们家每月的水电费是由我婆婆给的。今天你咋找我要呢？"

　　"就你们家的水电费难得收。我上午来找你婆婆收钱，你婆婆要我中午来找你要，现在你又说要我找你婆婆要。我就像一个皮球，被你们家的人踢来踢去的。真是叫人受不了。"收水电费的三三，哭丧着脸很不耐烦地说。稍刻，他怨天尤人地又道："我们这些打工的，就像低人三等一样，生来就该受气的。拿的钱不多，受的气倒不少。在单位总是要看当官的脸色行事，动不动就被他们训斥一顿，一方面要求我们文明收费，礼貌收费；另一方面，每月的水电费收不起来，一个月的工资都拿不团圆。在客户面前，我们受客户的气，挨客户的骂，遭人轰赶……"收水电费的三三牢骚满腹地说了很多抱怨的话。

"三三三三，我没有轰赶你呀。"

"是的，你是没有轰赶我。可是，你们家就为40多元钱的水电费推来推去的，让我跑了无数次，真是比轰赶我还难受。"

今天上午，三三一瘸一拐地跛着腿来可儿家收水电费时，的确受了可儿婆婆一肚子气。三三一进门刚将水电费收据拿出来，话还没说出口哩，可儿的婆婆就恶声恶气地说："这月我手中没钱，你中午来找我媳妇要吧。"

一早上挨了领导批评的三三，眉毛拧成疙瘩，也没好气地说："哎，你们家谁给水电费是你们家内部的事，我们收费的看着谁在家，就向谁要钱。给钱给钱，少说废话。"

"我刚才不是已经说了吗，叫你中午来，找我媳妇要。"

"老太婆哟，您也是这大把年纪的老人了，总该有点儿同情心吧。您瞧我这残疾人，行走又不方便，您就给了吧。40多元钱总不至于拿不出来吧。你们家以前每个月的水电费您都不是给得好好的吗？这月咋就……"

"你是聋了哟，刚才没听见我说的，这月我手中没钱，你中午来找我媳妇要。走走走，我有事还要出门呢。"可儿婆婆打断三三的话，边说边将三三往外推。被推出门的三三，一个趔趄，差点儿摔倒。

上午的这个情境，刚收车回家的可儿哪儿知晓呢。她见三三没说着两句话，就满肚子怨气的样儿，很是不解，就说："三三，我没撺你、骂你呀。我只是叫你找我婆婆收水电费，我的钱都交给她了。"

"我才不管你们家水电费由谁给，菜由谁买，我逮着谁就找谁要。你把钱了了吧。"三三板着脸说。

可儿暗想："也是，人家又不是你家啥子人，凭什么管你们家的水电费的钱由谁出，菜由谁买呢？"如此一想，可儿就由腰包中抽出了40多元钱，将电费给付了。

可儿说她家中的水电费由婆婆交，当然是有缘由的。这得回过头去，由几个月前，他们家开的一次家庭会议说起。

那次的家庭会议，是婆婆老早就嚷嚷着要开的。婆婆的意思是说，他们老两口凭着老头子的退休金，是完全可以舒舒服服地过好日子的。婆婆常对左邻右舍的人叫苦连天地说："我们两个老的，算是让那个没有用的儿子和他的一家子给拖苦了哟。要不是他们一家子拖着，我和老头子的日子，过得要有多舒服就有多舒服。"

"就是的哟，你爹爹的退休工资，要是就只你们老两口用，真是绰绰有余，那里用得完噻。你为什么不和你儿子他们分开过呢？"住八栋的苏婆婆接腔说。

"我早就巴不得分开过的，就我那个死老头子不同意噻。"可儿婆婆说。

"莫不是你爹爹在爬你媳妇的灰哟？"苏婆婆撇了撇嘴说。苏婆婆说过之后，抬头仰天无所顾忌地嘎嘎大笑。苏婆婆的嘎嘎大笑似是惹怒了可儿的婆婆，她的脸一沉，嘴也戳得老高，回击："你们家老头子才真是在爬你家媳妇的灰哩。我都看到过好几回，你老头和你儿媳妇一起逛马路，亲热得恨不得手挽手咧。"可儿婆婆说完后，也夸张地前仰后合地发出了敞怀的嘎嘎大笑声，把眼泪都笑出来了。

两个婆婆在玩笑声中，差点儿闹翻了。

最后还是退休前是化肥厂工会主席的苏婆婆显得宽宏大

量些，笑过后，她拍打着可儿婆婆的肩头说："老姐姐，我们玩笑归玩笑，主意我还是要帮你出一个的。谁叫我们是几十年的老姐妹呢。"说着就将嘴附在可儿婆婆的耳边，低声嘟嘟哝哝地讲了如此这般的一些话儿。可儿婆婆听得连连点头，甚至皱纹叠皱纹的老脸也笑成了一朵花，一朵枯黄的干花。末了，苏婆婆拍打（这是苏婆婆的习惯动作。只要和人说话，总喜欢在别人身上拍拍打打的。不管男女）着可儿婆婆的肩头说："老姐姐哟，我这个法子，保证见效。保准你的老头子要不了多长时间，自己就要提出来分开过。"

36　家庭会议

又过了一些时日的一天早晨，一向起得不是很早的诸葛海俊，这天却是早早地起来，神态有些怪异地站在门口对准备出门的可儿说："晚上要开一个家庭会，你今天要早点儿回来啊。"他并没告诉可儿为什么开会。说完这句话，转身就走了。

"有什么事不能直接说，还要开家庭会解决？"感到纳闷又觉荒唐的可儿，正欲问一下公爹，为何开家庭会时，只见他已经走进了他们的房间。可儿摇了摇头，边戴手套边往外走……

为了参加家庭会，这天晚上，可儿比平日收车早了好几个小时。家庭会议是公公诸葛海俊主持的。

诸葛海俊讲话，没有一点儿过渡。他用浑浊的目光扫了一眼坐在床边沿织着毛衣的可儿，又看了一下坐在桌子旁边的诸葛军男，直截了当地说："今天把你们召集起来开这个会，是没办法的办法。你们是晓得的，自从可儿开的那个商店被一把大火给烧了后，家中的经济状况是一日不如一日。这一大家子人，光靠我每月不到 400 元的退休费过生活，实在是捉襟见肘，难以度日。"

"不知是在哪儿学来的一个词，搞得像是蛮有文化的。"公公说到"捉襟见肘"时，可儿暗自讥讽。

公公还在说："常言说得好，'分久必合，合久必分'。

老话还说，'树大分枝，人大分家'。这些古训里面的道理，我思来想去地想了好几天，才像是想明白了一点什么，觉得该是把话挑明的时候了。我和你妈的意思哩，这个家呀，还是分开过好一些。各立各的灶，各走各的门，大家都自由一些。我和你妈商量过了，每月我们给你们补贴100元……要不，150元（这个数字是诸葛海俊临时改变主意，自行主张说出来的。他觉得每月给儿子他们100元实在太少，就自作主张加到150元）。"

"那不成。我不同意。亏了你们想得出来哟，要我们分开过，还每月只给100元、150元钱，打发要饭的呀？这几个钱让我们喝西北风也不够啊。桥雄在读书正要钱用，你们把我们分开过，是什么意思？"自从失业后，一直没有找到合适职业的诸葛军男打断父亲的话，气不打一处来地说。他的话音一落，父亲就用很复杂的目光瞅了一眼不同意分开过的儿子，又似是要讨主意似的回头望了望坐在他右边靠后一点、一直没作声、阴沉着脸、低着头，像是在想心思又像是在钟瞌睡的老伴儿。可是，低着头，眯缝着双眼，像是在想心思又像是在钟瞌睡的老伴儿，不知是真的没看见老头子求助的目光，还是故意装作没看见，理都没理他。

老头子在老伴儿那儿没讨到主意，便又转过头来，冲着坐他对面床沿边儿的可儿问："可儿，你的意见呢？"

"我……"当公爹问到可儿的时候，心中有很多憋屈，也没有一点儿思想准备的她，不知如何作答。她只说了个"我"字后，顿了好一会儿，才接着说："我、我随便。咋样过都行。我又不是不能挣钱养活自己。"可儿在说这话的时候，心中暗想："天下竟然有这样的父母，在儿子媳妇都失业了，没有一分钱的固定收入的情况下竟然忍心提出分家。当初我们都有工资拿的时候，咋不提分家的事呀，这不是趁人之危落井下石吗？哼！分开过就分开过，我怕什么。好吃懒做爱赌博的人又不是我。"

"可儿是什么态度我不管,我只讲明我的态度。我的态度很明确,就是在我没有找到工作之前,你们休想将我们分开过。你们实在想要分开过也行,每月必须给我们300元钱。另外,既然是家庭会,我索性就把一些话说得更清楚一些。你们现在这样做,以后到你们老得不能动了的时候,就别怪我们不管你们了哦。"诸葛军男霍地一下站了起来,来回在床前并不宽敞的空地走来走去,蛮横地说。

"你坐下来好不好,晃来晃去的晃得我头晕。"可儿说。

很显然,一直没有找到工作又爱赌博的诸葛军男是坚决不同意分家的。他知道,和父母亲分开过,对他意味着什么。意味着他无忧无虑的日子的结束!

由于诸葛军男坚决不同意分开过,这次的家庭会议算是无果而终——没有达到可儿婆婆的预期效果。这很使挑起事端的可儿婆婆耿耿于怀。唯一使她感到有些安慰的是,在经济权由谁掌管和日常生活经济开销怎样分担等问题上,老头子还是根据老两口私下商量好的意见做了明确规定。临了,诸葛海俊说:"既然你们不想分开过,那就还是在一起过算了。但是我也把丑话说在前头,在一起过就得要像在一起过的样子。老话说得好,家有家规,国有国法……特别是经济问题上,就应该有个明确的说法。我的想法是这样的:一部分是我的退休金哩,全部交给你妈掌管,作为全家人的日常生活开销用。柴米油盐啦、水电费啦、煤气费啦等都由我的工资中支付;再一部分是可儿开麻木赚的钱,除了负担桥雄每年的学费和穿戴外,每月必须交400元钱给你妈,算是你们一家三口的生活费。不然的话,这个家的开销,光靠我的不到400元钱的退休金是难以维持的……嗯,以前你们没给一分钱家里,也就算了,我们既往不咎。由这个月开始,就不能再不给钱了。你们……嗯……"诸葛海俊说到这儿,像是没有找好措辞似的停顿了下来。若有所思地想了会儿，接着又说："你们要是认为这个条件不合理的话哩，那就还是分开过也行。反正我和你妈已被你们拖累得受不了了……"

"就靠我开麻木挣来的钱既要负担桥雄的学费，又要给家里交生活费，我不能接受。每天我拼死拼活干，也挣不了那么多钱啦。你们总不能让我去偷去抢去卖身吧。"可儿没等公爹说完，打断说。

"行啦行啦，别说了。只要不分开过，怎样都行。交400元钱给家里，又不是蛮大的数字。我们要是单独开火，400元钱肯定不够的。"自从下岗后，完全脱胎换骨似的变成了另外一个人的诸葛军男，见父亲同意不分家，如释重负地说。

"你真是站着说话不腰疼哟。400元钱还不算是大数目，自从化肥厂破产到现在，已经有三四年的时间了，我也没见你赚过一分钱回来。你觉得400元钱容易赚，你每月交好了。我可没那个能耐，挣不回那么多钱。"可儿说完，起身就往外走。

"这是哪个出的馊主意，开家庭会，分家。成天真是吃了饭没事儿干，闲得无聊。我可陪不起。"可儿边说着边往外走。

"哎哎哎，你往哪里去哟，事情还没有说完哩。"公爹冲着可儿的背影喊着说。

"你们想咋办就咋办，我没意见。"已经走到门口的可儿站住说。说完欲走，思忖片刻后又转过身来，扫了一眼坐在昏黄的灯光中表情各异的婆婆爹爹诸葛军男几个人，说："再说了，我在这个家算老几啊？就算我有意见，谁又会听我的？就说今天这个家庭会吧，哪个事先对我说过？既然你们诸葛家不把我当回事，我又何必在这儿耽搁时间呢？你们要咋样过都行，我决不反对。我又不是不能赚钱养活我自己。"可儿说完，车转身往屋外走去……

可儿出去没一会儿，麻木引擎发动的"突突突"声传进了屋内。稍刻，"突突"声由近渐远，很快就消失在了黑咕

隆咚之夜的深处……

　　"真是姑息养奸真是姑息养奸啊！"婆婆气得全身如筛糠一样直抖。

　　可儿摔门走了后，一直没作声的婆婆，浑身气得直打哆嗦。连连说了几个"姑息养奸"。她手指着老头子的鼻子尖，说："都是你这个老东西平日娇纵的。你要不惯纵她，她哪敢这样无法无天哟？！"

　　"你还邪得很嘞。敢在老子们面前翻翘。还没有王法了哩。刚才说的事就这么定了啊。你同意也得同意，不同意也得同意。你们要想在一起过日子，就每月必须交400元钱的生活费。不想交钱，就分开过。没得商量的。"也许是为了给老伴儿一点儿安抚或者为了显示自己一家之长的威严，老婆子的话音一落，诸葛海俊就追到门口，冲着"突突突"已经开得老远的麻木的背影，发出了平生以来最大的怒吼声。

　　然而，早已走得没了踪影的可儿，一句也没听见。或者换句话说，若是可儿能听见，他也许就不敢也不会那么吼了。

　　一向老实巴交，信奉家和万事兴的诸葛海俊在老婆子多次怂恿下，第一次也是唯一一次亲自主持的家庭会议，在他自己的怒吼声中，就这么草草地结束了。

　　这个不欢而散、不了了之的家庭会议开过之后的头两个月，大家相处得还算相安无事。在经济支付问题上，基本上是按照诸葛海俊那天晚上在家庭会议上所说的在进行。也就是说，可儿虽然为每月交400元钱给婆婆感到很委屈，也很吃力，但每月还是在如数地交；婆婆虽然对没有如愿地将儿子一家分开过的结果一直耿耿于怀，但在老头子的一再劝说下，也只好无可奈何地接受了这种现实。

37 为40多元钱的水电费，
可儿又同婆婆怄了一场气

然而，这种看似相安无事的现状并没维持多久，鼻子不对嘴脸，心有芥蒂的婆媳二人，就又一如既往地为一些鸡毛蒜皮的事儿，吵得昏天黑地，鸡飞狗跳。

您瞧，婆媳二人为了一些鸡零狗碎的事情，又吵起来了。

这日，收水电费的三三刚一走，婆婆就一颠一颠地由外面回来了。饭还没有吃完的可儿便将水电费收据递给婆婆说："妈，刚才三三来收水电费，您不在家，我帮您给交了"，可儿说到此，感觉自己说错了话，就突然停顿了下来。稍刻，她再说话的时候，就在"交"字的前面加进了一个"垫"字。她说："我帮您给垫交了。这是水电费收据，您……"末后的一句话，可儿本想说"您只给我40元钱算了，零头就不要给了"，但是转而又想："我凭什么只要40元钱。我赚钱容易吗？真是。"如此一想过后，可儿就将下面的话和着一口没有嚼烂的饭菜咽进了肚里。

婆婆冷冷地"嗯"了一声，撇了撇干瘪的嘴，瞟了一眼捏在可儿手中的收据，没有要将收据接过去的意思，更没有说给可儿钱。如同可儿说的事儿根本与她不相干似的。她嗯嗯啊啊地走到电视机旁，随手将电视机打开，很悠闲，甚至隐含着某种挑衅（可儿的感觉）地躺进上面常年铺有一床旧棉被的竹躺椅中，摇摇晃晃地看起了电视。婆婆说她有风湿性关节炎，因此，即便是夏天，竹躺椅上也要铺着厚厚的棉被。可儿却认为，婆婆这样做的目的，无非就是有意独占使用权。想想吧，大热天的，谁愿意去坐铺着棉被的竹躺椅哩？

见婆婆有点儿想要赖的意思，可儿就知道婆婆断然是不想把水电费的钱给她了，心中很是发毛、恼火。她就想直截了当地向婆婆把话挑明了说："妈，水电费的钱你还没给我哩。"可是继而她又想：说不定她是要等我吃完饭再给呢，还是先忍一忍吧。可儿边将饭往口里扒拉，边暗想：要不是桥雄的学费还有一大截子没着落，要是你儿子出去找点儿事做做，赚点钱回来，龟孙子才想在钱的问题上跟你斤斤计较，讨气恼。

可儿在胡思乱想着的时候，饭也就很快吃完了。收拾了碗筷，准备出门时，可儿见看电视看得像是很投入的婆婆仍然没有一点儿要拿钱出来的意思，就说："妈，水电费的收据在桌子上哩。"可儿说这话的意思，目的很明确，就是提醒婆婆：钱，您还没给我哩。

"嗯嗯。"婆婆只是语焉不详地"嗯嗯"了一声，眼睛瞅也不瞅可儿，依旧津津有味地看着电视。见婆婆这样一副心里揣着明白装糊涂的鬼样子，可儿也不想再顾忌什么了。她直接挑明说："妈，每月的水电费由你们交，这可是你和爸定的规矩哟。"

"咦，你还晓得有家规呀。晓得有家规咋就总是不给桥雄零用钱哩。"可儿的话音刚落，婆婆就一下子从躺椅中蹦了起来，尖着嗓门大声吼着说："今天你垫了40多元钱的水电费就受不了了。你去问问你儿子桥雄，他在老子的手上拿了多少钱走了。"瞧婆婆这一触即发的架势，今天这一架，她是蓄意要吵的。

"您给桥雄零用钱，是您自愿给的，关我什么屁事呀。桥雄是我的儿子，不也是你们的孙子吗？您给他零用钱，还值得一提哟。"可儿一点儿也不示弱地将声音提高了八度说。

"咦，照你这样说，那今天的水电费也是你自愿给的呀，我也没强迫你给。那你凭什么还要向我要钱呢？"

"您……水电费由您交，这是你们自己规定的……您现在又变着法子让我交。你们还讲不讲道理啊？你们还要不要人活啊……"

"哦，有理的菩萨都是你供着。你用了钱，就要我还给你，我为你儿子用的钱，就是我应该的，天下哪有这样的道理哦。"婆婆没等可儿说完，双手就拍起了大腿，一蹦三跳地撒起了泼，尖声吼叫着说："家里的水电又不是我一个人用的，你们一家三口还不是天天在用。你就这个月交了40多元钱，就像是要了你的命，逼着命跟我要钱。我一日三餐伺候你们一家三口吃伺候你们喝的工钱也不只值这几十元钱啦……你哪儿是我的媳妇哟，完全是我的婆婆我的妈哟我是你的媳妇哟……"婆婆撒起了泼，可儿就知道她是铁了心不会拿钱出来了。看来，今天这一架，也是她蓄谋已久要同自己吵的。由此联想到婆婆平日的刁钻古怪、张牙舞爪、蛮横不讲理，可儿心中的愤怒，也是不可名状。"这日子我也不想过了。"她抬起左脚猛一踢，将不远处一张人一坐上去就吱吱作响得像是随时要垮掉的竹椅子踢散了架。

可儿正欲拉开架势要同婆婆大吵一架，出口淤积于心的恶气时，一种低缓、细弱又很镇定的声音由她胸腔深处冷不丁地响起："何必呢，钱已经拿出去了，还要惹一些气恼，划算吗？花钱买教训得了，以后打死你，你也不做这种傻事就行。"这个声音很有震慑力，一下子使她冷静了许多。"哼"，冷静下来的可儿冷笑了一声，就拿起放在桌子上的水电费收据，横一下竖一下地撕。撕成碎片后，将手一扬，被撕成碎片的收据顿时飘飘洒洒地落了一地。她冲着婆婆冷冷地说："你闹得骇死人的，不就是想赖掉这40多元钱吗？我不要了，只当我生病吃了药的。"说完，可儿摔门而出。

见可儿说不再要 40 元钱了，而且赌气地将收据给撕了，婆婆当然是暗自高兴。她本想就此偃旗息鼓收场算了。可是转而又一想："不行啊。这样收场，那个骚婆娘还以为我怕她哩。人活着不就是为了一口气吗？"婆婆这样一想那样一想后，便颠儿颠儿地追到了门外，虚张声势地将双手拍打得"叭叭"响，冲着已经将麻木引擎发动了的可儿，高声大调地数落起来："大家都出来看看哟，帮我评评理哟。我家只有开麻木能耐的媳妇，就像是哪个大户人家的千金小姐哟，恨不得成天骑在人的头上拉屎拉尿哟。成天在家横草不拿直草不拎不说，还三天两头地找碴子同老娘吵架哟。发起威来，就像是要吃人的母老虎哟，这样的日子叫我么样过哟，我这是哪辈子造的孽哟，今世遇到这样的劫数这样的冤家哟，呜呜呜……"

心中其实正在为这月的水电费终于让可儿出了而窃喜的婆婆，骂到最后，竟然真像受了天大的委屈似的"呜呜"地干号了起来。她在双手捂着脸假模假样哭号着的时候，根本没有一点儿泪水的双眼，骨碌骨碌地转着由指缝间向外看左邻右舍的反应。使她感到无趣又难以收场的是，她干号了半天，却没一个人出来劝她。连她正在恶意咒骂着的对象——可儿，也早已将麻木开走得没了影儿。

正在她为不知如何收场感到进退维谷的时候，上午送外甥到女儿家去的老头子回来了。

头戴一顶黑褐色狗钻洞帽，身着一件很旧的军黄棉大衣的诸葛海俊，刚走进通往家属区的那条小巷口，远远地就望见老伴儿一人站在屋外，双手捂着脸，像是很伤心的样子。甚是纳闷又惊慌，以为家中发生了什么不幸。三步并作两步地跑到老伴儿的跟前，伸手扶着老伴儿的手臂，偏低着头望着低垂着头的老伴儿的脸颊，急切地问："老婆子，大冷的天你站在外面干什么嘛？早上我走的时候你还好好的，一会儿的工夫，你咋就成这样了？谁惹你怄气了？还是家里……"

"谁敢惹我怄气，你心里不清楚？还不是你那心肝宝贝媳妇。"

"可儿？！"

"不是她还有谁！"

"她又是为么事惹你怄气噻？她人呢？"诸葛海俊口气暧昧地问。

"人早就走了。"

"进屋去进屋去，在外面吵吵闹闹的，又不怕左邻右舍的人笑话。"诸葛海俊说着，就将仍在真真假假哭哭啼啼的老伴儿扶进了屋。

进了屋后，诸葛海俊将老伴儿扶到铺有旧棉被的竹躺椅上坐下，又到床上拿来一条半旧不新的毛毯搭在老伴儿的腿上，之后，又倒了杯开水递给老伴儿，问："到底是咋回事嘛？总是把家里闹得鸡飞狗跳的。"因吼叫了半天早已舌干口燥的老伴儿接过茶杯，真想咕噜咕噜地一口气将满杯子水喝了，她试着喝了一小口，太烫。就将杯子递给老头子，说："这么烫的水，叫我咋喝呀？你想烫死我呀？去，给我掺点儿冷开水，口渴死了。"

老头子接过茶杯，将杯中的开水往另一只玻璃杯中倒了些，而后拿起桌上的茶壶往杯中掺了点儿凉开水，重新将茶杯递给老伴儿。老伴儿接过茶杯后，咕噜咕噜不歇气地一口气把满满一杯水喝光了。复又将空杯递给老头子，用手背将流到嘴角边的水擦了擦，才将刚才为交水电费同可儿发生口角的事儿，颠倒黑白混淆是非地对老头儿讲了一遍。她说："这月的水电费咧，是45.86元。刚才收水电费的三三来的时候咧，我正好出去买盐去了（事实上她是有意避开的，根本就没去买盐）。是那个骚婆娘给垫付的。三三刚走，我就回来了。

还不等我喘口气，那骚婆娘就把发票塞到我手里，硬是要我一刻不缓地把钱给她。当时，我手中正好就只40元钱，我就把40元钱给她。我把钱给她的时候，对她说得清清楚楚，剩下的几元钱，明天再给。你瞧那个骚婆娘狠不狠，她说一分钱也不能少给她。一定要我立时三刻给她。这不是明摆着存心要跟我吵架吗？她还想动手打我哩。你看看你看看，我的这张老脸都被她抓开了。你再瞧瞧屋里，桌子椅子都被她踢翻了踢垮了。"老伴儿指着翻倒在地、业已散了架的竹椅子对老头子愤愤地说："这就是你平素娇她惯她偏袒她的结果。要不是你平素遇事为着她、偏袒她、宠着她、她咋敢在我面前称王称霸作威作福哟……"老伴儿说着说着，就数落起了老头子。说到伤心处，还撩起衣襟，做出擦泪的样子。

在老伴儿的数叨声和无休止的斥骂声中，一向忍让惯了的诸葛海俊只好抱着头，蹲在屋檐前，听凭老婆子的数落……

38　可儿死了

同婆婆吵了一架出来后，一整个下午，可儿的头都是昏昏沉沉的。浑身像是被抽去筋骨般酸软无力。本来，向晚时分，她是想收车回家休息的。可是一想起婆婆那副恶相，就一点儿也不想回家了。她硬撑着又运送了几趟客人。

晚上 10 点多钟了，可儿将一位住在理丝路的客人送到家后，本想开着麻木到人多的建设路夜市或北京街大排档等地方去转转，想再多拉几趟客人后收车回家。可是当她从理丝路出来，刚拐上建设路路口时，一股刺骨的寒风向她迎面袭来，使她禁不住一阵哆嗦。此时，她感觉到自己不仅是浑身如散了架般酸软无力，而且忽冷忽热，一阵阵打着寒噤，浑身如筛糠般颤抖不止。她感觉到自己是病了，而且病得不轻。平日，她总是风里来雨里去，一点也不怕风的。可是今天，她特别怕风。她实在坚持不住了，就放弃了再拉客人的念头，晕晕乎乎地开着麻木往回赶。

可儿开着麻木"突突"地由灯红酒绿、莺歌燕舞的宁馨城（这座城市的市民都说此街就是本市的红灯区）走过；可儿开着麻木由满街的上空被霓虹灯映照得流光溢彩、色彩斑斓的文化路商业一条街"突突"地走过；可儿开着麻木还穿过了嘈杂、喧闹、浊水四溢、烟雾缭绕的小吃夜市一条街。之后，她开着麻木就拐上了一条横穿这座城市的 312 国道。可儿开着麻木上了这条国道后没走多远，再向左一拐就上了和平路。

一上和平路，可儿的麻木就往城东方向驶去——这是她回家的路。

离开了闹市区，路上几乎看不到什么行人了。只是偶尔地、稀稀落落地有一辆又一辆货车轰轰隆隆地驶过。汽车驶过之后，漆黑的旷野，一切很快又归于寂静。

这是一个没有月色、没有星辰，辽阔的夜空漆黑得如同凝固了一般的夜晚。由下午就开始刮起的刺骨的北风，在黑暗的旷野肆意地吼叫着、呼啸着。呼啸的北风将路两旁树叶早已落尽的柳树或梧桐树或杉树刮得左右猛烈摇晃着，不是很粗壮的树干，像随时都有被折断的危险……这一切，无疑给冬日的夜晚增添了一股逼人的萧瑟、阴森之气。

一阵呼啸的北风打着旋儿迎面吹了过来，可儿不禁将风吹得乱如鸡窝般的头往竖着的腈纶棉袄的领子里缩了缩。恰在此时，一辆大卡车由远及近地驶了过来，强烈的车灯光刺得可儿的眼睛都快睁不开了，大卡车轰轰隆隆地呼啸而过。但在此时，她借着几乎是一扫而过的、雪亮车灯的余光，看到不远处的路边，影影绰绰地站着一个人，向她这个方向边猛招着手，边焦急地喊："麻木麻木，快过来快过来。"

本想收车回家的可儿，见又有了生意，精神好像一下子好了几分。她打消了回家的念头，很快就将麻木开到喊者的面前，问："你要去哪儿？"

"到医院。我舅兄刚才走路走得好好的，不晓得是怎么回事，突然就不行了。"说着，他侧了身子，向更暗处的一个烂尾楼的墙犄角处一指，焦急万分地说："喏，他痛得不能走路了，在那儿躺着哩……"

可儿将麻木引擎半熄着火，下了车，身子前倾，伸长脖子，顺着说者手指的方向望去，隐隐约约看到约百米远的黑暗处，真的有堆黑影在那儿蠕动着，"哎哟哎哟"地呻吟得厉害。
"你赶快去把他扶过来呀，还不快点儿送到医院去。"可儿打断站在暗处中的男人的话，心急火燎地说。黑暗中的男人站在那儿依然没动，用近似哀求的声调说："我一个人弄不动他，麻烦你把麻木开过去，或者你一起过去帮我把他扶过来好吗？"

在陌生男人要求可儿帮他去扶躺在地上的病人时，可儿的心中是陡然滋生过一丝丝的警觉和疑惑的。遗憾的是，这种警觉和疑惑，没有引起可儿足够的重视。或者说，这种警觉和疑惑在可儿的脑海中如同由苍穹划过的一颗流星，没等留下任何痕迹，就瞬间即逝。

此时，善良的可儿、没有任何提防之心的可儿、从来没有害人之心的可儿、拖着病体还在想着如何帮人或是想着挣钱的可儿，借着由远处照射过来的稀疏、微弱、若明若暗的灯光，瞅了一眼眼前这个几乎将整个头都龟缩在竖起的呢绒大氅衣领中、规规矩矩地站在暗处的男人，稍微思忖了片刻，就说："那好吧，你上车，我把麻木开过去。"

天可怜见的可儿，她怎会晓得，她的善良、她的好心遭遇到的却是杀身之祸。

很快，可儿将麻木开到了病人的身旁。车一停稳，她便急忙下车随同穿呢绒大衣的男子去扶蜷曲成虾状，斜躺在地上来回滚着、"哎哟哎哟"痛苦地叫唤着的男人，很是同情地说："这是怎么了？怎病成这样哩……"

就在此时，一双罪恶的手，已由她的身后使她猝不及防地伸了过来，一下子就将她的嘴紧紧地捂住了，连同她还没说完的话也一起捂住。与此同时，刚才还躺在地上"哎哟哎哟"痛苦呻吟的"病人"一个鱼跃，迅疾地由腰背后抽出一把闪着寒光的匕首，顶住可儿的喉咙，低声喝道："你放老实一点儿，我们可能会给你留条活命，否则……哼！"

两个男人将"唔唔唔"叫着、拼命挣扎搏斗着的可儿挟持着，死命地往残垣断壁的烂尾楼的院墙内拖。正在这时，

一辆大卡车由远及近地驶了过来。随着大卡车的驶近，一束灯光也由弱转强地照射了过来。两个男人赶紧将拼命挣扎着的可儿紧紧地夹抱在中间，两人一左一右地用头紧紧顶着可儿的头，站着不动，像是在很亲密地讲话的样子。等大卡车轰轰驶过后，他们又将可儿往荒芜的院墙内拖。他们将可儿拖到院墙内后，很熟练地用胶带将可儿的嘴牢牢封住，又将可儿的双手反捆在背后。"病人"边粗野地捆绑着可儿，边低声威逼着说："老子们是刚从那个地方出来的，没钱用，找你借点儿钱用用。把钱拿出来，就放了你。"捆绑完毕，两双邪恶的手，在可儿恐惧得瑟瑟发抖着的身上，到处乱搜乱摸。"病人"由可儿贴身的内衣口袋中，将可儿这一天挣的100多元钱搜了出来，揣进自己的口袋。接着又将手伸进可儿的内衣内裤中去乱摸乱抓。

"巴哥，这老女人跟老子们一样，是他妈的穷光蛋。搜遍全身也就只搜出100多元钱。我叫你不要搞这样的人，你就是不听。今天晚上算是又白辛苦了。"

"咋会让你白辛苦呢。"那个被"病人"称作巴哥的男人狞恶地一笑，道："这女人虽然是老了点儿，但还是蛮富态的哟。我们在里面都渴了这么多年，管他是老女人嫩女人，闭着眼睛搞，还不是一个样……"说着的同时，伸手野蛮地撕扯可儿的衣裤……可儿拼命地扭动身子，用头撞，用脚踢，大声喊叫。可是，没有谁能听得见她因被凶手扼住咽喉而发出的微弱的"唔唔"声。搏斗得筋疲力尽的可儿终究敌不过男人的残暴……

恐惧、无助、羞耻、悲愤到极点的可儿，在遭受了强暴后，趁着叫巴哥的男人穿衣不备之时，蓄积全身的力气，抬起一只脚朝他的胯下猛地踢去，顿时恶男人捂着下身蹲倒在地，痛得嗷嗷乱叫。他嗷嗷地嚎叫着、喊着："我杀了你杀了你这个臭婊子。"正在不远处望风的"病人"听到同伙痛苦的嚎叫声，知道大事不好，慌张地跑进院内。但见刚才还如狼似虎的巴哥此时却捂着下身在地上乱滚乱叫。

狠狠踢强暴了自己的男人一脚的可儿，双手还被捆绑在背后，下身赤裸，衣衫不整。她爬起来，跌跌撞撞往院墙外跑。但没跑多远，又跌倒了。

"你给我杀死她！杀死她！！"下身痛得在地上打滚的巴哥，对跑到他身边来的同伙咆哮道。

"巴哥，我……我们不是说好了的吗，只要别人的钱财不要别人的命的吗？"望风的男人连连后退着说："我不敢杀人我不敢杀人。"

"你个屄包，你不敢杀她，那你就给我去杵死这个臭婊子……"被称作巴哥的男人，捂着剧烈疼痛的下身，如野兽般咆哮。"啊啊，疼死我了疼死我了。我要杀死她杀死她……"痛得在地上滚来滚去的巴哥如野兽般咆哮的同时，由腰间抽出匕首，将正在向院墙外爬的可儿拉了回来，凶残地向她的胸口和赤裸着的下身阴处乱捅乱砍……顿时，如注的鲜血如喷泉一样汹涌而出，染红了可儿苍白、凄然、悲愤、无助、羞愧的脸颊，染红了她身边的萋萋枯草、深褐色的土地……

可儿断掉最后一口气的时候，双目怒睁地望着黑暗、肃杀、寒冷的夜空。她看到自己变成了一缕轻烟，向高远的天穹迅疾地飘飞……

39　尾　声

　　勤劳、善良、平庸、与世无争、曾经也美丽过的可儿，真正化作一缕轻烟飘向高远的苍穹，是她遭遇歹徒奸杀后的第三天。

　　可儿的追悼会开得比较简单。参加追悼会的人也不是很多，除了她的父母及诸葛军男全家，再就是江梅呀、华英呀、李强啊、邢质斌等一些平日跟她关系不错的工友。哦，还有她从上海赶回来的弟弟叶可义及我。整个追悼会的气氛远不是想象的那么悲伤。除了她的未长成人的儿子诸葛桥雄一直在伤心地呜呜哭外，其他人的痛苦表情都有些似是而非、莫衷一是。包括她的父母亲也莫不如此。甚至有几个站在后排的人还在低声叽叽喳喳地讲着话，讲到末后，其中有两个人还捂着嘴小声地笑了起来。笑声虽说不是很高，但无疑使追悼会的沉痛和肃穆性减弱了许多。

　　业已荣升为燃化局局长的洪学南，也许是看在师傅诸葛海俊的份儿上参加并主持了可儿的追悼会。当我听到洪学南念到"叶可儿短暂的一生，是勤劳、朴实、善良的一生"时，我的思想溜了号。我在想，原来，万能的上帝也有打盹儿的时候。他一打盹儿，好人就遭殃。我还如一个愚昧的村妇一样暗想，人的一切都是命中注定的。很多时候，好人是难以一生平安的，恶人倒是活得更逍遥、自在、张狂。由此，我无法用我一向很信奉的因果报应来诠释从来不做恶事又善良靠勤劳的双手为全家谋生计的可儿惨遭奸杀这一现象。我的困惑和迷惘是无以言状的……

可儿死了，她的男人诸葛军男恐怕很快就会找一个或年轻或老一点儿的女人取代她；可儿死了，她的父母为何不是那么哀伤呢？可儿死了，远在南方的伊候健知晓后，会为她掬一把哀悼的泪吗？可儿死了，她的儿子桥雄是在为失去母亲而痛哭还是为自己从此失去依靠而落泪？如此等等，这一切，都是我在可儿的追悼会上，脑海中如放电影一般所想到的问题。……我在想这些问题的时候，毋庸置疑地弱化了我对亡者的哀悼之情。

我是不是也变成了一个麻木不仁之人呢？我仰着头，望着已然变成一缕轻烟的可儿由焚尸炉的烟囱中袅袅飘向天穹，而后消失得无影无踪之时，不禁自责。终究还是为一个生命的顿然消逝，落下了一些泪……

图书在版编目（ＣＩＰ）数据

麻木部落的女人 / 朱晓玲著 . —— 长春 : 吉林文史
出版社 , 2018.7

ISBN 978-7-5472-5183-6

Ⅰ . ①麻… Ⅱ . ①朱… Ⅲ . ①长篇小说—中国—当代
Ⅳ . ① I247.5

中国版本图书馆 CIP 数据核字 (2018) 第 138588 号

麻木部落的女人
MAMUBULUODENVREN

出 版 人 / 孙建军
作　　者 / 朱晓玲
策划编辑 / 人文在线
责任编辑 / 王明智
封面设计 / 人文在线
出版发行 / 吉林文史出版社
地　　址 / 长春市人民大街 4646 号　　邮　　编 / 130021
网　　址 / www.jlws.com.cn
电　　话 / 0431—86037501
印　　刷 / 北京市金星印务有限公司
开　　本 / 880mm × 1230mm　　　　32 开
字　　数 / 170 千
印　　张 / 7.25
版　　次 / 2018 年 7 月第 1 版　　　2018 年 7 月第 1 次印刷
书　　号 / ISBN 978-7-5472-5183-6
定　　价 / 39.00 元